Philippe Denis



# Inventaire familial

Roman

éditions du
ROCHER

Éditions du Rocher
28, rue Comte Félix-Gastaldi – BP 521 – 98015 Monaco

*www.editionsdurocher.fr*

ISBN : 978-2-268-10704-2
EAN Epub : 9782268107196

*À mes parents*

Aussi inimaginable cela pouvait-il paraître, la Louisiane nous était devenue étrangère. Si vingt ans plus tôt on nous avait prédit une telle évolution personne n'y aurait cru. Nous aurions accueilli l'avertissement d'un éclat de rire ou d'un haussement d'épaules, selon l'humeur du moment ou nos caractères respectifs. Il fallait pourtant se rendre à l'évidence, plus rien dans nos comportements n'exprimait la moindre familiarité avec l'endroit. La gêne et la tension dominaient, comme dans la salle d'attente d'un oncologue ou lors d'un conseil d'administration houleux. Même Jacques, qui depuis vingt-cinq ans y vivait, paraissait perdu. D'entre nous, il était celui à avoir conservé la plus grande nostalgie de notre enfance, celui qui géographiquement et affectivement, par sa proximité quotidienne avec Maman, en subissait un rappel permanent. Le déchirement était d'autant plus douloureux.

Pire encore que ce déracinement – même les lieux les plus marquants finissent par perdre de leur attrait une fois que la distance a distendu les derniers fils –, nous étions presque devenus des étrangers les uns pour les autres. Mais ça, sans l'avoir formulé, nous nous en doutions déjà, les circonstances ne faisaient que mettre le processus en évidence.

C'est à ce genre de constat que l'on mesure la fuite du temps, combien la vie nous a façonnés sans que l'on y prenne garde, combien les directions empruntées par chacun finissent par creuser des distances infranchissables entre des êtres autrefois soudés. Et l'on apprécie l'importance d'événements auxquels, sur le coup, on n'avait pas accordé d'attention, de leurs conséquences inéluctables et définitives. Autant de portes qui se ferment et ne se rouvriront pas.

Cela peut paraître étrange ou malheureux, mais avec la mort de Maman, plus rien ne nous rattachait à cette grande maison d'inspiration coloniale où nous avions passé notre enfance et grandi, où, les aînés mis à part, nous étions nés, en tout cas avions été transportés emmaillotés au fond d'un couffin, après les premiers jours passés dans une chambre de la maternité de la clinique Saint-Louis à Bordeaux.

Nous y avions de bons souvenirs pourtant; chacun avait dû, à sa manière, y être heureux, riche de cette insouciance qui trop souvent se perd à l'âge adulte et de cette innocence dont certains n'avaient pas longtemps été auréolés. Mais trop d'années avaient passé depuis nos départs successifs, et presque autant depuis la dernière réunion familiale, hormis la réception donnée pour les obsèques de Papa treize ans plus tôt, et celles de Maman au printemps dernier. Inimitiés, coups de froid et indifférence avaient dispersé la fratrie en une diaspora sentimentale, peut-être la plus définitive. Seule la mort avait le pouvoir éphémère de réunir ces êtres éparpillés soudain égaux devant la douleur et le dernier grand mystère.

Les obsèques de Maman… Le déchirement provoqué par son cercueil avalé par la froide obscurité du caveau familial. Quelques mois plus tard, nous avions eu le temps de nous faire à l'idée de sa disparition. J'étais tant bien que mal parvenu à l'apprivoiser, en dépit du téléphone qui chaque jour à midi tapant ne sonnait plus pour notre première conversation de la journée. Mais le retour dans ces pièces où on s'attendait à la voir apparaître à chaque instant, où l'on pouvait sentir son parfum, son odeur presque, était plus éprouvant que ce à quoi je m'étais préparé.

Jusqu'au bout, par sa seule présence, Papa avait gardé unie cette famille pour laquelle il avait sacrifié tant de choses et peut-être avant tout ses rêves d'enfance, mais sa mort avait révélé des fissures qui n'attendaient qu'un tel événement pour s'élargir et nous éloigner les uns des autres. Des dissensions encore contenues s'étaient aggravées, et très vite on avait tiré un trait sur les repas de famille déjà raréfiés pour cause d'éclatement géographique. Nous n'étions plus prêts à faire semblant de nous entendre, à défaut de nous aimer. Aurions-nous pu éviter un tel délitement ? L'avons-nous seulement voulu ? Veuve, Maman n'avait pu réunir ses enfants qu'en une seule occasion, ses quatre-vingts ans.

Après la fratrie, c'était au tour de la maison de voler en éclats, au sens propre. Trop grande, anachronique, inadaptée, pas non plus assez belle pour être conservée, c'était un témoignage d'une époque révolue qui n'allait pas survivre à sa dernière occupante. Aucun héritier ne voulait ou ne pouvait en supporter la charge. À peine vendue, elle serait démolie pour laisser place à une construction plus fonctionnelle, mais tristement moins chargée d'histoire. D'ici quelques mois, les colonnes et la véranda qui lui valaient son surnom seraient remplacées par une façade de verre plus conforme dans le paysage urbain. Le jardin à la française et celui séparant la maison de la rue ne pouvaient pas non plus espérer de nouvelles floraisons, ils seraient, au mieux, réduits à une bande de gazon le long du trottoir, sas de verdure symbolique entre la rue et la future bâtisse. Plusieurs promoteurs étaient déjà sur le coup. Il était question d'un immeuble de bureaux, d'une administration quelconque. Les pelles mécaniques s'apprêtaient à raser nos premiers souvenirs.

Dans la salle à manger au mobilier « retour d'Égypte », à l'extrémité de la table en acajou, le notaire, petit homme replet et consciencieux, occupait la place autrefois réservée à notre père, l'Africain… À sa gauche, un commissaire-priseur longiligne et dégarni l'assistait en avançant une estimation pour chaque élément figurant sur la liste : un guéridon au plateau de marbre et pieds griffus, 2500 euros, un cartel de bronze à l'horloge surmontée d'une Diane sur un char tracté par deux chevaux, 4800 euros, un tapis de la manufacture des Gobelins, de trois mètres sur trois, à motifs floraux, passablement élimé, 700 euros, une paire de vestales de bronze sur socle de marbre portant flambeau, époque fin XIX^e^, 5000 euros… Tous ces meubles dont, pas plus que la maison, aucun de nous ne voulait s'encombrer, dispersés au feu des enchères. Et de sa voix officielle et haut perchée, le commissaire-priseur égrenait un pan souterrain mais bien réel de notre enfance, puisque chacun de ces meubles, chacun de ces objets composant le décor trop chargé et aujourd'hui démodé de la Louisiane, nous évoquait quelque chose.

Aucun regret provoqué par cette morne litanie se résumant en fin de compte à des chiffres qui, ajoutés les uns aux autres, formeraient une somme dont le cinquième reviendrait à chacun de nous. J'ai bien conscience que l'exprimer ainsi serait solder trop brutalement quelque soixante années de vie, mais n'était destiné à cette ventilation que ce dont nous ne voulions pas. Nous nous étions arrangés sur les effets que nous souhaitions conserver : lettres, albums de photos, portraits, et tout ce que nos parents avaient vraiment choisi, ce qui leur tenait à cœur, pour l'essentiel rassemblé dans leur chambre, la bibliothèque et le bureau de Papa, comme ces quelques meubles en bois exotique et ces masques, totems, parures tribales et objets d'artisanat rapportés de Haute-Volta, de Côte d'Ivoire ou du Sénégal, sa collection de disques d'opéras italiens, les bijoux de Maman…

Le reste, la marqueterie, les lustres, les tapisseries représentant des scènes de la mythologie grecque, les potiches et autres chinoiseries, mobilier de l'oncle acquis pendant la guerre, tout ça leur était tombé dessus en même temps que la maison. Ils s'étaient installés sans déplacer une commode ou un secrétaire, se satisfaisant de ce décor parce qu'à leurs yeux, contenant et contenu constituaient un tout à ne pas altérer.

Quand je fus en âge de m'intéresser à ces choses-là, à treize ou quatorze ans, je me mis à penser aux précédents propriétaires, de la maison mais aussi des meubles, tous ces gens dont je ne savais rien, fugitifs précédant de quelques semaines l'arrivée des Allemands. Des Juifs bien sûr, mais pas uniquement, qui en catastrophe avaient tenté de tirer le meilleur prix, le moins mauvais plutôt, de tout ce qu'ils ne pouvaient pas emporter. Il se trouvait toujours des gens comme cet oncle, à l'affût de ce genre d'opportunités, prêts à « rendre service », des gens disposant des liquidités nécessaires, précieux viatique pour un voyage à l'issue incertaine. Et je me posais alors d'innombrables questions, sur le destin de ces exilés dont, bien malgré nous, nous avions récupéré un peu d'eux-mêmes, sur ce qu'ils avaient pu devenir, sur toutes ces vies inconnues qui s'étaient écoulées parmi ces meubles, sur la possibilité que certains viennent un jour sonner à notre porte pour tenter de récupérer ce qu'ils avaient dû céder à vil prix. Sous un angle de vue particulier, ce mobilier symbolisait un condensé de malheurs auquel nous n'accordions pas plus d'importance que ça, dont nous nous accommodions même très bien. Après tout, nous n'avions aucune responsabilité dans cette situation et par conséquent aucune raison de nous encombrer de scrupules. Quant à l'oncle, il avait accumulé son argent en brassant de la bière et chacune de ces acquisitions avait fait l'objet d'une transaction régulière. Il n'avait volé ni forcé personne. La manière et les conditions étaient plus gênantes, ce qui ramenait le problème à une histoire de conscience…

Mais il m'arrivait parfois de me dire que les fantômes de certains devaient reposer dans les bergères et les canapés de ce décor hétéroclite, et que tout cela formait un cadre bien étrange, à la charge émotionnelle lourde, pour grandir. Même si mes goûts ont évolué depuis et ne correspondent pas à ce que j'ai eu sous les yeux pendant toutes ces années, c'est sans doute à ces antiquités et aux questions qu'elles soulevaient chez moi que je dois aujourd'hui mon goût immodéré pour les objets.

En présence du notaire nous scrutant derrière ses lunettes rondes et du commissaire-priseur à l'allure de marabout, cet oiseau africain que son crâne dégarni, son dos voûté, son goitre et son nez plongeant évoquaient de façon risible, nous nous débarrassions enfin des spectres. Nous faisions l'inventaire, avant dispersion, de ce que les hasards et les malheurs de la guerre avaient rassemblé sous notre toit.

En face de ces deux hommes rompus à l'exercice de résumer n'importe quelle succession à des montants secs, assis en arc de cercle, nous subissions, mes frères et moi, séparés des duettistes par les rallonges de la table que Maman ne s'était jamais résignée à enlever, pour le cas où nous aurions décidé de nous réunir de nouveau. Cela faisait longtemps donc, que nous ne nous étions pas retrouvés ainsi tous les quatre et, malgré les circonstances, une part de moi-même ne pouvait s'empêcher de goûter la situation. Tandis que de sa voix monotone, le commissaire-priseur continuait de passer en revue le mobilier ainsi mis en coupe réglée, je les observais.

Jacques, l'aîné, revenu au bercail à quarante ans avec un enfant en bas âge après que sa femme les avait du jour au lendemain laissés en plan, sa fille et lui, non pas pour un autre, mais pour une autre, en l'occurrence une cousine de son mari… Aventure passagère « de l'autre côté du miroir » pour laquelle elle renonça tout de même et pour toujours à sa place de Premier violon dans l'orchestre de Bordeaux. Ce retour à la case départ avait été définitif, et même l'envol de son enfant n'avait pas décidé Jacques à repartir. Des trois garçons, c'était celui que je voyais le plus souvent et dont je me sentais le plus proche. Le mentor de mon enfance, le séducteur au charme fou, auquel peu de femmes autrefois résistaient. À soixante-cinq ans, la mort de Maman le laissait désemparé ; c'était mon tour de veiller sur lui.

C'est Jacques qui, six mois plus tôt, dans les premiers jours de juin, m'avait alerté sur l'état soudain préoccupant de Maman. Je prenais le café sur la terrasse de la maison avec des amis, en cette saison précédant les chaleurs de l'été où la Provence se montre sous un jour divin. La conversation tournait autour d'un chantier de rénovation d'un hôtel à Paris, ou peut-être d'un mariage à Rome qui provoquait pas mal d'agitation, je ne sais plus, quand je vis la photo de Jacques apparaître sur l'écran de mon téléphone.

— C'est Maman, me dit-il.

À l'inquiétude contenue dans sa voix, je sus qu'il s'était passé quelque chose. En quelques phrases, il m'exposa la situation.

Comme tous les jours après le déjeuner, elle était allée se reposer dans sa chambre et s'était endormie sur son lit, mais deux heures plus tard elle ne se réveillait pas, et il avait eu beau essayer de la secouer, rien à faire, il n'avait pas réussi à tirer d'elle le moindre signe de protestation.

En m'éloignant de la conversation et des rires, je dis à Jacques d'aller la pincer. Sans lâcher son portable il traversa la maison, tandis que je m'écartais vers l'extrémité du jardin, les battements de mon cœur l'emportant progressivement sur les anecdotes et les plaisanteries de mes amis.

— Elle ne bouge toujours pas, m'avertit enfin Jacques à l'autre bout de la ligne, m'arrachant à la contemplation d'un oiseau qui dérivait dans le ciel.

Comme je m'inquiétais de son pouls et de sa respiration, il me rassura, l'un et l'autre étaient réguliers. Je craignais de savoir à quoi m'en tenir : ce qu'en médecine on appelle un gasp, ce mouvement respiratoire d'origine réflexe que l'on trouve en cas de coma. Les fonctions vitales ne sont pas atteintes, tout semble fonctionner normalement, mais il y a déconnexion cérébrale. Même à plusieurs centaines de kilomètres de distance, je craignais que cette hypothèse diagnostique finisse par se vérifier. Dans le ciel, l'oiseau dérivait toujours au-dessus du Luberon, tranquille et majestueux, tandis qu'au nord se profilait la silhouette immuable du mont Ventoux. La nouvelle me prenait au dépourvu parce que la veille encore, Maman me parlait avec gourmandise du menu qu'elle prévoyait pour la Pentecôte. Elle avait eu une crise de désorientation six mois plus tôt suite à une hospitalisation pour une intervention bénigne, mais face au géronto-psychiatre chez qui je lui avais obtenu un rendez-vous, elle avait récupéré toutes ses facultés cognitives, alors que huit jours plus tôt je la croyais victime d'une sénilité aiguë. Tout à fait remise après cet incident, d'une vivacité et d'une présence d'esprit exceptionnelles à son âge, elle ne nous avait pas préparés à ça.

Je demandai à mon frère d'appeler SOS Médecins et, après avoir raccroché, je passai l'un des moments les plus désagréables de mon existence. Une heure plus tard, le praticien arrivé à son chevet me confirma le gasp et émit l'hypothèse d'un coma. J'essayai de réfléchir calmement. Même si la situation me paraissait sans espoir, je songeai à Jacques restant seul dans la grande maison avec Maman plongée dans le coma, et je demandai à mon confrère de la faire transporter aux urgences. C'est au CHU de Bordeaux où j'avais tant de souvenirs que je la verrais pour la dernière fois, mais au funérarium. Épuisé par la violence des décharges provoquées par la septicémie aiguë qui l'a emportée, son cœur avait cessé de battre. Maman était partie avant que je n'aie eu le temps de rejoindre Bordeaux.

Je me revois devant sa dépouille, dans cette petite pièce à laquelle on préfère ne pas penser quand on pénètre dans un hôpital, où échouent ceux que la médecine n'est pas parvenue à sauver. Seul face à elle, à son corps immobile et silencieux, j'étais horriblement triste, mais lucide. À quatre-vingt-dix ans passés, elle aurait été l'ombre d'elle-même si on avait réussi à la ranimer, et cette fin brutale était préférable. L'expression sereine de son visage, comme l'idée de son départ si rapide et sans douleur, contribuaient à me faire admettre l'inacceptable. Et puis, aussi dérisoire cela peut-il paraître, elle était partie rassasiée, elle qui refusait l'idée d'aller au paradis le ventre vide, la route devant être longue avant d'avoir une chance de l'atteindre, d'après elle. Cette simple idée m'arracha un sourire : au moins le vœu de cette éternelle gourmande, trait de son caractère résultant des années d'Occupation, avait-il été exaucé.

Mais ce sourire était une bien piètre consolation, garde-fou dérisoire et impropre à juguler mes larmes, car après mon père, avec elle disparaissait le dernier survivant de la famille de cette époque pleine de soubresauts, de fureur et de souffrance, que fut le XXe siècle, cette funeste période qui aura mis leur courage et leur appétit de vivre à si rude épreuve. Alors, face au corps sans vie de Maman qui s'en était allée par surprise, avec cette élégance qui l'a toujours caractérisée, sans cette lente dégradation qui trop souvent accompagne le grand âge, je me suis senti désespérément démuni. Démuni parce qu'abandonné, mais aussi dépositaire d'une responsabilité trop lourde pour mes épaules… même si cette prise de conscience est venue plus tard, à la fin de l'automne ou en hiver, après que la douleur avait commencé à refluer pour ne plus ressurgir que par vagues inattendues.

Une question en effet m'occupait l'esprit depuis des années, mais il aura fallu le deuil de Maman pour qu'elle prenne forme : celle de notre responsabilité vis-à-vis de nos aînés. Qu'avions-nous fait de leurs sacrifices, qu'avions-nous fait de leur héritage ? Une question qui se posait pour nous, fratrie éparpillée, mais qui concernerait aussi bien l'ensemble de notre génération.

Nés après la guerre, nous n'avions pas connu ce raz de marée qui avait ravagé la France, l'Europe et une vaste partie du monde. Nous avions été élevés sans privations, au cours de cette époque économiquement bénie des Trente Glorieuses. Contrairement à eux, nous avions eu toutes les facilités, tout le confort pour nous consacrer aux études de notre choix, préparer notre avenir et nous égarer. Étions-nous seulement à la hauteur du legs de nos parents, étions-nous dignes du martyre de notre grand-père, de l'héroïsme de notre père, de la liberté de notre grand-mère, comme du courage et de la ténacité nécessaires à tous au cours du choc que fut la Seconde Guerre mondiale ? Le sort nous a distribué d'autres cartes, un jeu plus favorable que nous avons laissé filer entre nos doigts distraits.

Régulièrement j'y songeais, dans les trains et les avions notamment, quand on se laisse porter par le rythme et la monotonie du voyage et que l'esprit trouve enfin le loisir de vagabonder. Ayant passé la plupart des étés de mon enfance à Arcachon et sur les plages de l'Atlantique, mes parents et mes grands-parents dans ces moments de rêveries m'apparaissaient comme des surfeurs qui auraient occupé l'essentiel de leur vie, leurs plus belles années, à glisser sur les capricieuses et redoutables vagues de l'Histoire. Tous y avaient laissé une part d'eux-mêmes, mais aucun n'avait jamais renoncé au combat, ni à cette foi en l'avenir ou encore à la joie qui les animait.

À l'autre extrémité de la table en acajou, le commissaire-priseur et le notaire poursuivaient leur inventaire chiffré, digne d'un antiquaire ou d'un receleur. En bruit de fond, nous parvenait, malgré les portes vitrées nous isolant du jardin, l'écoulement de la fontaine, mince filet d'eau que je percevais autrefois depuis ma chambre d'enfant.

À ma gauche se tenait Pierre, qui s'était installé très jeune en Allemagne pour y commercialiser les vins de plusieurs maisons du Bordelais. De cinq ans mon cadet, nous avions vécu nos enfances de manière décalée. Une absence de centre d'intérêt commun et l'éloignement géographique avaient fait le reste. En ces circonstances pourtant singulières, il semblait absent, comme si rien de tout cela ne le concernait vraiment. Mais, même si nous ne nous voyions pas deux fois par an, nos rapports n'étaient pas dénués d'affection. Avant que nos vies respectives ne nous happent, nous avions vécu ensemble quelques moments mémorables...

En face, à côté de Jacques, se tenait Julien, l'âme noire de la fratrie. De loin le plus brillant d'entre nous, l'esprit le plus affûté, le plus dur aussi, qui dès le plus jeune âge avait manifesté une attirance particulière pour le conflit et mis son intelligence supérieure au service d'une opposition systématique à tout système, hormis les plus indéfendables. Opposition gratuite, cela dit, qui n'avait eu d'autres conséquences que d'alourdir l'ambiance de certaines réunions familiales, parfois de la pimenter. Comme ce repas, au cours de la première guerre du Golfe, au début duquel il se leva pour porter un toast à Adolf et à Saddam... Il a trouvé dans le commerce de livres anciens un moyen de concilier son immense culture, son incapacité à s'entendre avec autrui de manière durable et la nécessité de gagner sa vie.

Mais lui au moins était présent ; pour rien au monde il n'aurait raté pareil événement, contrairement à Marie-Alice, notre sœur, qui s'était fait porter pâle. Peut-être pour éviter la confrontation avec notre passé commun qui risquait de lui rappeler trop violemment l'ampleur du chemin parcouru depuis.

Les deux officiers ministériels étaient enfin venus à bout de l'inventaire. Il était à présent question des dernières volontés de Maman concernant les objets plus personnels – dont la valeur affective primait à ses yeux sur la valeur marchande – qu'elle avait destinés à chacun d'entre nous. Son alliance, celle de Papa ainsi que sa montre qu'elle avait conservées pour Jacques, la collection de disques d'opéras ainsi que sa bague de fiançailles pour Julien qui pourrait la transmettre à sa fille, la ménagère d'argenterie ainsi que les Leica de Papa pour Pierre, quelques bijoux pour notre sœur, enfin pour moi la collection de pièces anciennes et sa bague sertie de trois diamants dont le commissaire-priseur loua particulièrement la qualité.

Cette dernière annonce provoqua chez mes frères un certain flottement, y compris chez moi d'ailleurs qui ne m'y attendais pas du tout.

— Mais ne cherchez pas, je sais pour qui est cette bague, glissa Julien sur un ton mi-amusé, mi-perfide : elle est sûrement pour Klavs.

Il n'en fallait pas plus pour satisfaire la curiosité de chacun, même si cette attribution me surprenait, et l'on passa à autre chose. Ce n'est qu'en rentrant à Paris le soir même que j'eus le fin mot de l'histoire lorsque, vidant mes poches, je posai sans y réfléchir la fameuse bague sur un plan de travail dans la cuisine. L'apercevant, Klavs me dit aussitôt qu'il la connaissait, que c'était même la seule bague que ma mère s'était achetée elle-même, elle lui en avait raconté l'histoire au cours d'un trajet en voiture lors duquel Klavs l'avait complimentée sur ce bijou. J'esquissai alors un sourire de reconnaissance à l'adresse de Maman qui, au moment de rédiger ce testament, avait eu une pensée pour Klavs, façon délicate de nous adresser depuis l'au-delà un ultime signe d'affection.

Dehors, la nuit tombait et on avait allumé les lumières. Ces formalités touchaient à leur fin, le notaire et le marabout achevaient leur office, plus rien ne nous retenait. Si l'on voulait avoir un dernier aperçu des fantômes, c'était le moment ou jamais. Arpenter ces pièces qui nous avaient vus grandir, emprunter l'escalier à révolution pour monter à l'étage des chambres. Pénétrer dans celle de Maman dont le lit gardait presque l'empreinte, comme si elle venait de se lever, avec ses boîtes de médicaments et un roman lu aux trois quarts encore sur sa table de chevet. Retourner dans la mienne que j'avais si longtemps partagée avec Julien, à cette période de l'existence où tout est possible mais où l'on s'offre le luxe de ne pas y penser…

Que ce soit avec regret, soulagement ou indifférence, il est fréquent, dans le cours d'une vie, de quitter un endroit où l'on a vécu en sachant qu'on n'y remettra jamais les pieds. Mais quitter la maison où l'on a grandi quelques mois avant sa destruction est plus rare et beaucoup plus troublant. Il y a dans cette expérience un côté définitif qui rapproche de la mort.

Tout un pan de mon existence était sur le point de disparaître, et face à ce gouffre, je frissonnais, soudain impressionné par ce face-à-face inattendu avec le jeune garçon dégingandé que j'avais été, que j'entrevoyais peut-être pour la dernière fois.

Tout commence toujours par une rencontre. Celle de mes parents, Christiane et Robert, m'amuse encore par ce qu'elle révèle, son ancrage géographique, sa charge de sympathie et de désordre, son côté imprévisible, suspendus au hasard. Peu de choses en effet prédisposaient ces deux êtres séparés par un océan et n'ayant aucune idée de l'existence de l'autre à se rencontrer sur le bassin d'Arcachon. Il aura fallu pour ça rien de moins que le concours de la maladie pour l'un et de la guerre pour l'autre, cette guerre alors en sommeil qui allait embraser le monde.

En avril 1940, la France pouvait encore croire en sa puissance et sa capacité à défendre son territoire. À l'est, les unités retranchées derrière la ligne Maginot observaient l'ennemi, lui-même à l'abri de ses propres fortifications, et l'on pensait que la stratégie militaire n'avait pas évolué depuis 1918 et que l'on s'acheminait vers un conflit de position, que chacun pourrait continuer à vivre à peu près normalement à l'abri de ses frontières. Il y avait bien quelque agitation, mais au nord surtout, à Narvik en Norvège où, dans la tentative d'assèchement de l'approvisionnement en minerai de fer de l'Allemagne, le coup d'éclat du corps expéditionnaire français prolongea l'illusion d'une grandeur militaire intacte. La guerre à ce stade était encore qualifiée de drôle. Gonflé d'optimisme et d'insouciance, dans les bals musettes et sur les ondes on chantait *On ira pendre notre linge sur la ligne Siegfried*... Écouter cette chanson aujourd'hui, avec son enthousiasme de cabaret, ne peut prêter qu'à sourire devant tant de naïveté.

Pendant ce temps, sur la jetée de la Chapelle accrochée à la Ville d'Hiver à Arcachon, le jeune Robert se remettait d'une longue convalescence en jetant des lignes avec son père dans le bassin. Ses parents avaient craint pour sa vie quelques semaines plus tôt, en Côte d'Ivoire, lorsque le médecin appelé à son chevet, tandis qu'il était terrassé par la fièvre, avait diagnostiqué une crise de typhus. À peine en état de voyager, on l'avait embarqué à bord d'un navire en partance pour Bordeaux, pour ensuite gagner Arcachon où la famille louait une villa aux Abatilles. Cela tombait bien : depuis le XIXe siècle, la ville était réputée pour son climat, ses vertus curatives et ses eaux thermales.

Malgré l'entrée en guerre, la situation en France n'avait rien d'alarmant : après huit mois, les affaires et la vie suivaient leur cours habituel. *Business as usual*, comme disaient les Anglais. D'ailleurs, son père avait profité de ce voyage imprévu pour acheminer des camions chargés de marchandises, que ne manqueraient pas d'écouler les comptoirs de la famille. Une grande partie de son activité de négoce consistait à organiser ces convois en métropole, cet aller-retour-là coïnciderait avec la convalescence de Robert.

Au bout de la jetée, Alphonse, le père de Robert, savourait l'instant : la brise du large, la température beaucoup plus douce qu'à Bobo-Dioulasso ou à Dakar, cette partie de pêche en compagnie de son fils à qui il en enseignait l'art, le choix de l'appât, de l'hameçon, le lancer, les lignes à l'eau, l'attente paisible, et à chaque prise l'excitation, cette légère montée d'adrénaline avant que le poisson – griset, maigre, daurade – n'échoue dans le panier posé à leurs pieds.

Pas encore tout à fait remis, Robert aussi goûtait ce moment passé avec son père, même s'il avait hâte de retourner en Afrique où le poisson était plus abondant, où surtout l'attendaient d'autres activités plus sérieuses. Arcachon, Bordeaux, il avait déjà donné. Comme beaucoup d'enfants de colons, c'est en France qu'il avait été envoyé suivre sa scolarité, hébergé chez le frère de sa mère, l'oncle Lucien, qu'il n'avait jamais pu se résoudre à apprécier… Mais ses études avaient vite tourné court : menacé d'être renvoyé en Afrique s'il n'obtenait pas le certificat d'études, à quatorze ans tout juste sonnés, Robert s'était arrangé pour mettre un terme à sa scolarité et retrouver ses parents et le comptoir à Bobo, ainsi qu'une vie beaucoup plus passionnante que des journées entières enfermé en face d'un tableau noir et d'un instituteur en blouse maculée de craie.

Autodidacte par choix et parce qu'il en avait eu le luxe, pas même titulaire du certificat, Robert s'épanouissait avec son père dans le négoce avec les Africains. À dix-neuf ans, il comptait déjà près de cinq ans d'expérience professionnelle et avait appris bien plus de choses qu'à l'école. Import-export. Café, bois, coton dans un sens, pièces détachées, électroménager, vêtements, tissus et produits manufacturés dans l'autre... Et surtout la liberté, le parfum d'aventure, le temps qui s'écoule différemment malgré les mille problèmes à régler chaque jour, et le charme envoûtant du continent noir où l'attiraient ses rêves et ses ambitions. Dans son esprit, la France, après avoir correspondu aux mornes journées d'étude, était désormais liée à sa convalescence. Rien de bon à attendre de ce côté, sinon être condamné à prendre son mal en patience. C'était à Bobo et à Dakar que se trouvait la vraie vie. D'ailleurs il y serait déjà retourné, si le médecin et sa mère ne s'y étaient opposés. Ce n'était pas raisonnable, son organisme était encore fragile, il n'était pas à l'abri d'une rechute... À dix-neuf ans, lui se croyait immortel.

Seul point positif : ce retour lui avait permis de voir pour la première fois son père à l'œuvre dans la constitution d'un convoi en métropole : l'achat des camions, celui des marchandises, les négociations avec les fournisseurs, différentes de celles pratiquées en Afrique. Un jour, son tour viendrait à la tête du comptoir, et il devait maîtriser toutes les facettes de l'activité. Comme son père avant lui avait succédé au sien, il était bien décidé à ce que les Comptoirs Matthieu Frères, qui depuis Bobo rayonnaient dans toute l'AOF, prospèrent encore pendant plusieurs générations. Son grand-père le premier s'y était installé, en défricheur, en missionnaire presque, apportant là où il n'y avait rien des produits d'Europe parfaitement usinés et avec eux le progrès, et exportant en France café et bois précieux. On avait ça dans le sang chez les Matthieu, cette capacité à allier un certain goût pour l'aventure au sens du commerce, en bonne intelligence avec les populations locales. Ayant grandi en Afrique, il y était chez lui plus qu'en Europe.

Surveillant ses lignes plongées dans le bassin, humant l'air du large tout en profitant des rayons du soleil couchant, Robert était tout à ses pensées africaines, à peine interrompues par l'éclat d'un poisson sorti de l'eau et les exclamations de son père. Et ni les nuages qui s'amoncelaient au-dessus du pays, ni le tonnerre et le déluge proches d'éclater, comme le chaos qui allait s'ensuivre, n'étaient capables de l'en détourner. Le grain de sable qui gripperait ce bel ordonnancement était d'une tout autre nature, beaucoup moins impressionnant, et surtout beaucoup plus proche.

Dans le panier, les poissons s'accumulaient. La pêche était plus le fait de son père que le sien mais qu'importe, on ne rentrerait pas bredouilles à la villa. Leurs corps oblongs formaient un petit monticule aux reflets moirés qui excitait les regards et la convoitise. En cette fin d'après-midi, la jetée était un lieu assez prisé par les pêcheurs, les flâneurs, les enfants, les touristes et les promeneurs de chiens. Presque tous étaient tenus en laisse pour éviter les bagarres ou les accouplements toujours gênants, mais quelques rares maîtres considéraient leur animal assez bien dressé pour le laisser en liberté. Avec les pêcheurs, c'était risqué.

Ce fut justement le chien, un samoyède, race peu fréquente en France à l'époque, que Robert vit en premier.

Sorti de nulle part, le fauve fondit sur le panier pour enfoncer son museau parmi les poissons et fouiller dans le tas avant d'en dévorer un, sans tenir compte ni des cris d'Alphonse ni des rires de Robert sur le point de lui décocher un coup de pied pour l'empêcher de ruiner toute leur pêche. En quelques instants, on était passé d'une paisible scène de la vie de province à celle d'un roman de Jack London.

Un petit attroupement se formait déjà, on riait, on commentait l'appétit de la bête et la négligence de son maître, sous cape on se moquait des pêcheurs, avec leur pêche insolente… Et c'est dans cette confusion que la jeune fille apparut, essoufflée, ses cheveux blonds décoiffés par la course. Elle n'hésita pas à fendre le groupe des curieux pour saisir au col son chien, l'admonester d'une voix vive afin de lui faire lâcher prise, puis, le feu aux joues, se confondre en excuses. Le père et le fils accueillirent ces dernières en riant, ni l'un ni l'autre n'étaient du genre à se formaliser pour une telle peccadille, et puis le chien était beau – au point où on en était, il pouvait bien finir son poisson –, et la jeune fille à la taille élancée particulièrement charmante. Mais le samoyède n'avait fait qu'une bouchée de sa prise, si bien que sa maîtresse dut lui remettre sa laisse et, malgré les protestations des pêcheurs qui auraient bien prolongé l'entretien, elle s'éloigna en entraînant son chien récalcitrant.

— Ne partez pas si vite ! lui lança Alphonse, regrettant déjà cette apparition si furtive.

Un rire lui répondit : il était tard et sa mère devait déjà s'inquiéter.

— Dis donc, Papa… elle ne serait pas un peu jeune pour toi ? demanda Robert, surpris par l'intérêt de son père pour la jeune fille.

— Mais c'est pour toi que j'essayais de la retenir !

— Ben voyons…

Son père semblait en effet sous le charme, mais pas autant que lui. Ce bref éclat l'avait ébloui et il s'en voulait de ne pas être en train d'essayer de la rattraper.

Les choses auraient pu en rester là, d'autant qu'on n'avait pas eu le temps de se présenter, mais tous eurent la même idée le lendemain : pêcher sur la jetée encore baignée par la marée haute pour le père et le fils, promener son chien au même endroit pour la jeune fille, et, pas plus que la veille, le samoyède ne put résister à son instinct. À la même heure ou presque, il fondit sur la pêche du jour aussi fournie que celle de la veille.

— Eh bien te revoilà, toi ?! s'écria Alphonse qui le vit le premier tandis que Robert surveillait ses lignes.

Il se précipita pour refermer le couvercle d'osier, mais pas assez rapidement pour empêcher le fauve de faire un bond de côté, un spécimen d'au moins trois livres encore frétillant entre ses crocs. Et sa jeune maîtresse affolée qui surgissait dans son sillage et tentait de lui arracher son butin…

— Cabot ! Rends-moi ça ! Lâche le poisson tout de suite !

Elle l'avait agrippé au niveau de la nuque, mais il eût fallu davantage de force pour lui faire lâcher prise. Et quand enfin elle y parvint, le poisson était dans un tel état, la chair à vif, une large portion déjà dévorée, qu'Alphonse, comme la veille, éclata de rire :

— Quel appétit ! Autant le laisser terminer ce qu'il a commencé !

— Mais je suis vraiment désolée, l'implora la jeune fille… C'est entièrement ma faute. J'ai voulu l'attacher en approchant de la jetée, mais il m'a échappé.

— Pour venir droit sur nos poissons, remarqua Alphonse avec malice.

— Vilain Cabot !

— Qu'est-ce qui se passe ? demanda Robert en se retournant, un poisson aux écailles noires se débattant entre les mains.

Absorbé par cette nouvelle prise, il n'avait prêté aucune attention à ce qui se passait dans son dos. En une seconde, il embrassa la scène : le chien désormais attaché qui se repaissait de son butin et la jeune fille confuse qui soutenait son regard en rougissant, tout en tenant la laisse à deux mains. Lui aussi éclata de rire :

— Mais c'est encore vous ! Je vois que votre chien a trouvé un moyen pour se nourrir ! On peut aussi lui donner celui-ci s'il n'en a pas eu assez, ironisa-t-il en exhibant une magnifique daurade encore ruisselante d'eau.

— Ne soyez pas cruel ! C'est ce voyou qui n'en fait jamais qu'à sa tête ! Qu'est-ce que je peux faire pour me faire pardonner ?

— Eh bien, vous pourriez commencer par me dire comment vous vous appelez, vous êtes partie si vite hier.

— Et vous ? répliqua-t-elle vivement, piquée par ce qu'elle considérait comme une question inconvenante.

— Robert Matthieu.

— Je m'appelle Christiane Roland, se radoucit-elle.

— Et peut-on savoir d'où vous vient ce ravissant accent que l'on perçoit très légèrement, Christiane Roland ?

— Un accent ? Quel accent ?

— Allons... fit-il avec un sourire ironique (son propre silence la veille l'avait piqué et il ne voulait pas être en reste, surtout vis-à-vis de son père).

— Du Canada. Mais je suis française !

— Alors me voilà rassuré ! plaisanta-t-il. On ne sait jamais, par les temps qui courent. Et vous avez traversé l'Atlantique pour venir trouver la guerre ?

— C'est mon père...

— Robert, intervint Alphonse qui avait perçu une réserve chez la jeune fille.

— Excusez-moi, ce n'était pas très adroit.

— Mais non, ne vous excusez pas... Et puis pour l'instant c'est plutôt calme... Cabot ! C'est fini, oui !? admonesta-t-elle son chien qui tirait sur sa laisse pour se rapprocher du panier tandis que son poisson n'était plus qu'une longue arête sanguinolente, arborant seulement la tête et la queue.

D'un geste vif, elle jeta la dépouille à l'eau comme pour effacer le forfait de son chien. L'évocation de son père sous les drapeaux venait de rappeler la réalité de la guerre que les circonstances avaient si facilement fait oublier. À présent émanait de sa personne une gravité qui faisait presque regretter à Robert sa propre légèreté.

— Je vais devoir y aller, sembla-t-elle soudain déplorer. Ma mère et mes frères doivent m'attendre.

— Alors cette fois, laissez-moi vous accompagner, s'empressa Robert.

— Si vous voulez.

— Ça ne t'ennuie pas que je te laisse seul, Papa ?

— Au contraire. Ça me ravit que tu sois en si bonne compagnie, lui répliqua Alphonse avant de les regarder s'éloigner, le chien à nouveau détaché, absorbés par le jeu des questions et des réponses auquel ils se prenaient déjà l'un et l'autre.

Située à proximité du parc Pereire, leur villa d'inspiration basque était le point d'attache de la famille Malmont, mais Christiane ne l'avait occupée que lors de rares vacances, elle n'avait pas d'amies en France et était peu au fait des us et coutumes locaux. Tout lui paraissait ralenti, étriqué, par rapport aux standards canadiens. Là-bas, c'était l'Amérique qui commençait à faire rêver le Vieux Continent, et la société y était moins corsetée et la jeunesse plus libre.

Surtout, son père lui manquait. La famille recevait de longues lettres dans lesquelles il masquait à peine son ennui dans les casemates de la ligne où l'on ne savait plus quoi inventer pour tuer le temps. En quinze ans, il était devenu aussi canadien que français, et elle l'imaginait plus déraciné encore que ses camarades du front, contraint de porter cet uniforme qui ne lui inspirait aucune fierté et de manier ces armes pour lesquelles elle n'éprouvait que dégoût. Alors, bien que préférant cette drôle de guerre à un vrai conflit qui la ferait trembler pour lui, elle déplorait cet ordre de mobilisation qui leur avait fait renoncer à leur existence confortable et traverser l'océan pour végéter dans cette société rigide et fermée.

Et à mesure que Christiane s'épanchait ainsi, lui livrant son histoire et ses états d'âme avec cette spontanéité propre à la jeunesse, Robert se sentait envahi par un sentiment nouveau, délicieux et furieusement exclusif, ainsi que par une curiosité, une avidité même à tout savoir d'elle, à se rapprocher davantage d'elle, qu'il n'avait jusqu'alors jamais ressenties pour aucune autre. Tout chez elle était différent de ce qu'il avait trouvé chez les filles de colons ou celles de la bourgeoisie bordelaise : son allure, sa façon de s'exprimer, de s'habiller, son point de vue sur le monde, le timbre de sa voix, son humour, jusqu'à ses origines septentrionales et cette histoire de déracinement qui lui conféraient un côté terriblement romanesque et provoquaient une irrésistible envie de la protéger. Submergé par ces impressions, désarmé par cette séduction aussi soudaine qu'inattendue, Robert tentait bien de faire le malin avec son Afrique mais, intérieurement, se félicitait déjà de ne pas y être retourné plus tôt comme il l'avait souhaité. Alors qu'ils étaient parvenus devant la maison des Malmont, il aurait souhaité prolonger cet instant jusqu'à la fin des temps ; il ne pouvait se résoudre à la laisser lui échapper si vite. Mais déjà Christiane, après lui avoir tendu la main, poussait le petit portillon séparant le jardin de la rue, puis, une fois à la porte de la maison, se retournait vers lui avec un sourire rayonnant qui ne pouvait être qu'un « oui » à son « Demain, même endroit, même heure ? » lancé un peu crânement. Dès qu'elle eut disparu derrière la porte, Robert se sentit accablé par une impression de solitude abyssale mais aussi transporté par une euphorie débordante. Et déjà les vingt-quatre heures qui le séparaient de leur rendez-vous lui paraissaient une éternité.

On s'arrangea pour se revoir, c'était si simple avec ce temps dont on disposait à profusion. Les deux familles en profitèrent pour se rapprocher, Robert et Alphonse voulurent réconforter cette femme seule avec ses trois enfants, et Mireille, ma future grand-mère, se laissa gagner par la chaleur de cette famille de Bordelais des colonies. Comment aurait-elle pu résister à leur générosité si spontanée ? En Afrique, ils avaient gagné des habitudes d'hospitalité que cette femme auréolée par la mobilisation de son mari et son déracinement avait ravivées.

Les jours puis les semaines passèrent, et très vite les deux jeunes gens ne purent plus se passer l'un de l'autre. Étrangement, Robert n'était plus aussi pressé de retourner en Afrique et Christiane ne pensait plus avec autant d'appréhension à son père bloqué sur la ligne Maginot, tellement infranchissable qu'il n'y risquait rien.

L'Africain comme la Canadienne trouvèrent soudain des charmes qu'ils n'auraient jamais soupçonnés à Arcachon, son bassin, ses jardins et ses promenades le long de la plage bordée de villas cossues, parfois d'inspiration mauresque, ou à colombages, aux bow-windows britanniques, dans ce style unique de station balnéaire Second Empire, telle la villa L'Alma, témoin de leur rencontre à l'autre extrémité de la jetée de la Chapelle. La merveilleuse fraîcheur de cette passion naissante leur faisait porter sur ce paysage aussi familier que domestiqué un regard neuf et émerveillé. Ce séjour bourgeois était transfiguré par l'exaltation des cœurs amoureux. Robert évoquait son Afrique, les projets qu'il y échafaudait, et Christiane le laissait dire, amusée par ses descriptions exotiques : c'était loin, l'Afrique, et ils se connaissaient encore si peu... Ils avaient la plupart du temps pour seul chaperon le samoyède, prétexte à des promenades toujours plus longues, et parfois Alphonse, décidément sous le charme. Après avoir présidé à leur rencontre, il se sentait avec la jeune fille une complicité particulière et aurait sans doute, avec vingt ans de moins, succombé.

Mais sur le front de la politique et de la guerre, les événements se précipitèrent enfin, jetant une ombre menaçante sur cette idylle à peine née. Le 10 mai, l'offensive allemande sur les Pays-Bas, la Belgique et le Luxembourg mettait un terme définitif à la drôle de guerre. Véloce, puissante, implacable, parfaitement réglée, la machine de guerre allemande se révélait, après des années de préparation sous le nez des démocraties aveugles. Le rouleau compresseur nazi était parti pour ne rien épargner. Pendant quelques jours, on put encore croire à un équilibre des forces en présence, mais dès le 13 mai, avec la traversée des Ardennes et la percée de Sedan, la Wehrmacht contournait la ligne Maginot et semait la panique, mettant en déroute Anglais, Belges et Français. La fin des vacances avait sonné.

La brusque accélération des événements et l'irruption de l'armée allemande sur le territoire français eurent des répercussions immédiates sur les eaux jusque-là tranquilles du bassin. Il n'était plus question de pêcher sur la jetée de la Chapelle ni de lézarder sur les plages, alors que les unités françaises étaient taillées en pièces. Tous les jours, les informations ajoutaient à la confusion. Christiane, que les assiduités de Robert avaient distraite de la pensée de son père, était de nouveau obsédée par son sort. Entre eux s'interposait désormais l'absent dont on ne savait rien et pour qui l'on tremblait d'autant plus. Dans la panique générale, on ne savait même pas ce qu'était devenue son unité… Ni s'il avait été blessé… Était-il seulement encore en vie ? La jeune fille tremblait ; Mireille se rongeait les sangs. Christiane avait toutes les peines du monde à la calmer et, en dépit de la meilleure volonté du monde, Robert avait du mal à faire face à tant d'angoisse.

Les Matthieu lâchèrent la maison louée aux Abatilles pour se replier à Bordeaux où Alphonse avait encore des affaires à régler avant le départ pour l'Afrique, et Robert n'eut d'autre choix que de suivre ses parents. Là, on était hébergés chez le fameux oncle brasseur qui l'avait accueilli lors de ses courtes études, rue David-Johnson, dans sa maison attenante à la brasserie.

De mauvais souvenirs pour le jeune homme, déjà attristé par sa séparation d'avec Christiane restée à Arcachon. Mais l'avenir à ce moment ne leur appartenait plus, il venait de leur être confisqué pour une durée indéterminée. Ils l'ignoraient, mais cet éloignement n'était qu'un avant-goût de ce qui les attendait. La liaison Bordeaux-Arcachon était relativement facile, avec la ligne de chemin de fer fonctionnant normalement. Ils pouvaient encore se retrouver pour entretenir cet amour naissant dans un climat chaque jour plus délétère. Précieuse et fragile petite flamme qu'il fallait à tout prix protéger de la tempête.

Le samoyède Cabot les précédait sur la plage à peu près déserte. À une vingtaine de mètres devant eux, il décrivait de grands zigzags délimités par le sable sec à sa gauche et les vagues mourantes de la marée basse à sa droite. La surface luisante du sable conservait une trace de sa trajectoire. Comme à chaque fois heureuse de retrouver Robert, Christiane ne s'en faisait pas moins un sang d'encre, malgré ses efforts pour faire bonne figure, incapable de prendre sur elle. Ses sourires étaient autant d'aveux criants de son inquiétude.

— Les armées françaises et anglaises sont acculées à Dunkerque… Combien de temps vont-elles pouvoir tenir ?

La France entière avait subi l'avancée de la Wehrmacht, suivant sans y croire la progression de la *Blitzkrieg*. Incapable de répondre à cette question, Robert se devait pourtant de la rassurer. Il n'aspirait même qu'à ça, au risque de s'avancer un peu trop…

— Je n'ai pas l'impression qu'il y ait eu beaucoup de combats… La plupart des unités se seraient rendues sans tirer un coup de feu… Ça n'est pas très glorieux, mais au moins ça limite le nombre de victimes. Les Allemands sont quand même des gens civilisés. Ils ne vont pas aller contre la convention de Genève…

— Tu dois avoir raison…

Pour marcher sur le sable mouillé, ils avaient ôté leurs chaussures et lui de temps à autre regardait l'empreinte de ses jolis pieds de danseuse bientôt happée par la mer.

— Moi je tiens à peu près le coup, en tout cas je me raisonne, reprit-elle plus vaillamment. Mais c'est Maman… Elle est tellement angoissée que ça en devient parfois à peine supportable. Plusieurs fois, j'ai été obligée de lui dire de faire attention devant les garçons. Ils sont encore si jeunes.

— Dis-leur de venir avec nous la prochaine fois, si ça peut leur faire du bien…

— Tu es gentil. Après le Canada, le choc est rude pour eux.

— J'aimerais faire mieux que ça, mais on est tous un peu K.O., pour l'instant.

— Qu'est-ce que tu fais ? demanda-t-elle en se retournant vers lui qui s'était laissé distancer de quelques pas.

— Je regarde tes traces dans le sable. Si j'avais un appareil, je les photographierais.

— Qu'est-ce qu'elles ont de spécial ?

— Elles sont aussi belles et fragiles que ce moment. Et aussi décidées que toi. Ça me ferait un souvenir que j'aimerais emporter.

— Vous voilà bien poétique, monsieur Matthieu !

— Et pourquoi pas ? répliqua-t-il en rougissant légèrement avant d'être enlacé avec fougue.

*

Chacun des baisers de Robert était un supplice. Enivré par leur douceur, leur volupté et parfois leur violence, enhardi par l'effet qu'ils produisaient sur lui, exacerbant son désir, Robert brûlait d'envie d'aller plus loin, ce qui n'était pas possible. Il avait parfois tenté de glisser une main dans son chemisier lorsqu'ils étaient allongés sur la plage, dans un coin désert du parc Pereire ou dans une salle de cinéma, mais Christiane se raidissait, pas encore prête à lui sacrifier sa vertu. Et malgré l'échec systématique de ses tentatives, malgré les trésors de persuasion qu'au paroxysme du désir il déployait en vain, Robert comprenait : en 1940, une jeune fille de bonne famille ne couchait pas avant le mariage, il s'agissait d'un interdit que la plupart ne pouvaient se résoudre à franchir. Pour cela, mieux valait s'adresser à d'autres moins farouches, de celles que son ami Maurice resté en Afrique fréquentait. On pouvait bien évidemment tomber sur une exception, une fille à l'esprit assez libre pour mépriser ce genre de conventions, mais à dix-sept ans, Christiane était encore trop jeune pour ça. Robert voyait bien qu'une part d'elle en avait envie, qu'elle aussi le désirait, mais il ne voulait pas la brusquer et se contentait de cet amour chaste en attendant des jours meilleurs. Et elle s'arrangeait toujours pour le faire rire, histoire d'atténuer ses refus.

À Bordeaux, éloignée de plusieurs centaines de kilomètres du théâtre des opérations, certains pouvaient encore entretenir l'illusion que l'on resterait à l'écart des zones de combat, que ça s'arrêterait avant, que l'avancée allemande serait enfin stoppée. Mais personne ne pouvait ignorer les colonnes de fuyards jetés en pâture aux stukas en rase campagne, l'inimaginable spectacle de cette déroute rapporté par tous les quotidiens, décrit sur toutes les ondes radio, ni l'afflux de réfugiés par centaines de mille dans la ville, dernière étape avant l'Atlantique ou le chemin de l'Espagne.

Plus le temps passait, moins on pouvait être dupe. En quelques semaines, la population bordelaise était passée du simple au double, les rues étaient encombrées de véhicules en tout genre, de voitures à cheval et de bicyclettes aux chargements les plus hétéroclites. Les fuyards y avaient ficelé à la hâte tout ce qu'ils avaient pu, des matelas, des buffets, des pendules et des fauteuils, des malles cabines et des valises... toutes ces possessions qu'ils n'avaient pas eu le cœur d'abandonner. Éprouvés, épuisés, ne sachant plus où aller, des gens venus des Pays-Bas, de Belgique, du Luxembourg, des Flandres, de l'Est et de la région parisienne, des familles entières, comme des militaires sans unité bivouaquaient dans les parcs, sur les trottoirs et les terre-pleins, partout où ils trouvaient une place. En certains endroits, la circulation, même à pied, était devenue compliquée. Des distributions de repas étaient organisées un peu partout, la pénurie d'eau menaçait. Les rares fontaines étaient prises d'assaut. On attendait des heures pour quelques litres. La chaleur de ce mois de mai n'arrangeait rien. Les plus prévoyants redoutaient une épidémie. Le chaos gagnait. La guerre affluait à Bordeaux jusqu'alors épargnée, lui offrant son visage le plus pitoyable : celui des victimes civiles, des populations déplacées. Derrière leurs fenêtres, les Bordelais effarés subissaient cet afflux.

Rue David-Johnson, l'ambiance était tout autre. En homme d'affaires opportuniste, l'oncle Lucien se frottait les mains. Ces réfugiés représentaient une clientèle inespérée. La plupart étaient partis avec leur bas de laine et avaient donc de quoi désaltérer leur soif. Quoi de plus simple, accessible et réconfortant dans ces conditions qu'un bon demi ? Les cuves fonctionnaient à plein régime, chaque jour les véhicules chargés de fûts partaient irriguer les différents débits de boissons de la ville et revenaient avec des carnets de commandes aussi remplis pour le lendemain. Les cafés ne désemplissaient pas, et jusque dans la rue on servait des pintes. Il y avait bien la question des latrines et de l'hygiène publique, mais ça ne le concernait pas. La situation était d'autant plus profitable que le chaos généralisé interdisait toute livraison longue distance : en quelques jours, la guerre avait éliminé 80 % de la concurrence. Jamais la bière Olympia ne s'était aussi bien vendue, jamais l'argent n'avait coulé à flots aussi puissants.

Sa principale inquiétude concernait l'approvisionnement en malt, en houblon et en sucre, nécessaires à la fabrication de la bière et de la limonade. Ayant encore de quoi tenir quelques semaines, il s'affairait déjà pour éviter la pénurie.

D'un autre côté, à mesure que l'Olympia s'écoulait, le brasseur s'improvisait antiquaire. La plupart des réfugiés ne pourraient pas trimballer plus loin leur mobilier. Certains allaient rentrer chez eux, mais d'autres n'avaient plus de chez-eux ou ne pouvaient pas tomber entre les mains des nazis. Plus ces derniers progressaient, plus le cours des meubles et objets encombrants chutait. Ça tombait bien pour l'oncle qui avait l'argent et la place pour entreposer ses acquisitions. En quelques jours, une filière s'instaura spontanément. Très vite, quelques individus jouant les intermédiaires surent que le brasseur était acheteur. Des voitures à bras, à cheval ou à moteur pénétraient dans la cour de la brasserie dont un des hangars faisait désormais fonction de garde-meubles. Lorsqu'on y laissait entrer la lumière du jour en entrouvrant la porte, çà et là quelques éclats rehaussaient la pénombre. L'oncle appréciait le cristal, les bronzes et les dorures.

Et la satisfaction de Lucien Lamballe était d'autant plus grande qu'il était de ceux qui, depuis des années, déploraient le délitement général et appelaient de leurs vœux un renouveau. L'esprit de fête régnant dans l'entre-deux-guerres, puis le Front populaire et les congés payés n'avaient pas nui au commerce, mais à force de mollesse et de compromissions, on allait dans le mur. Il n'allait pas jusqu'à dire qu'on avait mérité ce qui arrivait ; vis-à-vis des Matthieu qu'il hébergeait, il avait la décence de ne pas se réjouir trop ouvertement. En apparence au moins, il communiait encore dans le sentiment général de stupéfaction, à l'unisson avec le choc et la consternation ressentis dans la France entière face à l'ampleur du désastre, mais il avait plus de mal à ne pas laisser libre cours à sa satisfaction d'entrepreneur comblé.

Alphonse et sa famille étaient sidérés par le spectacle qui s'offrait sous leurs yeux ainsi que par le flux d'informations que la TSF et les quotidiens leur livraient. La vie en Afrique, où les actualités leur parvenaient amorties par l'éloignement et les délais de livraison des journaux, les avait tenus à une certaine distance de l'agitation et des débats de politique intérieure. Alphonse pouvait comprendre la jubilation de son beau-frère face à sa brasserie fourmillant d'activité. Les meubles qui s'accumulaient dans l'entrepôt, c'était une autre histoire, un sujet qu'il préférait éviter. Mais Lucien semblait sûr de son fait : tout cela ne durerait pas, d'ici quelques semaines l'ordre reviendrait et on repartirait sur des bases plus saines. Fort de sa chance, il en rajoutait. Ses affaires florissantes lui conféraient une autorité nouvelle.

Avec l'intransigeance de sa jeunesse, Robert était moins enclin à écouter l'oncle. Déjà, lors de ses années de collège, il appréciait peu cet homme dont la sécheresse physique lui avait toujours semblé refléter la sécheresse de cœur. Il n'aimait ni son regard abrité derrière ses lunettes cerclées de fer, ni le ton cassant de sa voix désagréable, ni ses costumes croisés trop stricts, ni ses cheveux gominés qui accentuaient son air sévère. Les années africaines n'avaient pas adouci son point de vue à son égard. Alors, plutôt que de l'entendre pérorer de façon douteuse, dès qu'il en avait la possibilité, il filait à Arcachon retrouver Christiane.

Le 14 juin, suivant le flot des fuyards, l'appareil d'État se repliait à Bordeaux, transformée pour la troisième fois de son histoire en capitale éphémère. Dans le désordre et une ambiance de fin de règne, les différents ministères investissaient plusieurs hôtels particuliers du centre-ville, tandis qu'Albert Lebrun et Paul Reynaud, respectivement présidents de la République et du Conseil, s'installaient rue Vital-Carles barrée par la police et, par conséquent, seul havre de paix dans cette ville transformée en camp de réfugiés. La Chambre des députés et le Sénat étaient relégués dans des bâtiments inadaptés. Les gouvernements en exil de Pologne, du Luxembourg et de Belgique trouvèrent également refuge dans le département, comme les ambassades et légations étrangères accueillies dans quelque soixante-dix châteaux viticoles. Le centre névralgique de la France se trouvait déplacé en Gironde et plus particulièrement à Bordeaux, nouveau théâtre d'ombres, d'intrigues, de manœuvres et de tractations menées dans des couloirs et des bureaux encombrés de cartons pas encore déballés, refuge d'un personnel affolé cherchant à tirer son épingle du jeu ou sauver sa peau.

Ces mesures prises dans la panique n'étaient pas de nature à ralentir l'avancée allemande. En un mois, l'armée française avait été réduite à néant. Trois jours seulement après ce déménagement de dernière minute, Paul Reynaud démissionnait, aussitôt remplacé par le maréchal Pétain qui, à peine au pouvoir, invitait les Français à cesser les combats. Et cette tournure désastreuse ne pouvait, aux yeux d'Alphonse et de sa femme, qu'appuyer les discours d'un Lucien de plus en plus acrimonieux.

Alphonse aussi avait à faire. Jusqu'à nouvel ordre, l'Afrique était épargnée et la constitution de son convoi toujours d'actualité. En ces heures chaotiques, ses fournisseurs étaient soulagés de trouver à écouler leur marchandise et lui pouvait en tirer avantage.

La population bordelaise n'était pas pour autant à l'abri : dans la nuit du 19 au 20 juin, peu avant minuit, le lugubre hululement des sirènes invitait les Bordelais à rejoindre les abris. Avec l'afflux des réfugiés encombrant les rues et les parcs de la ville, la foule de la surface se retrouvait dans les sous-sols. On était contraint de s'entasser dans des caves bondées où l'atmosphère surchargée d'angoisse ne pouvait que favoriser la claustrophobie. Puis le sinistre grondement des avions dans le ciel s'imposa, régulièrement couvert par les déflagrations plus ou moins assourdies en fonction de la distance. Alors que les pourparlers d'armistice étaient engagés, la Luftwaffe bombardait la ville, frappant à peu près partout, n'épargnant aucune zone : les Chartrons, les quais, le centre-ville, les quartiers Jardin public et Saint-Michel… En plusieurs endroits, le ciel rougeoyait des incendies provoqués par les bombes. Un de ces raids d'intimidation comme les nazis en avaient déjà menés depuis le début des hostilités. Sauf qu'à Bordeaux, on n'imaginait pas être touché à son tour.

Chez l'oncle aussi, on descendit dans la cave, à attendre que ça passe, apeurés et impuissants, à regarder l'heure tourner en prêtant attention au bourdonnement des avions et aux explosions. L'une d'entre elles toute proche, dans la rue même, fit trembler les murs et cliqueter les bouteilles, tandis qu'on priait pour que ça s'éloigne, que la prochaine ne tombe pas directement sur la maison.

Terrible attente au cours de laquelle on était réduit à la plus grande impuissance, éclairé par une vague et unique lueur fixée près de l'escalier, juste de quoi deviner la peur chez son vis-à-vis et s'étreindre les mains pour se rassurer quand le bourdonnement des bombardiers devenait insupportable et les explosions trop proches. La terreur des populations civiles soudain rattrapées par la guerre.

Et Robert trouvant pour la première fois son père si vulnérable, ne pouvant rien pour calmer l'angoisse de sa mère et ignorant du sort de Christiane, eut soudain peur pour elle. Robert chez qui, du haut de ses vingt ans, la frustration de ne pouvoir rien faire l'emportait sur la peur. Comment être certain qu'Arcachon n'était pas soumis à une pluie de bombes ? Il avait beau se raisonner, la terreur ambiante, le bruit sourd des déflagrations et le tremblement des fondations faussaient toute réflexion. D'autant plus qu'il n'avait encore jamais eu peur pour personne.

Une fois le ciel redevenu silencieux, dans la nuit éclairée par les incendies, on osa enfin remonter à la surface. On n'était pas les seuls à ressentir le besoin de sortir au grand air. Sur les trottoirs et la chaussée, des silhouettes aux gestes timides scrutaient les nuées. Après le vacarme auquel on avait été soumis, on doutait de ses propres oreilles grâce auxquelles on aurait pu anticiper une nouvelle vague ou un bombardier retardataire. À quelques dizaines de mètres, dans la rue David-Johnson, un bâtiment était en flammes, des sirènes se rapprochaient, mais la brasserie Olympia avait été épargnée. L'oncle pouvait souffler. Avec un peu de chance, sa nouvelle fortune n'allait pas l'abandonner si vite.

Encore choqués par l'attaque, on finit par aller se coucher. Dans son lit, ne trouvant pas le sommeil à force de guetter le silence à l'affût d'une nouvelle alerte, Germaine pressait son mari de terminer la constitution de son convoi. En plus de la situation, elle n'aimait pas le spectacle qu'offrait son frère, avec son air de s'en réjouir comme si seuls comptaient les profits de son entreprise.

Au matin, la ville compterait ses pertes : une soixantaine de morts, plus de cent quatre-vingts blessés et des dizaines de bâtiments en ruine. Après les réfugiés, la guerre s'invitait de façon beaucoup plus brutale au cœur de cette ville prospère et fière. Plus de peur que de mal pour Robert et sa famille, mais cette attaque aérienne aurait dû résonner à leurs oreilles comme un premier avertissement, une indication de ce dont la guerre était capable, de la portée sans limites de ses griffes.

Deux jours plus tard, une fois signé l'armistice, la France gravissait quelques degrés supplémentaires de l'échelle de l'humiliation. Le pays était coupé en deux par la ligne de démarcation, et Bordeaux, à cause de son accès direct à l'Atlantique, était englobée dans la zone occupée. Bientôt des hordes de sous-marins partiraient de son port afin de couper la route aux convois maritimes en provenance d'Amérique. Le 1er juillet à 23 heures, l'horloge de la cathédrale Saint-André était avancée d'une heure, désormais synchrone avec Berlin, tandis que les uniformes vert-de-gris investissaient les rues. Après le chaos de la débâcle, un ordre nouveau allait régner sur la ville.

À Arcachon, Christiane et sa mère se désespéraient toujours du silence de Georges dont on était sans nouvelles depuis l'offensive. Le croyant mort, elles n'osaient plus rien attendre et évitaient de prêter attention aux rumeurs les plus folles qui circulaient à propos des soldats et officiers français de la ligne Maginot. À l'incertitude liée à la situation générale s'ajoutait la douleur du deuil et de l'espoir auquel, par superstition, on refusait de s'accrocher. Et puis un matin, Christiane trouva glissée dans le courrier cette lettre qu'on n'attendait plus, avec un tampon allemand, à l'adresse rédigée de la main de son père, de cette petite écriture soignée qu'elle aurait reconnue entre mille. Le tampon seul l'aurait bouleversée, mais l'écriture la rassurait : au moins son père était-il en vie. L'enveloppe à la main, elle se dirigea vers la cuisine d'où lui parvenaient des bribes de phrases laborieusement prononcées par Marc son cadet à qui leur mère apprenait à lire.

— Maman !

Alertée par le ton dramatique, Mireille avait levé les yeux du livre de son fils pour aussitôt repérer la lettre entre les mains de sa fille.

— Votre père est donc vivant ?!

— J'en suis sûre, Maman !

— Donne ! dit-elle en lui arrachant le courrier des mains. Oh, merci, mon Dieu !

Et déjà elle décachetait l'enveloppe et en extrayait la lettre, dans un silence fébrile. Elle entreprit la lecture sous le regard implorant de Christiane et les supplications des garçons, Luc la pressant de questions, tandis que Marc commençait à pleurer. Pour satisfaire leur curiosité aussi bien que pour les calmer, elle reprit alors sa lecture à voix haute :

*Ma Chérie,*

*Quel soulagement de pouvoir enfin vous écrire ! Après ces interminables semaines au cours desquelles, imaginant votre angoisse, je désespérais de vous laisser sans nouvelles.*

*J'ai été fait prisonnier avec toute mon unité le 25 mai, sans avoir eu l'occasion de tirer un seul coup de feu, après quoi nous avons été envoyés dans un camp situé dans l'Est de l'Autriche, l'Oflag XVII, que nous avons atteint après un périple de plusieurs semaines. Nous sommes près de cinq mille officiers français parqués dans des baraquements au confort sommaire mais les conditions de vie semblent supportables. Nos gardiens sont des vétérans de la Première guerre, et on nous a assuré qu'en tant qu'officiers, nous ne serons soumis à aucun travail forcé. Mais nous demeurons dans l'ignorance absolue concernant la durée de notre détention. Les journées et les semaines promettent d'être longues. Certains ont commencé à s'organiser pour passer le temps et entretenir le moral général. Des personnalités aux talents d'organisateurs émergent. Il est question d'activités sportives, de conférences, de cours en tout genre, et même de musique et de théâtre.*

Après avoir tranquillisé sa femme sur son sort, Georges lui enjoignait de remonter à Maisons-Laffitte où demeurait sa mère. La maison était assez vaste pour les accueillir tous les quatre, et de là elle pourrait entrer en contact avec les Chaudronneries lorraines, maison mère de la société qu'il dirigeait au Canada. Elle y trouverait un arrangement lui assurant de quoi subsister pendant son absence. Il terminait sa lettre en s'enquérant de chacun et chargeant Mireille d'embrasser les enfants pour lui, avec une mention spéciale pour son aînée, sur le courage de laquelle, en bon connaisseur des natures respectives de sa femme et de sa fille, il comptait pour épauler sa mère.

Ce premier courrier laissa Mireille et sa fille presque aussi désemparées qu'avant. Le temps était désormais celui de la survie. Maigre consolation pour Christiane, que la perspective de quitter Arcachon pour Maisons-Laffitte assombrissait : l'heure du départ avait aussi sonné pour les Matthieu. La séparation était donc inévitable. Alphonse était parvenu à constituer son convoi et ils allaient enfin pouvoir quitter le cauchemar de cette France sous domination allemande pour gagner des cieux plus cléments. La séparation serait plus supportable pour Robert qui allait retrouver cette Afrique tant aimée que pour elle qu'attendait une région parisienne forcément beaucoup moins hospitalière. Après les effusions de jeunesse, une chape de plomb s'était abattue sur le pays.

La dernière fois que Robert alla trouver Christiane à Arcachon avant le grand départ, elle l'attendait sur le quai de la gare et l'accueillit avec un air étrange qui aussitôt le surprit :

— Que me vaut cet air ? lui demanda-t-il en la prenant dans ses bras. Tu sais que c'est la dernière fois que je viens.

— J'ai une surprise pour toi.

— Une surprise ? répéta-t-il, de plus en plus intrigué par ces mystères.

— Tu verras, dit-elle en l'entraînant vers la sortie.

Main dans la main, ils traversèrent la ville, hermétiques à la rue, aux passants et aux véhicules, habités par l'urgence de ces adieux, émus par ce dernier rendez-vous, déjà effarés par l'imminence de la séparation. Devant la maison des Roland, Christiane se dirigea vers la grille en sortant sa clef.

— Tu ne veux pas aller sur la plage ? s'étonna Robert.

Sans tenir compte de sa question, Christiane ouvrit la porte et attendit sur le seuil qu'il veuille bien la rejoindre.

— Maman et mes frères sont partis toute la journée au Cap Ferret, dit-elle en refermant la porte. On a tout l'après-midi. Viens, fit-elle en l'entraînant par la main vers sa chambre.

Le saint des saints. Robert n'y avait jamais pénétré et voilà qu'elle l'y invitait seul. Même pour leurs adieux, il n'avait osé en espérer tant, résigné, depuis les multiples refus qu'il avait essuyés, à repousser ce bonheur à un avenir de plus en plus lointain. Et voilà qu'en souriant, l'air de rien, avec une légère gravité masquant sa timidité soudaine, elle prenait les devants. En un coup d'œil il détailla la pièce, le papier peint, l'armoire à glace, le petit bureau, le paravent occultant un lavabo, les gravures… tout ce qui composait son univers jusque-là fantasmé, avant de revenir vers elle, assise sur le lit, qui l'attendait en souriant.

— Tu veux bien fermer la porte ?

Maladroitement, Robert s'exécuta puis s'approcha d'elle, plus belle et libre que jamais, qui riait de sa stupeur maintenant que ce qu'il avait si longtemps désiré s'offrait à lui aussi spontanément, aussi simplement.

Et cet après-midi-là, la veille du grand départ et d'une séparation dont personne n'aurait pu prédire la durée, dans cette chambre de jeune fille encore virginale, Robert découvrit enfin Christiane, sa fiancée dénudée et offerte, ultime cadeau qu'elle avait tenu à lui faire avant l'Afrique, ultime preuve d'amour avant l'inconnu qui les attendait l'un et autre, autant qu'ultime moyen de mieux se l'attacher. Ne venait-elle pas de créer entre eux un lien indéfectible, en bravant cet interdit ? Elle le savait assez homme d'honneur pour être à peu près sûre d'elle.

*

Christiane avait tenu à assister au départ de Robert. Elle avait laissé planer le doute sur sa présence à ce moment, mais pour rien au monde elle n'aurait raté ces adieux. C'était donc elle qui avait pris le train reliant Arcachon à Bordeaux pour serrer une dernière fois dans ses bras son « fiancé ». Et à présent, d'ordinaire pudiques, ils se tenaient par la main à l'ombre d'un des camions chargés à ras bord dont le moteur Diesel tournait déjà, laissant s'échapper une fumée grasse et noire.

— Alors comme ça, tu m'abandonnes ?

— Tu es bête. Comme si j'avais le choix.

— Mais non, je te taquine. Tu es sûr au moins qu'ils vont vous emmener jusqu'en Afrique, ces camions ?

— Mais j'espère bien. Sinon mon père ne les aurait pas achetés. Ce n'est pas parce qu'ils ne sont pas flambant neufs qu'ils ne roulent pas. Mais je t'emmènerais si ça ne tenait qu'à nous.

— Pour que je laisse ma mère et mes frères tout seuls ? Vous savez bien que ça n'est pas possible, Robert Matthieu. Et puis vous serez plus tranquille sans moi, dans votre chère Afrique... Tu seras prudent, n'est-ce pas ?

— Évidemment.

— Et tu m'écriras, hein ?

— Mais bien sûr. Mais c'est toi qui vas découvrir une nouvelle vie à Maisons-Laffitte, moi je ne fais que rentrer chez moi. Je vais retrouver ma routine, ajouta-t-il pour atténuer sa joie de retrouver Bobo et tenter de rééquilibrer leurs deux situations en sa faveur à elle. C'est donc toi qui auras des tas de choses à me raconter.

— Paris à l'heure allemande...

Les cheveux blonds coiffés en nattes, la taille affinée par une jupe plissée, les chevilles prises dans des socquettes blanches, le regard éperdu, le samoyède à ses côtés, Christiane offrait un tableau aussi ravissant que mémorable, mais autour d'eux les chauffeurs s'activaient après qu'un premier coup de Klaxon avait retenti.

— Alors, les amoureux ! Cette fois, l'heure des adieux a sonné ! intervint Alphonse. Laisse-moi donc t'embrasser, ma chérie, ajouta-t-il en joignant le geste à la parole.

— Vous ferez bien attention à lui, n'est-ce pas ?

— Et il te reviendra encore plus beau qu'avant ! Allez, Robert, c'est nous qui prenons la tête, ne faisons pas attendre le convoi.

De façon précipitée, Robert embrassa Christiane et se hissa dans la cabine où l'attendait déjà son père au volant. Honteux de sa maladresse tandis que Christiane le regardait au bord des larmes, il redescendit précipitamment pour l'enlacer à nouveau et lui donner un baiser fougueux qui lui insufflerait toute sa force. Une cacophonie de Klaxons le rappela à l'ordre, il s'arracha à cette étreinte pour s'accrocher une dernière fois au regard de son aimée, et remonta dans la cabine.

— Tu la reverras bientôt, le rassura son père.

— Tu crois ça ? répliqua-t-il, assez peu convaincu par ce mensonge.

Alphonse enclencha une vitesse. Robert n'eut pas le temps de réaliser ce qui se passait que le camion s'ébranlait dans un grondement de moteur, ses gaz d'échappement chassant Christiane et son chien de la place qu'ils occupaient sur le trottoir. Et ils avaient beau s'être échangé des serments de fidélité passionnés, ni l'un ni l'autre ne pouvaient avoir la moindre idée de ce qui les attendait, ni du jour de leurs retrouvailles.

À vingt ans, Robert rejoignait sa chère Afrique, mais laissait derrière lui en zone occupée, avec sa mère et deux petits frères à charge, cette jeune fille entrée dans sa vie comme un chien dans un jeu de quilles. Lui aussi, à l'insu de son père au volant, essuya une larme aussitôt séchée par le vent de la route.

Après avoir quitté une ville aux édifices publics pavoisés de croix gammées, traversé une France coupée en deux, débarquer sur le sol africain fut pour Robert un soulagement. Déjà l'air du large, puis la vision des côtes marocaines et de la ville de Tanger avaient diminué la tension que le passage de la ligne de démarcation avait exacerbée. Avoir à montrer patte blanche à des soldats étrangers pour traverser son propre pays lui était difficilement supportable. Il avait fallu la sagesse résignée de son père pour ronger son frein, assis en silence sur le siège passager du Berliet, pendant qu'un soldat allemand en inspectait le contenu.

Comme à l'époque du certificat d'études cinq ans plus tôt, contrairement à l'immense majorité de sa classe d'âge, il avait le choix. L'Afrique, toujours elle, lui offrait une porte de sortie. Mais il n'avait plus quinze ans et il n'était plus question de sa seule personne et de décisions n'engageant que lui ; il en allait désormais de la France, cette abstraction que sa vie de colon lui avait permis de cultiver, ainsi que de Christiane qu'il se reprochait d'avoir abandonnée. Même s'il s'agissait de son devoir et de sa place au sein du comptoir, il se sentait lâche de l'avoir laissée seule, responsable d'une mère fragile et de Luc et Marc, âgés de sept et cinq ans. Lui proposer de l'accompagner en Afrique était un vœu pieux. Pourtant, convaincu de sa force de caractère, il se doutait qu'elle saurait faire face.

Face au courage de Christiane, cette traversée longtemps rêvée lui paraissait une fuite. Cette impression désagréable s'était nourrie des semaines passées chez l'oncle, du spectacle de son affairisme pendant la débâcle, de son ignoble satisfaction et de sa certitude que l'on pourrait très bien coopérer avec les Allemands dont il parlait la langue. L'entendre pérorer et donner des leçons à l'abri de la masse des réfugiés campant dans la rue avait été un supplice qu'il se reprochait d'avoir subi en silence, sachant que la moindre protestation de sa part aurait placé ses parents dans l'embarras. Il était encore à l'âge où l'on n'est que spectateur de la vie des adultes.

Le passage en zone libre n'avait pas amélioré son état d'esprit. Aux yeux de sa jeunesse insoumise, c'était tout le pays qui était frappé d'infamie, et les Français du Sud qu'il apercevait du haut de son camion le long des routes bordées de platanes ou lors des fréquentes haltes, lorsque les réservoirs ou les estomacs étaient vides, ne lui semblaient pas beaucoup plus fiers ou joyeux que ceux du Nord. L'absence d'uniformes allemands et la liberté de circuler représentaient une différence considérable, mais après la déroute militaire, on sentait bien que ce n'était qu'un accord fragile arraché de justesse. On n'avait pas su l'arrêter, on en était réduit à d'odieuses compromissions avec l'ennemi ; même cette ligne de démarcation était à sa discrétion, et l'arrivée à Marseille, pourtant encore écrasée sous le soleil à l'approche de l'automne, ne suffit pas à calmer la révolte qui grondait en lui. Les préparatifs du départ, le chargement des camions dans les cales du bateau, la concentration requise dans cet environnement de machines et de métal, les ordres de son père à ce moment transfiguré n'atténuèrent pas non plus son amertume de la défaite.

Seule la contemplation des flots dans la nuit avait apaisé sa colère. Ce n'est qu'après la disparition des côtes françaises, qu'il avait retrouvé une certaine impression de liberté. À l'écart sur le pont, le ciel étoilé au-dessus de la tête, la surface mouvante et métallique de la mer à perte de vue, caressé par l'air du large, il avait enfin pu méditer sur ce qui était en train d'arriver, l'effondrement soudain de son univers, de son idée de la grandeur de la France, et de toutes ses certitudes.

Lui-même avait jusque-là été très protégé, cancre volontaire que l'on avait naturellement accueilli dans la mécanique bien réglée du comptoir familial. Et même si ses parents n'étaient pas dupes, il fallait bien lui donner un métier, puisqu'il avait renoncé aux études.

Chacun était à sa place : sa mère, pas mécontente d'avoir récupéré son fils unique, régnait sur la maison au personnel pléthorique et nonchalant à souhait, organisant des goûters et des dîners pour leur petite société d'expatriés, et son père à la barre de la maison de négoce, qui lui en révélait tous les arcanes : la gestion des hommes et des stocks, la tenue des comptes, l'entretien des camions, l'art de la discussion, celui de se repérer dans la brousse, les relations avec les fournisseurs et la clientèle, les Blancs comme les Noirs, citadins et villageois… Il acquérait au jour le jour ces compétences et en tirait de l'assurance, en douceur malgré les problèmes et les imprévus qui pouvaient surgir à tout moment mais que l'on finissait toujours par régler – il n'y avait jamais aucune raison de s'inquiéter vraiment, à ce jeu les Noirs étaient les plus forts. Cette partie de l'Afrique occidentale constituait un terrain d'exploration, avec les parties de chasse et de pêche en toute liberté, la faune, la flore et le folklore enchanteurs, ainsi que l'insouciance de cette vie de colons bien installés. Les soirées au club ou au bar du mess, le billard, les cartes et les femmes que l'on lorgnait, avec lesquelles on dansait parfois sur des airs diffusés à la radio ou grâce aux disques rapportés de métropole. Jeune Français élevé avec un pied sur chaque continent et le cœur penchant nettement du côté de l'Afrique, ses trésors et ses promesses.

Mais ce bel équilibre reposait aussi sur la mère patrie, cette France d'où l'on apportait la civilisation. La Gironde et Bordeaux en l'occurrence, d'où la famille était issue, et que l'on n'était pas mécontents de retrouver de temps à autre. Les racines en Europe mais le cœur en Afrique, avec la possibilité d'allers-retours sans entraves. La guerre venait de faire vaciller l'édifice.

Après l'eau, le sable. Le désert où l'on reformait le convoi sur la terre ferme, la dizaine de camions se suivant en file indienne sur d'interminables lignes droites poussiéreuses. De Tanger à Bobo-Dioulasso, quelque quatre mille cinq cents kilomètres traversant les paysages arides du Maroc, du Mali et de la Haute-Volta qui à cette époque n'était pas encore le Burkina Faso. Quatre mille cinq cents kilomètres plein sud au volant de camions qui en avaient vu d'autres, dont la mécanique parfois grippait, chauffait, fuyait ou cassait, à rouler le plus longtemps possible en luttant contre la fatigue, en espaçant les pauses au maximum afin d'arriver plus vite malgré les crevaisons, les pannes et le temps perdu en réparations de fortune. L'occasion pour Robert, lors de cette première traversée de méhariste, de se laisser gagner par l'ivresse et la beauté du désert et de ses nuits féeriques.

Le mythe de la grande route, la traversée du convoi de marchandises, la caravane aussi vieille que le monde, au sein d'une équipe avec laquelle on partageait la poussière, le bitume et les cailloux, il le vivait enfin, à la façon d'un rite initiatique, au côté de son père qui lui passait parfois le volant comme il lui aurait passé le témoin. Comment aurait-il pu imaginer que cette expérience si longtemps attendue serait assombrie ? Quelques mois plus tôt, il serait parti le cœur léger. Mais à présent, le souvenir de Christiane occupait l'essentiel de ses pensées. En se donnant à lui comme elle l'avait fait la veille, elle l'avait marqué d'une empreinte indélébile. Sur la route, il était dans l'impossibilité d'obtenir la moindre nouvelle, et l'incertitude concernant son sort virait à l'obsession. Avait-elle déjà quitté Arcachon pour Maisons-Laffitte ? Sa mère si inquiète allait-elle tenir le choc ? Et les enfants ?

Pourrait-elle vraiment soutenir tout ce petit monde, avec son chien Cabot comme principal soutien ? Plus il approchait du soleil et de la lumière des tropiques, plus il avait l'impression d'avoir laissé la jeune fille dans un pays plongé dans une nuit dont on ignorait la durée. Peut-être trouverait-il à l'arrivée une lettre qui l'aurait précédé par l'avion postal, mais pour l'heure il était condamné aux spéculations.

Au terme de six jours de voyage, ils atteignirent des routes et des paysages familiers, en Haute-Volta jusqu'aux faubourgs de Bobo, reconnaissant certains bâtiments, certaines enseignes aux couleurs criardes, et même certaines silhouettes et physionomies de leur quartier, tous ces détails anodins qui sont autant de signaux de bienvenue. Peu avant le crépuscule, ils parvinrent à destination, au siège de la société, dont la cour avait été vidée pour accueillir toute la flotte. Ils n'avaient pas passé le portail que le personnel au grand complet les attendait déjà, prévenu par un téléphone arabe toujours aussi efficace que mystérieux.

— Et tout ça sans avoir à déplorer aucune perte matérielle, dit Alphonse avec une expression fourbue mais heureuse en descendant de leur cabine.

On n'était jamais à l'abri d'un pépin. Victimes de la fatigue, certains chauffeurs rataient un virage ou un pont, précipitant le camion dans un ravin. On sauvait alors ce qu'on pouvait du chargement, le répartissant dans les autres véhicules, le camion étant abandonné, délesté de ses pièces les plus précieuses et condamné à rouiller. Ce genre d'accidents entretenait la légende de la route, déjà riche de sinistres qui avaient englouti la fortune de certains commerçants, sans compter les innombrables pertes humaines et leur lot de tragédies.

— C'est le risque qui justifie la marge, ajouta Alphonse, toujours à l'attention de son fils, en tapotant le capot encore chaud.

Il n'était jamais aussi heureux que dans ces circonstances. Cette part de jeu dans les affaires ne déplaisait pas à Robert : la prise de risque justifiait l'existence confortable que la famille menait depuis des décennies en Afrique. Mais cette fois, la défaite ternissait le paysage et ses conséquences menaçaient de s'étendre et de les atteindre eux aussi.

L'accueil différait de celui réservé d'habitude aux convoyeurs. Sur tous les visages se lisait une certaine gravité, et l'on sentait les questions proches de fuser. Les Noirs aussi étaient concernés, certains avaient des frères enrôlés dont ils étaient sans nouvelles. Des gars de vingt ans partis combattre, sous un uniforme qui n'était pas le leur, un ennemi dont ils ignoraient jusque-là l'existence, dans un pays où ils n'avaient aucune attache. Aux informations, dans un cinéma bordelais, Robert avait vu, écœuré, comment la propagande allemande montrait ces prisonniers, la caméra s'attardant avec insistance sur leur façon de manger, de jouer du tamtam et de danser. En Afrique, ces images leur avaient été épargnées, et il n'allait pas les leur décrire. Ça en disait trop long sur le sort qui leur était réservé.

Mais tous les employés pressés autour d'eux au pied des camions voulaient savoir. Ils ne connaissaient la situation que par les bulletins radiodiffusés, les journaux et des ouï-dire. Ça leur paraissait lointain, à peine croyable, que la France colonisatrice ait pu être aussi facilement défaite. On ne pouvait pas satisfaire leur curiosité comme ça, dans le désordre et l'anarchie ; la gravité des circonstances exigeait un peu de calme. Alphonse annonça une réunion une fois les camions déchargés. Le travail avant tout, parer au plus pressé, mettre en ordre les affaires courantes, après quoi on pourrait se préoccuper de la marche du monde.

Même si Robert n'en avait encore rien dit à personne – l'idée avait germé dans sa tête au cours des longues heures de route sous le soleil des différents déserts traversés –, la défaite et l'Occupation le préoccupaient plus que les destinées commerciales de la maison Matthieu. Le spectacle de l'oncle se frottant les mains en plein désastre n'y était pas étranger. Encore idéaliste, il ne comprenait pas que l'on puisse privilégier son propre intérêt au mépris de celui de la nation, la clientèle et le tiroir-caisse plutôt que l'intégrité nationale et le drapeau.

Pour l'heure, il était trop fatigué pour penser à autre chose qu'à un bain, à son lit, et avant ça à une lettre de Christiane qui l'attendait peut-être, raison qu'il donna à son père pour filer dès qu'il eut terminé de répondre aux employés du comptoir, à la fin de son bref exposé de la situation en métropole.

La Royal Enfield qu'il avait laissée à son départ l'attendait. On avait dû la faire tourner avant son arrivée, car elle démarra au quart de tour dès qu'il en eut actionné le kick. La sensation du guidon vibrant dans ses mains à l'unisson du moteur était également un signe de bienvenue. Dans le désastre, tout n'avait pas encore foutu le camp, et c'était bon de retrouver certains repères.

En pétaradant, il traversa la cour où presque toute activité avait cessé puis, imprimant du poignet droit une accélération à sa machine, il s'inséra dans la circulation clairsemée de Bobo.

La lumière du jour déclinait à vue d'œil – sous les tropiques la nuit tombait avec la lourdeur d'un rideau métallique –, d'autres s'allumaient dans la rue, des réverbères encore rares, des ampoules en guirlandes éclairant mal des étals de fruits et légumes, de produits artisanaux ou des débits de boissons, des boubous aux motifs géométriques, des coiffes majestueuses, des chiens faméliques, paysage à la mythologie contemporaine renforcé par les odeurs de son enfance qui le lui rendaient plus familier. En dépit du plaisir qu'il avait à diriger son engin dans les rues de Bobo, Robert savait qu'il serait de nouveau appelé un jour en France, pour le meilleur, et peut-être pour le pire.

La maison familiale était implantée au cœur du quartier des colons. Un jardin aux essences locales la soustrayait aux regards de la rue. L'ensemble était si touffu, qu'une fois assis sous la véranda ou sur la terrasse soutenue par la colonnade de la façade, on pouvait se laisser aller à l'illusion, quand la ville se taisait, de séjourner dans un lodge perdu au milieu de la forêt, ou une demeure bâtie au cœur d'une plantation. Robert n'avait pas encore franchi le portail que lui parvinrent les accords de *La Traviata*, qui se mariaient, dans ses plus tendres souvenirs, avec les palmiers et les palétuviers du jardin, tout en couvrant les cris d'oiseaux intrigués par cette concurrence mystérieuse. Parfois, un des volatiles invisibles se risquait à mêler son chant aux arias, un trille ou un gloussement comme il n'en résonne que dans les forêts primaires, mais il s'agissait de tentatives éphémères aussitôt couvertes par les voix humaines.

Le conflit ne pouvait avoir raison de toutes les habitudes. Au moins, Robert n'était pas dépaysé. Les déchirements des passions qu'exprimaient ces airs ne reflétaient en rien l'état d'esprit de sa mère chez qui ils engendraient tout sauf la mélancolie. Elle racontait à qui voulait l'entendre qu'elle se serait rêvée cantatrice, mais sa vie de femme de colon la comblait, ça crevait les yeux. Elle ne passait ses disques sur le gramophone que lorsqu'elle était heureuse, et elle en passait souvent.

Robert la vit le premier en entrant dans le salon : avec le gramophone diffusant *La Traviata* à plein volume, elle ne l'avait pas entendu arriver. Ému par la mélodie qui soudain exacerbait ses sentiments, il l'observa quelques instants, laissant flotter ce moment avant qu'elle ne détecte sa présence et ne devienne l'autre Germaine Matthieu, exubérante comme se devaient d'être dans son esprit ces chanteuses de bel canto dont elle aurait pu embrasser la carrière.

Plus tard, beaucoup plus tard, dans mes jeunes années, il m'est souvent arrivé de la surprendre à la Louisiane où, par la magie de la sono offerte par son fils, l'opéra venait retentir jusque dans sa chambre, condensé de sa maison africaine. À l'expression que la mélodie dessinait sur son visage, on voyait qu'en dépit des épreuves traversées, elle était encore capable de la vivre pleinement et de profiter de moments de bonheur.

Mon père aussi devait nous imposer ces airs, jusqu'à la nausée. Quand la sono diffusait jusque dans le vestibule un de ces opéras qu'à force chacun d'entre nous connaissait par cœur, on savait qu'il était rentré. C'était pour nous un repère sur sa présence comme sur son état d'esprit : immergé dans la musique, il était moins réceptif au quotidien, et certains d'entre nous en profitaient pour lui faire signer un mauvais carnet ou lui avouer une bêtise qu'il accueillait avec distraction. Germaine lui avait transmis son virus le plus cher, à moins que sa passion pour l'opéra ne fût avant tout pour lui un moyen de communier avec sa mère, y compris après sa disparition, et peut-être aussi de se retrouver en Haute-Volta. Moi-même j'ai parfois l'impression de sentir leur présence, lorsqu'un de ces airs familiers diffusé par Radio Classique vient me surprendre en plein travail. Cette façon que les êtres ont de se rappeler à nous… Ces ruses que l'on emploie pour les ramener près de nous…

Elle était assise dans la véranda, absorbée par son ouvrage, telle Pénélope attendant Ulysse. Dans cette pièce ouverte sur l'extérieur où elle passait l'essentiel de ses journées, elle s'était entourée d'une profusion de pots de terre et de jardinières où s'épanouissaient diverses plantes tropicales, dans une curieuse tentative d'inviter la forêt dans la maison. Une moustiquaire tendue entre elle et le jardin la protégeait des insectes qu'en absence de musique on entendait heurter le fin treillage de métal. C'était comme ça qu'il la préférait, concentrée, appliquée, naturelle, à mille lieues de toute représentation.

À peine l'aperçut-elle qu'elle lâcha sa broderie et se leva d'un bond pour le serrer dans ses bras, l'embrasser et, toujours théâtrale, s'inquiéter de sa santé après son odyssée.

— Ça n'a pas été trop dur ? Tu as mangé à ta faim ? Tu n'as pas trop maigri ? Laisse-moi voir… Et ton père ? Pas trop fatigué ? Vous avez tenu le choc, tous les deux ? Ah, je suis si heureuse de vous retrouver ! J'avais une de ces hâtes de vous voir arriver ! On est tellement mieux ici que dans cette atmosphère détestable. Mon Dieu… Comment a-t-on pu en arriver là ? Comment se sont-ils débrouillés en métropole pour avoir laissé faire un tel désastre ? Quelle pitié !…

— On peut baisser la musique ?

Dans son enthousiasme, Germaine n'avait pas pensé à diminuer le volume et ils s'entendaient à peine. Robert s'en chargea, coupant carrément la chique au ténor, très vite remplacé par le concert des insectes.

La minute de comédie passée, en mère attentive, Germaine le scruta, à l'affût du moindre signe alarmant. Du regard à l'attitude, tout en elle changeait dans ces instants de sérieux et dans la minute qui suivait elle redevenait vive et insouciante. N'ayant rien trouvé, elle finit par lui proposer un verre.

— Qu'est-ce qui te ferait plaisir ? Ton whisky-Perrier habituel ? Ou peut-être un pastis ? Tu l'as bien mérité, après ce si long périple… Ton baptême de la route… Mon Dieu, j'ai l'impression que tu as encore grandi !

— Vieilli peut-être… suggéra-t-il, amusé par la logorrhée de sa mère.

— Vieilli ! À ton âge. Moque-toi de moi… Mais tu n'as pas répondu à ma question ! Louise ! cria-t-elle alors pour appeler la cuisinière. Apporte-nous le plateau ! Robert a tellement soif !

— J'ai tout mon temps, Maman. Ne t'agite pas comme ça. Je boirai plus tard, pour le moment, j'ai surtout besoin de prendre un grand bain.

La voir enchaîner les questions sans attendre les réponses l'amusait, mais ce changement radical d'humeur, sous prétexte qu'elle avait retrouvé ses marques, lui parut puéril et pour la première fois, il eut l'impression qu'entre sa mère et lui les rôles étaient inversés. Elle pouvait le traiter en enfant, c'était désormais lui l'adulte responsable. C'était plus simple de refuser de voir la réalité en face, quand on ne se sentait pas directement menacé, quand on était à des milliers de kilomètres de toute zone de combat. On aurait dit qu'elle était inconsciente de ce qui se passait en France, qu'elle n'avait pas vu Bordeaux sous la férule allemande, avec les défilés, le couvre-feu, les réquisitions, les restrictions, les affiches en allemand et tout ce qui empoisonnait le quotidien des Français. Extraordinaire faculté de déni de la réalité dont jouissent certains, leur permettant de traverser l'existence et ses épreuves sans trop de casse. D'un autre côté, l'insouciance et la bonne humeur de sa mère étaient inestimables en ces heures troublées, alors comment ne pas lui pardonner la légèreté qui allait avec ?

— Au fait, tu as une lettre, finit-elle par lui dire en épiant sa réaction. D'une écriture que je ne connais pas… féminine. J'imagine qu'il s'agit de Christiane… Elle n'a pas perdu de temps.

Lui non plus ne connaissait pas l'écriture de Christiane, puisqu'ils n'avaient jamais eu l'occasion de s'écrire, mais elle avait tenu sa promesse et sa lettre ne s'était pas égarée en route. Tout n'était pas perdu, si l'aéropostale fonctionnait encore.

Sa mère faisait la maligne parce qu'éloignée de plusieurs milliers de kilomètres, la jeune fille ne risquait pas de lui arracher son fils. Avec le retour d'Alphonse et de Robert, telle une reine en son royaume, elle continuerait à écouter ses airs d'opéra en sirotant son thé avec ses amies sans se soucier du lendemain. Le grondement lointain du tonnerre pouvait encore laisser croire à l'illusion d'une menace diffuse. Alors que cette nouvelle venue…

Tandis que *La Traviata* couvrait à nouveau la musique des insectes, Robert gagna sa chambre située à l'étage, avec sa lettre postée à Arcachon. Sa petite Canadienne lui avait manqué sur les routes lancinantes du désert, avec sa spontanéité et sa vivacité rafraîchissantes. Et dans son Afrique retrouvée, la lettre à la main, elle lui parut soudain d'autant plus exotique, adorable et éloignée. Sans trop s'attarder sur l'écriture, il décacheta l'enveloppe et entama sa lecture.

*Mon Robert chéri,*

*Te voilà parti depuis quelques jours seulement et il me semble déjà que cela fait une éternité. Tu ne devrais recevoir ma lettre qu'à ton arrivée à Bobo-Dioulasso, si l'aéropostale fonctionne toujours normalement, mais je suppose qu'à l'heure où j'écris ces lignes vous avez embarqué et voguez en direction du Maroc. Et tu as eu beau me rassurer sur l'absence de danger lié à cette traversée, je dois t'avouer que je tremblerai tant que tu ne m'auras pas donné de nouvelles à l'issue de ce long voyage. Je sais qu'un appel téléphonique serait trop demander, mais je t'en supplie, une lettre au plus vite qui me réchauffera le cœur. Enfin, quel dépaysement ce doit être ! Sur ce point je t'envie, même si c'est surtout auprès de toi, peu importe l'endroit, que j'aimerais être.*

*De notre côté, nous allons finalement nous conformer aux instructions dictées par mon père depuis sa captivité et partir pour Maisons-Laffitte. Maman a déjà pris contact avec les Chaudronneries lorraines et les choses ont l'air de s'arranger comme Papa l'avait prévu. Elle devrait y obtenir un emploi d'assistante. Tu te doutes que ce départ et cette installation dans une ville que je connais à peine ne me réjouissent pas, mais « à la guerre comme à la guerre ». Je ne manquerai pas de te tenir au courant une fois installée là-bas.*

*Mon Robert chéri, je pourrais t'écrire des pages et des pages tant cette activité me rapproche de toi, mais l'heure tourne hélas et je ne peux y consacrer autant de temps que je le souhaiterais. Je n'ose t'avouer que le feu alimenté par nos corps enlacés brûle encore et pour toujours en moi, je le veux. Seul le souvenir de ces heures magiques passées avec toi dans ma chambre me permettra de tenir le coup en t'attendant. Car je vous attendrai, Robert Matthieu, vous pouvez être certain qu'aussi longtemps que durera la guerre je vous attendrai, espérant de tout mon cœur et de toute mon âme, votre retour.*

*Ta Christiane qui t'aime.*

Évidemment, ces nouvelles contrastaient avec la douceur de vivre qu'il venait de retrouver à Bobo. Un gouffre séparait leurs sorts respectifs et constater ce à quoi Christiane et sa famille étaient réduites pour survivre raviva la révolte que le désert avait atténuée.

La nuit était tombée. Tout à coup, il n'éprouvait plus aucune fatigue. Un bain pour se débarrasser de la poussière accumulée au cours de son voyage et, rasé de près, il irait retrouver Maurice au club où il devait avoir commencé sa soirée.

Maurice, compagnon de toutes les frasques et débordements de jeunesse dont ses responsabilités au comptoir l'éloignaient un peu trop vite à son goût. Maurice, son alter ego dont il n'avait aucune nouvelle depuis son départ de Bobo quelques mois plus tôt. La simple idée de le revoir après une si longue séparation l'enchantait. Sa réponse à Christiane attendrait le lendemain. Il avait besoin d'avoir les idées claires pour lui écrire, et avant ça de détailler leur histoire à son meilleur ami.

— Tu ne dînes pas ? lui demanda Germaine depuis le vestibule tandis qu'il dévalait l'escalier avec une veste propre et une cravate parfaitement nouée.

— Pas le temps !

— Encore Maurice ! Et ta mère ? À peine rentré, tu files comme un courant d'air ?

— Ma mère, je l'aimerai toujours ! s'exclama-t-il en l'embrassant avant de filer dans la nuit.

— Et Adèle ? Tu ne vas même pas voir Adèle ?

Robert s'arrêta dans son élan.

— Elle va bien ?

— Ah, quand même ! Sauveur s'en est occupé avec toute la douceur qu'on lui connaît et je crois qu'elle n'a rien cassé.

— J'irai la lui reprendre demain. Sinon je ne pourrai plus m'en débarrasser ! Mais je te reconnais bien là !

Adèle était sa guenon. Trois ans plus tôt, son père lui avait ramené cette toute jeune orpheline, après une partie de chasse. Robert s'était immédiatement pris d'affection pour l'animal apeuré qui, de ses yeux jaunes, réclamait une mère de substitution. Attendri, il l'avait nourrie au biberon, choyée, protégée, et tous deux s'étaient mutuellement adoptés. Comme un chien, Adèle prit l'habitude de le suivre partout et lui s'était fait à cette présence facétieuse, à cette compagne de tous les instants, dont il ne se lassait pas d'observer les gestes et les attitudes si proches de celles des hommes. Mais Adèle était maladivement possessive et, comme ils n'avaient jamais été séparés aussi longtemps, il anticipait déjà sa réaction lors de leurs retrouvailles. Dix-huit mois plus tôt, tandis qu'il s'était pour la première fois absenté plusieurs semaines, ivre de tristesse et folle de rage d'avoir été abandonnée, Adèle avait mis la chambre de son maître à sac. Plus spectaculaires que vraiment graves, les dégâts l'avaient surtout amusé par leur manifestation de jalousie féminine.

En se retournant avant de sauter les trois marches du perron desservant le jardin, il eut juste le temps de voir sa mère lui envoyer un baiser avec un sourire rayonnant. Il fit démarrer sa moto dont les chromes rutilaient sous l'hibiscus où il l'avait garée, franchit le portail en apercevant la voiture de son père approcher à sa droite, lui fit un signe de la main, et en quelques instants il était déjà loin, savourant le plaisir d'être de retour chez lui et la liberté que lui octroyait son engin.

Cernés par un nuage d'insectes, les lampadaires diffusaient leur lumière sur la pelouse et les plates-bandes de fleurs encadrant l'entrée de l'établissement. Un air de jazz filtrait à travers les fenêtres ouvertes, pour se perdre dans la moiteur de la nuit. Robert reconnut la clarinette d'un morceau sur lequel il avait dansé quelques mois plus tôt. En deux enjambées, il gravit les marches du perron menant à la véranda. Un bref sourire étira ses lèvres : avant même d'avoir poussé la porte, il était déjà certain de connaître plus de la moitié des personnes présentes. Son premier coup d'œil à l'intérieur confirma cette prescience.

Un verre de whisky posé sur le rebord de la table, Maurice s'adonnait à l'une de ses occupations les plus lucratives : le billard français, dont la grande table au feutre rouge occupait une partie de la salle à gauche en entrant, à l'opposé des fenêtres donnant sur la pelouse. Excellant à cette activité pour y avoir consacré, en alternance avec les cartes, l'essentiel de ses heures de lycée, Maurice prenait un malin plaisir à trouver des adversaires crédules, qu'avant de passer aux choses sérieuses il appâtait par un jeu médiocre. Une fois l'enjeu fixé et la partie engagée, c'était à un joueur d'un tout autre niveau que le pigeon avait affaire. Les habitués du club et autres établissements de la colonie se délectaient d'autant plus volontiers de cette comédie, que bon nombre d'entre eux en avaient été victimes. Mais avec le temps et la réputation établie de Maurice dans cette société miniature et rarement renouvelée, les pigeons potentiels se faisaient de plus en plus rares. Alors, quand il en tenait un, il offrait volontiers le champagne.

Au premier coup d'œil, Robert sentit que les choses ne se passaient pas normalement. Ce n'était pas son adversaire qui transpirait, mais Maurice qui serrait les dents. Un petit groupe s'était formé autour du billard, attiré par ce spectacle peu courant. Les regards des deux amis se croisèrent. La surprise passée, sans vraiment le saluer, Maurice lui adressa un sourire contrit. Ça non plus ne lui ressemblait pas. Pour une fois, il était dans ses petits souliers, pas du tout à son affaire.

L'inconnu au contraire, gros type d'une quarantaine d'années aux cheveux frisés et à l'air débonnaire, enchaînait les coups en tournant autour de la table avec une aisance de chat. Il avait joué les maladroits pour que Maurice, pris à son propre jeu, se soit laissé avoir. La métamorphose avait dû être aussi spectaculaire que féroce. Restait à espérer qu'il n'avait pas joué trop gros. Si l'autre l'avait aussi bien bluffé, on pouvait craindre le pire… D'ailleurs, les sourires autour de la table étaient dénués de bienveillance, comme si on se délectait enfin de la déroute de l'arnaqueur local. De là à les soupçonner d'avoir organisé l'affaire en faisant venir un professionnel… C'était la première fois que Robert le voyait dans la position du pigeon. Il éclata d'un rire communicatif que Maurice attrapa à son tour. Leurs retrouvailles avaient le mérite de la cocasserie et son arrivée celui de détendre l'atmosphère.

Se désintéressant de la partie dont il connaissait l'issue, Robert se dirigea vers le comptoir derrière lequel Marcel lui réserva l'accueil qu'il se devait après une si longue absence et, sans lui demander ce qu'il désirait, lui prépara un premier whisky-soda. C'est à ce genre de détails que l'on se sait chez soi. Marcel n'était pas du genre à le bombarder de questions, mais on sentait dans sa réserve, ses gestes et ses regards, qu'en dépit de ses quarante années d'Afrique la situation nationale le préoccupait.

Dos au comptoir, Robert promena son regard sur l'assemblée, ces hommes et ces femmes élégantes et futiles, qui profitaient du moment comme aux plus belles heures de l'entre-deux-guerres, lors desquelles on s'enivrait sans fin pour célébrer la victoire, la chance d'être en vie et le retour de la prospérité. Très vite, il fut rejoint par des connaissances, planteurs, négociants, fonctionnaires et leurs compagnes, qui contrairement à lui n'avaient de la guerre qu'une appréciation lointaine et déformée. Ils voulaient savoir, s'interrogeaient sur les inéluctables conséquences pour le négoce, mais leurs verres étaient pleins, leurs expressions réjouies et leurs mouvements légèrement influencés par le jazz. Peut-être était-ce aussi de leur part une façon, même inconsciente, de ne pas se sentir trop privilégiés, égoïstes ou coupables. Ils étaient heureux de se retrouver mais Robert ressentait désormais une différence entre eux. Toutes proportions gardées, il se trouvait dans une position comparable à celle d'un soldat de retour du front qui s'aperçoit que ses compatriotes demeurés à l'arrière n'ont pas renoncé à s'amuser. Malgré le mur de bouteilles, la musique entraînante et les femmes attirantes, cet établissement n'était plus l'endroit approprié à son état d'esprit. Et même s'il ne pouvait en vouloir à ses compagnons de fête, le décalage était plus difficile à avaler face à eux que face à sa mère pour qui il avait toutes les indulgences. Il ne voulait pas non plus jouer le rabat-joie, il était trop jeune pour annoncer des catastrophes, alors il se rapprocha du billard pour au moins supporter Maurice dans cette épreuve qui n'en finissait pas.

Les deux adversaires se serraient justement la main sous les regards goguenards d'une demi-douzaine de types. Beau perdant, Maurice leur leva un chapeau imaginaire avant de se tourner vers Robert. Les deux amis s'étreignirent brièvement.

— Alors, comme ça tu es rentré juste à temps pour assister à mon humiliation ?

— Tu crois que tes amis se seraient cotisés pour faire venir un pro ?

Maurice éclata de rire. Au moins avait-il la défaite élégante. Il assumait jusqu'au bout et n'était pas du genre à se lamenter pour une vulgaire plaie d'argent.

— Ça ne m'étonnerait pas de ces fourbes. Ils auront voulu se venger, à défaut de se refaire. À force, ça a dû les énerver. C'est de bonne guerre. Et puis ça me servira de leçon. Tu me paies un verre ?

— Il t'a rincé à ce point ?

— Complètement lessivé !

— Je ne te demande pas combien...

— Et dire que je ne l'ai même pas vu venir, le gros, avec sa démarche tout en souplesse ! Je ne sais pas où ils l'ont trouvé. Je ne veux quand même pas croire qu'ils l'ont fait venir exprès ! s'exclama-t-il, ravi de sa propre importance. Quel imbécile. Mais je vais me refaire ! Tu me connais.

— Je n'en doute pas.

Maurice non plus n'avait pas changé. Penser le contraire eût été ridicule : depuis qu'ils se connaissaient, il ne l'avait jamais vu intéressé que par la bonne chère, les femmes et le jeu. Alors croire qu'un « petit changement » dans la marche du monde pouvait avoir une quelconque influence sur son comportement... Malgré la déroute, on était loin de se douter des horreurs que réservait cette guerre. C'était cette propension à rire de tout et à ne rien prendre au sérieux, si opposée à ce qu'il était lui-même, qui dès leur rencontre l'avait fasciné. À partir de ce moment, leurs différences de caractères n'avaient cessé de les rapprocher, chacun étant attiré chez l'autre par son contraire, et cela faisait déjà plusieurs années que rien n'avait pu ternir cette improbable et indéfectible amitié.

Même leurs physionomies comme leurs corpulences reflétaient leurs personnalités différentes. Robert était élancé, fin et émacié, tendu, avec une expression le plus souvent concentrée, tandis que Maurice, lui cédant quelques centimètres, était plus rond, plus enrobé, et apparaissait de manière invariable avec un air réjoui, voire moqueur. L'un avait la plaisanterie facile, l'autre était le premier à en rire.

Robert aurait pu s'agacer de ce noceur qui privilégiait toujours son propre amusement, alors que lui plaçait le devoir au-dessus de tout. Mais il recherchait la drôlerie et la légèreté de Maurice, et se laissait entraîner là où seul il ne serait pas allé. Maurice quant à lui savait qu'il pourrait toujours compter sur cet ami « solide », ce qui, étant donné ses habitudes, était précieux. Pour résumer, Maurice était l'aîné pour ce qui concernait la rigolade, tandis que Robert l'était pour tout le reste. À leurs façons bien distinctes, Robert comme Maurice étaient avant tout attachés à leur liberté, à la faculté de suivre leur propre chemin, et très jeunes ils s'étaient reconnus. Un seul paramètre allait contrarier chez Robert ce goût éperdu pour la liberté : le sens du devoir.

Observer Maurice après la défaite cuisante qu'il venait de subir devant une brochette de témoins pas forcément animés des meilleures intentions le réjouissait. Une telle sérénité devant un revers de fortune révélait de belles qualités dont il n'avait jamais douté chez son ami, mais qu'il était agréable de vérifier. Ce qu'il n'imaginait pas, c'est que ses pertes au jeu étaient amenées à se multiplier, et à devenir des dettes au point de représenter parfois une véritable gêne.

— À la tienne, vieux! s'exclama Maurice en levant son verre à l'intention de Robert, une fois assis sur les hauts tabourets au coin du comptoir, avec possibilité pour le joueur de garder un œil sur la salle et ses créatures.

Cette façon de qualifier de « vieux » son cadet était chez Maurice un aveu, ou une reconnaissance. Ils trinquèrent.

— Et maintenant, tu vas me raconter ton séjour à Arcachon et Bordeaux, enchaîna-t-il avec une gourmandise teintée de concupiscence. Je suis sûr que malgré tout ce bordel, tu y as fait des rencontres tout à fait captivantes.

— Tu vas toujours à l'essentiel, n'est-ce pas ? constata Robert en riant. Mais je te signale que tout ce bordel, comme tu dis, risque d'avoir des conséquences jusqu'ici, et plus vite que vous avez l'air de le penser, tous.

— On a tout le temps de parler géopolitique, mais ça ne changera rien. Alors parle-moi plutôt des petites Bordelaises. Je suis sûr que t'en as fait craquer plus d'une avec ton allure de beau ténébreux et d'« aventurier colonial ».

Robert regarda son ami sans y croire : alors que la France venait d'être envahie par un occupant qui la mettait en coupe réglée, tout ce qui l'intéressait, c'étaient ses histoires de cœur ?

— Heureux comme ceux qui vivent éloignés de la grande Histoire, n'est-ce pas ?

— Arrête de faire ton idéaliste, ou je vais finir par croire que tu es rentré bredouille.

Dès son arrivée en Afrique, Maurice s'était distingué. C'était plus fort que lui. L'affaire remontait à 1936.

Jusqu'à son installation en Sierra Leone, le jeune homme avait mené grand train à Bordeaux, où Nadine, sa mère, après un fabuleux héritage inattendu, s'était installée. La fortune en question venait d'une richissime Irlandaise, Mrs O'Shee, dont Nadine avait été, pendant dix ans, la gouvernante et peut-être aussi la garde-malade. Il faut croire qu'elle s'était particulièrement bien occupée de la vieille dame, puisqu'à sa mort, ne laissant aucune descendance, l'héritière d'un empire bâti sur l'élevage de moutons et l'industrie lainière léguait tout à sa jeune dame de compagnie.

À trente-huit ans, Nadine avait deux fils de deux pères différents qu'elle avait successivement quittés. Marc avait suivi son géniteur, chef de cultures dans une plantation en Afrique de l'Ouest, quand Maurice, le second, vivait modestement avec sa grand-mère maternelle à qui sa mère l'avait confié pendant qu'elle s'occupait de la vieille Irlandaise. Savait-elle qu'elle serait aussi généreusement dédommagée pour ces années passées loin de son fils ? Intrigua-t-elle pour favoriser un résultat aussi spectaculaire, pour ne pas dire miraculeux, sachant que de nombreuses personnes plus proches qu'elle, cousins, cousines, nièces et neveux, devaient graviter autour de la vieille dame dans l'espérance du pactole ? Maurice n'en avait aucune idée.

En 1926, elle rentrait chez sa mère à Bordeaux avec ses gages qui s'élevaient à plusieurs millions de francs de l'époque, une manne qui allait bouleverser l'existence de Maurice, dix ans, dont l'éducation avait jusque-là été assurée par les maigres revenus de couturière de sa grand-mère.

Si en matière de fortune, la chance joue un rôle au moins aussi important que le travail, ce fut le cas dans cette affaire, tant le retour sur investissement était démesuré par rapport aux efforts que Nadine avait dû déployer pour être couchée sur le testament de son employeuse. Or, même à dix ans, quand avec sa grand-mère ils emménagèrent dans un magnifique appartement sur les allées de Tourny et que les vacances avaient soudain pour cadre une villa à Arcachon avec pinasse et marin, Maurice devait être capable d'appréhender l'incroyable distorsion entre les revenus de sa mère, ses compétences et le travail fourni. On comprend dès lors la faible importance que l'enfant, puis le jeune homme, accorda au labeur, lui privilégiant de loin le charme et la chance qui avaient déjà tant souri à la famille. Car les choses allèrent crescendo : dès qu'il fut en âge de conduire, sa mère lui offrit une Hotchkiss AM80S modèle cabriolet, aux caractéristiques mécaniques assez proches de l'Hotchkiss de course qui avait remporté le rallye de Monte-Carlo en 1932. Un moyen de se faire pardonner ses années d'absence aux yeux de ce fils qu'elle avait si peu vu grandir. Mais pas de quoi lui donner le goût de l'effort.

Si Nadine était parvenue avec autant d'habileté à entrer dans les bonnes grâces de Mrs O'Shee, elle était aussi piètre éducatrice que gestionnaire. Assurément manquait-elle de clairvoyance en matière d'hommes. L'un d'eux fit si bien pour la détrousser que, nommé Baraton, dans la famille il avait gagné le surnom de Baratin. L'intrigant se targuait de faire fructifier son patrimoine et l'entraînait dans des investissements hasardeux où lui-même trouvait nécessairement son compte. Elle n'y voyait que du feu, à moins qu'aveuglée par l'amour, elle préférât ne rien voir. De son côté, Maurice était trop occupé à conduire son bolide, à s'adonner au billard et aux cartes, ainsi qu'à jouer les Casanova, pour se soucier des affaires de sa mère.

La crise de 1929 et le krach boursier qui suivit au début des années 1930 porta un coup fatal à ce bel ensemble durement acquis. Bientôt il fallut vendre les terrains de Mérignac, la pinasse, la villa d'Arcachon, l'Hotchkiss et enfin l'appartement bordelais… Autant de renoncements, sans compter ces mille détails qui transfigurent le quotidien, le facilitent en en gommant les innombrables rugosités. Dix ans à peine après l'héritage du siècle, en 1936, il n'en restait que des souvenirs. Pas sûr que les congés payés et autres avancées sociales arrachés lors de ce que l'Histoire aura retenu comme le Front populaire, aient été pour l'ex-gouvernante une consolation suffisante.

Retour à la case départ pour Nadine, qui dans la bataille avait aussi perdu son « Baratin ». Pauvre Nadine, peut-être naïve en amour, mais assez lucide pour savoir qu'elle venait par légèreté de réduire à néant la chance de sa vie et que celle-ci ne se retrouverait jamais. D'une nature heureuse, ni vénale ni intéressée, elle n'en voulut même pas à son « Baratin », pourtant coupable de faux et usage de faux, et vécut des jours tranquilles avec un receveur des Postes de Mérignac, une histoire passionnelle avec un aviateur britannique rencontré pendant la guerre, une relation chaotique avec un chef d'orchestre toulousain, jusqu'à ce qu'elle se fixe avec un propriétaire viticole dans le Médoc. Séduisante et séductrice jusqu'à un âge où beaucoup de femmes ont renoncé, elle était infiniment moins rigoriste que sa sœur Marianne, de quinze ans son aînée, avec qui elle partageait ce talent pour laisser filer une fortune pourtant personnellement acquise.

Cette dernière en effet s'était liée d'amitié avec un peintre d'un certain renom, amateur de chevaux, de danseuses et d'alcools forts, et client régulier de certaines maisons dites de plaisir, qui, au fil de leur relation, lui avait laissé en dépôt contre espèces quelques-unes de ses toiles. Or, quelques années après la mort de l'artiste survenue en 1901, jugeant ces tableaux trop licencieux pour être conservés, elle avait préféré les brûler sur la plage de Biganos. Elle possédait tout de même une bonne demi-douzaine de ses huiles... Et c'est ainsi que partirent en fumée autant d'œuvres de Toulouse-Lautrec qui, s'il avait su à quel autodafé son amie les destinait, aurait peut-être hésité à les lui confier...

Quant à Maurice, dépourvu de ressources et de diplôme, Nadine eut la bonne idée de l'envoyer en Sierra Leone retrouver Marc, ce demi-frère qu'il n'avait vu qu'en de rares occasions et qui, élevé par son père, n'avait pas été gâté par la fortune de sa mère. Pas d'Hotchkiss pour lui, ni de compte ouvert lui permettant de s'acquitter de dettes de jeu sans trop d'efforts.

Confortée par sa propre expérience, Nadine devait penser que le salut passait par l'étranger. Là-bas, il y aurait toujours du travail et des opportunités pour des gens comme lui, croyait-elle, prêts à relever leurs manches. Avec son éducation particulière, pour Maurice, il s'agirait plutôt d'opportunités... Mais au moins aura-t-il hérité de sa mère une joie de vivre évidente et une capacité à se satisfaire de toutes circonstances.

C'est justement auprès de Marc qu'il se distingua. Dans les premiers jours suivant son arrivée, après l'avoir introduit auprès de quelques personnes utiles et lui avoir détaillé les différentes possibilités qui s'offraient à lui, ce dernier lui présenta sa fiancée, la fille de ses patrons qui possédaient plusieurs plantations dans le pays. À vingt-deux ans, Myriam venait d'obtenir son diplôme d'institutrice et s'apprêtait à enseigner à Bobo-Dioulasso. Née à La Réunion, Mimi avait la beauté naturelle et tapageuse de certaines métisses, quarante ans plus tard elle dégageait un charme fou et conservait certains attraits, dont un irrésistible appétit pour la vie. Jeune, elle devait être empreinte d'un soupçon de timidité aux effets dévastateurs.

À l'issue d'un déjeuner dominical à l'ombre d'une véranda, quand son demi-frère lui demanda ce qu'il pensait de sa fiancée qu'il devait épouser quelques mois plus tard, Maurice ne sourcilla pas :

— Tu peux toujours l'épouser à la date prévue, mais je préfère être honnête avec toi, un jour elle sera ma femme.

Provocation gratuite d'un garçon de vingt ans ? Invraisemblable vision ? Malgré cette annonce, Marc épousa Mimi à la date prévue, mais le mariage ne dura guère et l'affirmation de Maurice se vérifia... un certain nombre d'années plus tard.

Robert, qui une heure plus tôt brûlait de lui raconter sa rencontre avec Christiane, hésitait, se demandant soudain s'il allait être compris, si Maurice n'allait pas prendre son histoire à la légère et se moquer. Comment lui accorderait-il l'importance qu'elle méritait pourtant, alors que lui-même enchaînait les conquêtes ?

— Alors, les Bordelaises ? insista Maurice. Est-ce qu'au moins tu es allé trouver Carole, comme je te l'avais dit ? Elle se souvient forcément de moi. Quelle affaire !

— En fait, lui répliqua Robert sur un ton plus mesuré qui provoquait l'attention, j'ai plutôt fait la connaissance d'une certaine Christiane qu'il faudra que je te présente un jour.

— Mais c'est qu'il serait mordu, le jeune homme !

Maurice voulut plaisanter. Son ami était bien jeune pour envisager une histoire sérieuse. Lui-même avait bien Myriam, sa belle-sœur, avec qui ce serait sérieux un jour, mais par pitié, pas tout de suite ! Il y en avait tant d'autres ! Mais il fut bien obligé de constater que Robert n'était pas disposé à rire.

Lorsqu'ils se séparèrent ce soir-là, après un nombre de verres très supérieur à ce que Robert s'était fixé, il vit Maurice se diriger vers la femme accompagnant le gros qui lui avait donné une leçon au billard. D'après son ami, elle n'avait cessé de le regarder pendant qu'ils refaisaient le monde, mais il jugea inutile d'assister à la suite des événements. Il en connaîtrait l'issue bien assez tôt.

À Maisons-Laffitte, Christiane, sa mère et ses frères tentaient de s'adapter à une existence pleine d'inconnues, beaucoup plus âpre que celle des Africains. La famille avait gagné la région parisienne au terme d'un interminable périple en train, compliqué par la quantité de bagages censés contenir l'essentiel de leurs possessions depuis le Canada. Harassant voyage pour deux femmes seules avec deux jeunes enfants déboussolés qui s'inquiétaient pour leur père et sur lesquels il fallait veiller, dans les trains bondés aux horaires chaotiques et soumis à des contrôles aussi fréquents qu'angoissants.

Quelques mois après l'armistice, après la déroute militaire et l'exode, malgré l'omniprésence des Feldgendarme, de la Wehrmacht et les nouvelles réglementations en vigueur, la situation s'était « stabilisée ». Mais la liberté de circuler n'était plus qu'un souvenir et les voyages s'apparentaient à des parcours d'obstacles qui ne pouvaient s'envisager sans papiers, au cours desquels on était régulièrement exposé au regard suspicieux de soldats allemands, à des contrôles et des fouilles parmi des inconnus aux airs de réfugiés chez qui se lisaient surtout la peur et la résignation… Gagner la région parisienne depuis Bordeaux relevait de l'expédition. Mais demeurer à Arcachon était impossible : sans ressources, très vite ils y auraient manqué de tout.

Adoucie par le désastre qui imposait de se conformer aux règles de l'hospitalité les plus élémentaires, après les premiers jours d'installation, Éliane, la mère de Georges, ne put longtemps masquer à sa belle-fille les sentiments qu'elle nourrissait à son égard. Les deux femmes pouvaient rendre grâce pour la survie de Georges dont le statut de prisonnier de guerre le protégeait le temps que durerait le conflit. Mais pour Mireille, ce retour en France avait un goût particulièrement amer, après sa « fuite » à bord d'un transatlantique quinze ans plus tôt, avec Christiane, alors âgée de vingt mois.

Les infidélités répétées de son premier mari avaient fini par la pousser à cette extrémité. Constamment délaissée après une idylle de quelques mois, Mireille s'était résignée à accepter le divorce, pour se consoler ensuite dans les bras de Georges, ingénieur dans la société dirigée par son premier mari où elle-même travaillait. La vie était bien faite, puisque ce nouvel amour l'attendait à deux pas du précédent, dans le même bâtiment, avant d'opérer un rapprochement radical à l'état civil. Mireille était trop séduisante pour rester longtemps seule, même avec une enfant d'un an sur les bras, même en 1924, à une époque où les divorces étaient rares et mal vus.

Sauf que M. Malmont, père de Christiane et accessoirement directeur général de l'entreprise en question, n'avait pas vu d'un bon œil le fait qu'un de ses employés lui succède dans le lit de sa femme. Comme si cette dernière, même abandonnée, ne pouvait appartenir à personne d'autre que lui, surtout pas sous ses yeux, dans sa propre entreprise. Instinct de propriété mal placé chez le chef de la tribu. Dès lors, le malheureux Georges Roland n'avait eu d'autre choix que de présenter sa démission et chercher un emploi ailleurs. C'est ainsi que la petite famille recomposée avait embarqué à bord d'un transatlantique, ces deux exilés de l'amour, réfugiés économiques en quête d'un poste aux Amériques, et Christiane que Georges allait aimer comme sa propre fille. C'est sur ce bateau, pendant la traversée, cernés par les flots infinis et vaguement menaçants de l'océan, qu'en gage d'amour éternel Georges offrit à sa jeune épousée le briquet de poche Dunhill en or et nacre, qu'à son tour m'offrit ma grand-mère pour mon bac.

Après s'être organisé une nouvelle vie en Amérique du Nord suite à ce premier mariage raté, Mireille avait été rattrapée. Malgré la distance, les griffes de la guerre s'étaient déployées jusqu'à elle, soudain saisie par un effroyable pressentiment : elle avait eu beau tout bien faire dans ce monde nouveau, les événements en décidaient autrement pour elle qui accordait une importance démesurée à ces signes. Femme fatale pour qui Georges avait dû s'exiler – chaque fois que je tombe sur une de ses photos, je suis frappé par le magnétisme qu'elle dégageait encore à soixante-dix ans passés –, Mireille exprimait facilement une certaine anxiété, reflet d'une inquiétude profonde et systématique, existentielle presque, qui pouvait donner l'envie de la protéger. Georges s'en était bien sorti jusque-là, mais l'ordre de mobilisation venait de ruiner tous ses efforts.

Très différente de Germaine, mon autre grand-mère qui opposait aux aléas de la vie un fatalisme des plus apaisants, Mireille se rongeait les sangs à la moindre alerte. Mais toutes deux partageaient une propension à surréagir à certaines situations et, à la manière d'actrices, à l'exprimer bruyamment, dans le registre de la comédie pour l'une, dans celui de la tragédie pour l'autre. Mamie Oui et Mamie Non, comme nous les avions surnommées, ces femmes entières que j'ai eu la chance de compter parmi les figures tutélaires de mon enfance… La traversée des malheurs les avait, chacune en son genre, rendues fortes et précieuses, ces deux survivantes, ces deux piliers de la famille.

Mireille avait bien tenté de batailler, développer des arguments de poids (n'était-il pas plus utile ici, au Canada à diriger son entreprise ? N'était-on pas plus canadiens que français, après toutes ces années ?), mais face à la gravité de la situation, elle ne put que plier et ravaler son angoisse. Tandis que Georges mettait en ordre ses affaires professionnelles, c'est à elle qu'incomba la responsabilité du déménagement : la gorge serrée, empaqueter quinze années de vie, dans la précipitation, dire adieu à tout ça – on ignorait pour combien de temps on partait, à ce stade on ne maîtrisait plus rien – pour embarquer à bord du transatlantique avec les enfants, les bagages et le chien, direction la guerre. C'était sans issue, elle avait été littéralement arrachée à ce qu'elle avait tenté de bâtir ailleurs, happée vers tout ce à quoi elle avait essayé d'échapper par une force irrésistible, par ce que l'on pourrait appeler le destin, décidément... Tout ça pour échouer chez sa belle-mère, dont jusqu'alors la simple idée de l'existence ne lui avait semblé acceptable qu'avec plusieurs milliers de kilomètres entre elles. L'« aventurière » réduite à un retour au bercail, chez la mère de son cher mari retenu au loin par les aléas de la guerre...

Difficile d'être obligée de vivre sous le toit d'une belle-mère bigote et rigide, grenouille de bénitier prompte aux jugements dénués d'indulgence... Surtout s'agissant de la femme de son fils unique épousée après son divorce d'un premier mari, alors qu'elle rêvait d'une autre promise, au pedigree plus... virginal. Cette femme divorcée ne pouvait être qu'une dévoyée que n'aurait jamais dû croiser son fils. Quant à Christiane, premier fruit de cette union, elle était à ses yeux entachée de cette culpabilité dont elle était pourtant innocente. On peut rêver meilleur accueil.

C'est dans cette ambiance particulière que s'organisa la vie à Maisons-Laffitte. Comme Georges l'avait espéré, Mireille trouva un emploi de secrétaire aux Chaudronneries lorraines dont le siège était situé dans le VIII$^{e}$ arrondissement de Paris, à côté du parc Monceau. Par solidarité envers le directeur de leur filiale au Canada, ils avaient embauché sa femme qui avait déjà occupé ce type de fonction une vingtaine d'années plus tôt. Elle n'était pas tenue de s'y rendre tous les jours et pouvait dactylographier des courriers et des rapports chez elle, mais le désagrément des transports en commun était largement compensé par le fait que ça lui permettait d'échapper à l'emprise de sa belle-mère qui entendait bien rester maîtresse chez elle.

À soixante-dix ans, Éliane était veuve après que son mari, ingénieur agronome dans une plantation d'hévéas en Indochine, avait succombé à une fièvre tropicale au lendemain de la Première Guerre mondiale. Sans raison de rester seule à l'autre bout du monde, elle était rentrée chez elle à Maisons-Laffitte, pour demeurer près de son fils qui poursuivait ses études en France. Mais après trente années passées en Asie, là aussi elle s'était retrouvée seule. C'est dans la paroisse de son quartier qu'elle chercha une parade à son isolement. Sa disponibilité transforma son engagement pour les œuvres locales en sacerdoce. Loin de l'épanouir hélas, ces activités accentuèrent l'intransigeance et la sévérité d'un caractère déjà austère. Considérant la vie comme un chemin de croix, en dehors du cadre normé de l'association paroissiale, elle était du genre à réprouver plutôt qu'à tendre la main. De la religion, elle offrait le visage le plus sévère…

Pour elle, le départ de Georges au Canada avait constitué un nouveau deuil, symbolique celui-là, mais presque plus terrible que le précédent, puisqu'à la différence de la maladie qui avait emporté son mari, par essence insaisissable, Mireille représentait un coupable parfaitement identifiable. Or, suprême ironie du sort, voilà que le destin la lui imposait sous son propre toit.

Sur un plan plus général, au cours des premiers mois d'Occupation, si les restrictions commençaient à se faire sentir, les Français, y compris les citadins, parvenaient à se nourrir normalement. Mais on allait assister à l'apparition des tickets de rationnement, du marché noir, et des produits de remplacement. Dans le pavillon de Maisons-Laffitte où cohabitaient trois femmes de trois générations différentes et deux petits garçons, la situation allait bientôt se dégrader.

À Bordeaux, l'oncle Lamballe se félicitait chaque jour de sa maîtrise de l'allemand dont la structure grammaticale et syntaxique correspondait à son goût pour l'ordre et la rigueur. Cette capacité à s'exprimer dans la langue de l'envahisseur lui permettait de représenter un précieux relais pour les officiers de la Kriegsmarine ayant investi la ville et de tisser parmi eux des liens plus précieux encore. Ainsi trouva-t-il dans ce tournant de l'Histoire une formidable récompense à ses efforts fournis au collège et au lycée en cours de première langue et, plus encore, comme il se plaisait à pérorer, une confirmation d'un sens peut-être intuitif mais aigu de l'évolution du monde…

Les recettes de la débâcle constituèrent pour lui les prémices d'une ère de profits sans précédent, dont seule la défaite allemande devait sonner le glas. En bon opportuniste, il sut tirer parti de ses nouvelles relations pour donner à ses affaires une autre dimension. Les Allemands détenaient les clés de la ville. Comme partout en zone occupée, il fallait leur blanc-seing pour à peu près tout, particulièrement l'obtention des matières premières devenues rares. Quoi de plus naturel qu'un brasseur en profite pour se fournir en orge, malt et sucre, produits nécessaires à l'élaboration de ses boissons et à la bonne marche de son commerce ?

Le brassage de la bière et sa vente, y compris à l'ennemi, ne nuisaient à personne, et l'oncle à plusieurs reprises usa aussi de ses relations pour venir en aide à certains membres de son entourage. Suite de services rendus sans risque, histoire de se donner bonne conscience... Évidemment, même si pendant les premières années d'occupation, dans une France encore sonnée, les héros étaient rares, perdure l'image toujours délicate à présenter d'un homme qui s'est enrichi alors que la majeure partie de la population luttait pour ne pas crever de faim.

Il est par exemple difficile de ne pas penser à ces passages obligés dans les bureaux de l'administration allemande afin d'obtenir telle autorisation, tel Ausweis, tel passe-droit, mais aussi aux réceptions données par un occupant décidé à profiter des douceurs de la France auxquelles il fallait bien participer, dans ces édifices quelques mois plus tôt occupés par des fonctionnaires de l'État français, désormais pavoisés de croix gammées. Et bien entendu, nul financement souterrain d'un quelconque réseau de résistance qui aurait permis de contrebalancer, voire de justifier, ce comportement que beaucoup devaient qualifier de collaborationniste.

En réalité, comme un certain nombre de Français, l'oncle Lamballe trouvait son compte dans l'occupation allemande, sur le plan des affaires, mais également sur le plan idéologique. Exécrant la Troisième République, ses compromissions, sa faiblesse et sa veulerie, il était de ceux qui considéraient qu'avec cette défaite, la France avait récolté ce qu'elle avait semé et que cet ordre nouveau représentait une solution préférable au bourbier parlementaire. Mais pour lui comme pour d'autres entrepreneurs, parmi lesquels des poissons autrement plus importants qu'un brasseur-limonadier bordelais, au pain blanc des années d'Occupation allait succéder celui, plus que rassis, de la Libération. Dans la France en liesse, certains devraient raser les murs. Même si la faiblesse des institutions et cet art national du compromis tant décriés avant la guerre lui permettraient de s'en tirer à moindres frais... Pas de crâne tondu pour des faits de collaboration économique.

En attendant, l'Olympia coulait à flots ininterrompus dans les gosiers de soldats allemands heureusement surpris de découvrir qu'en France aussi on brassait une bière digne de ce nom. Résultat, les caisses de l'oncle débordaient et avec cet afflux de numéraire lui venaient des ailes. Quant à son ordinaire, ni restriction ni ersatz ou autres produits de substitution, mais uniquement le meilleur, comme au temps des Années folles, pour l'ami des boches !

À Maisons-Laffitte, c'était sur une tout autre musique que dansaient Christiane, sa mère et leur petite famille, dans la maison pourtant soignée de l'avenue Malesherbes. La présence allemande se traduisait par une limitation d'à peu près tout : aliments, combustibles et autres produits de première nécessité, tissus, cuir, déplacements, communication, liberté d'expression, éclairage public... Aucun aspect de l'existence n'était épargné. Le quotidien de la zone occupée.

Comme la plupart des familles, celle de Christiane en était réduite à lutter pour assurer sa subsistance, se chauffer et conserver un esprit de résistance au jour le jour, se manifestant par des actes en apparence insignifiants, mais rarement dénués d'importance... Écouter Radio Londres était le premier d'entre eux, grâce à quoi on savait que la France ne se limitait pas à Vichy, que certains n'avaient pas déposé les armes et que l'avenir du pays ne s'écrirait pas forcément en allemand. Ainsi ces trois femmes, dont les hommes étaient soit mort, soit prisonnier, soit au loin, une fois les garçons couchés, se groupaient tous les soirs autour du poste à galène avec le frisson de l'interdit pour écouter les nouvelles de la France libre, dont les émissions émaillées de craquements ou brouillées avaient l'immense mérite de symboliser l'espoir. Petit air de musique fredonné comme un murmure au milieu des bruits de bottes, des Panzer et autres blindés, qu'il finirait par recouvrir après avoir au fil du conflit acquis la force et la puissance d'un orchestre symphonique.

— Ça va, Maman ?

Attablée devant une tasse de verveine encore fumante, Mireille sourit à sa fille avec un air las. Soucieuse de son bien-être, Christiane profitait de l'absence de sa grand-mère pour manifester à sa mère sa sollicitude.

— Bien sûr que ça va, ma chérie. Ne t'inquiète pas. Nous n'avons pas le droit de nous plaindre, dit-elle en pensant à son mari. Comme vous, mes enfants chéris, je compte les mois en me demandant quand tout cela prendra fin. Même si j'en avais perdu l'habitude au Canada, c'est une chance d'avoir obtenu ce travail. Alors…

Pour la première fois entièrement responsable des rentrées financières du foyer, Mireille supportait mal la situation. Si le travail de bureau lui rappelait l'époque heureuse de sa rencontre avec Georges, il n'était plus question d'amour mais de survie. Aux premiers transports avaient succédé la pesanteur et l'âpreté d'une vie de labeur dénuée d'espoir. Les battements de son cœur n'accéléraient plus à la vue de son amant mais à l'approche des barrages filtrants dans les couloirs du métro ou sur les quais de gare. Quant à son amour, il grelottait dans un camp situé dans la partie la plus orientale de l'Autriche, au cœur de la Mitteleuropa, et se manifestait par des lettres où il était régulièrement question de rumeurs d'un retour prochain jamais vérifiées. À l'espoir succédait la déception, entraînant son moral dans des montagnes russes éprouvantes.

Elle s'épuisait et ne se sentait pas de taille à tout mener de front. Restrictions alimentaires obligent, elle se privait pour les enfants, ce qui l'affaiblissait davantage, entretenant ainsi un cercle aussi vicieux que dangereux. Après quelques mois de ce régime, d'une santé fragile, à bout de forces, elle finit par jeter l'éponge, grâce à sa fille qui s'était proposée de la remplacer au siège des Chaudronneries lorraines. Un aveu de faiblesse de sa part qui ajoutait de l'eau au moulin de sa belle-mère qui insinuait qu'on ne l'avait pas volé (la France, mais également elle, Mireille), qu'on finissait toujours par récolter ce qu'on avait semé et que les inconduites morales, sur un plan global ou intime, finissaient en naufrage.

Cohérente dans son idée de châtiment d'origine divine, Éliane supportait si mal la captivité de son fils et ses lettres entre les lignes desquelles se devinait un désarroi latent, qu'elle ne parvenait pas à surmonter l'abattement auquel elle avait fini par succomber. L'accumulation des mauvaises nouvelles et cette impression de tunnel où l'on s'enfonçait sans espoir d'en voir le bout, avaient eu raison d'elle. Les journées à s'occuper de plus démunis à la paroisse ne suffisaient plus à lui remonter le moral. En outre, mise en minorité dans sa propre maison, à l'invasion nationale s'était agrégée dans son esprit une invasion plus intime, de tous les instants, par conséquent plus gênante encore, et pourtant indiscutable puisque familiale et demandée par Georges. À l'agressivité avait succédé une hostilité d'une autre nature, plus sournoise, qui laissait alterner dépression, indifférence, insinuations et sarcasmes.

Pour Mireille c'était pire, puisqu'en agissant de la sorte, sa belle-mère lui offrait moins de prise tout en attisant sa culpabilité si facile à provoquer. Heureusement, elle pouvait s'appuyer sur Christiane qui continuait à égayer la maison par sa bonne humeur et son énergie communicatives.

À l'école primaire du quartier, Luc et Marc, « les évangélistes », comme devait les surnommer ma mère des années plus tard, s'étaient assez facilement mêlés à leurs nouveaux camarades et adaptés à la vie dans cette ville arborée et bordée par la Seine. L'attention des trois femmes leur garantissait un régime alimentaire à peu près satisfaisant ; en revanche, la captivité de leur père et l'ignorance concernant son retour les tourmentaient, surtout Luc, l'aîné, plus sensible, qui se réveillait souvent victime de cauchemars, arrachant par la même occasion sa sœur à son sommeil, avec sa petite voix affolée.

— Christiane !... Christiane !

— Luc ? soupira-t-elle avec lassitude.

Ça n'était en effet pas la première fois que son frère venait la trouver dans sa chambre au milieu de la nuit. Au pied du lit, Cabot n'y accordait aucune attention, continuant à dormir roulé sur lui-même. Elle se redressa, sentant aussitôt la morsure du froid régnant dans la chambre.

— Quelle heure est-il ? Allez, viens, tu vas attraper froid, l'invita-t-elle en soulevant ses couvertures pour lui faire une place à côté d'elle.

Hoquetant encore après ses sanglots, l'enfant se glissa dans le lit de sa sœur.

— Que se passe-t-il ? Tu as fait un nouveau cauchemar ?

— C'est Papa... Les Allemands laissaient tous leurs prisonniers mourir de faim.

— Mais non, les Allemands ne vont pas laisser mourir de faim leurs prisonniers, qu'est-ce que tu vas chercher là ? Au contraire, il est à l'abri maintenant, protégé. Les officiers ont un statut particulier, tu sais.

— Tu crois ?

— Mais bien sûr. Ils sont entre eux, comme dans un club, exagéra-t-elle parce qu'elle était à bout d'arguments. Dis-toi que c'est comme si Papa était en vacances, de très longues vacances à l'étranger. Tu sais qu'il étudie la théologie avec un prêtre qui est là-bas, comme lui ? Il l'a écrit dans sa dernière lettre. Et quand tout ça sera terminé, il nous reviendra en pleine forme et on repartira au Canada.

— Mais s'il cherche à s'évader ?

— Il ne va pas chercher à s'évader. On lui écrira demain. Allez, rendors-toi, sinon demain tu seras fatigué, et il ne serait pas content d'apprendre ça.

— Tu ne lui diras pas, n'est-ce pas ?

— Ce sera notre secret.

Apaisé par ces paroles, Luc s'était déjà rendormi et elle demeurait seule éveillée dans la nuit, en espérant que ces efforts d'optimisme ne seraient pas un jour contredits par la réalité. Ils n'étaient pas les seuls à être privés de père. Certains étaient morts, et si l'on ne parlait pas encore du Service du travail obligatoire, beaucoup étaient dans le même cas que Georges (le pays déplorait plus d'un million et demi de prisonniers), mais eux souffraient en plus du déracinement.

Entre une grand-mère dépressive et une mère aux nerfs fragiles, c'est à leur sœur qu'incombait le rôle d'animer la maison. Ainsi Christiane préparait les repas avec les moyens du bord de plus en plus limités à mesure que durait la guerre, veillait sur les deux petits, les consolait quand leur père leur manquait trop, les aidait à faire leurs devoirs, soutenait sa mère et insufflait à ce petit monde un peu de sa gaieté.

En ces temps de pénurie généralisée, la préoccupation quotidienne concernait l'approvisionnement. Souvent Christiane, en rentrant du bureau, passait plusieurs heures à faire la queue le long de vitrines plus ou moins bien achalandées, pour pénétrer dans des magasins où l'on savait rarement à l'avance ce que l'on y trouverait.

Après la mise en place, en juillet 1941, de la première carte de rationnement concernant les produits textiles, dès la fin de cette même année, tous les biens de consommation ne pouvaient être acquis qu'en échange de tickets attribués en fonction de catégories précisément définies. Le foyer de l'avenue Malesherbes comptait cinq cartes et l'on retrouve bien là le génie français de l'administration : J1(enfant de 3 à 6 ans) pour Marc, J2 (enfant de 6 à 13 ans) pour Luc, J3 (adolescent de 13 à 21 ans) pour Christiane, A (consommateur de 21 à 70 ans, ne se livrant pas à des travaux de force ou agricoles) pour Mireille et V (consommateur de plus de 70 ans) pour Éliane, chacune de ces cartes donnant droit à un certain nombre de tickets par produit qu'il fallait payer en monnaie sonnante et trébuchante. Le rationnement visait une répartition équitable des produits, indépendamment des moyens financiers, allègrement contournée par le marché noir et le système D.

Par sa présence rassurante, le rappel des années canadiennes qu'il représentait et le rôle qu'il avait joué dans sa rencontre avec Robert, le samoyède Cabot fut pour elle au cours de ces années le plus précieux des compagnons, seul être que les événements n'avaient pas affecté. Bouche de plus à nourrir, pour rien au monde ni elle ni les deux garçons ne s'en seraient séparés, si bien qu'on lui réservait tous les jours, non pas de quoi « profiter », mais au moins garnir sa gamelle. Philosophe, le chien supportait vaillamment ces privations et accompagnait sa maîtresse dans ses promenades sur les berges de la Seine qui lui rappelaient celles entreprises le long du bassin avec Robert, quelques mois plus tôt.

Les lettres de Robert contribuaient aussi au maintien de son moral. Les récits de cette vie lointaine et plus clémente dégageaient un parfum d'Afrique bienvenu pendant les mois d'hiver glacial qu'en plus du reste les Français durent subir. Ils lui rappelaient opportunément, quand le découragement menaçait, que l'existence ne se résumait pas aux contrôles, au couvre-feu, à la captivité de son père, à la pénurie, au froid dans la maison dont on ne chauffait que deux pièces (la chambre d'Éliane et celle des garçons), et aux mauvaises nouvelles du front.

Au début, il s'agissait de cartes fournies par l'administration de Vichy, strictement réservées à la correspondance d'ordre familial, contenant des indications à biffer si inutiles, telles que « en bonne santé », « légèrement, gravement malade, blessé », « tué », « prisonnier », « besoin de provisions », « Affectueuses pensées. Baisers », avec des blancs à remplir et seulement deux lignes vierges, et interdiction d'écrire entre les lignes. Heureusement, ces cartes ne furent en vigueur que quelques mois, après quoi elles furent remplacées par des modèles vierges mais toujours lisibles par le premier venu. À partir d'août 1941 apparurent les timbres à l'effigie du Maréchal, offrant ainsi un visage à cette entreprise de contrôle généralisé.

Dans ses cartes, Christiane évoquait ses réveils à 5 h 30 et les 5 °C qui régnaient alors dans sa chambre au cours de cet hiver glacial, les inondations dans la maison après l'éclatement des canalisations pour cause de gel, sa vie d'employée dans des bureaux non chauffés, les trajets en train, ses courses pour se ravitailler en légumes les samedis, les soirées au cinéma avec sa collègue de bureau Louisette, *La Fille du puisatier*, *Remorques*, *Le Roman d'un génie*, les bombardements anglais... Dans les cartes de Robert, il était surtout question d'acheminement de marchandises, de problèmes mécaniques sur les camions et de son incorporation au 1er régiment de tirailleurs sénégalais pour son service militaire à Saint-Louis du Sénégal en novembre 1941. Chacune de ses lettres l'assurait que cette guerre n'aurait qu'un temps, comme la présence de l'occupant, trop isolé pour tenir éternellement. Autant d'affirmations avant tout destinées à la rassurer : en 1942, l'Allemagne n'avait essuyé aucune défaite sérieuse et l'issue de la guerre était encore tellement incertaine qu'il fallait une bonne dose de foi en l'avenir pour croire à la victoire.

Alphonse aussi s'employait à écrire à sa future belle-fille. Parce qu'il avait assisté à la rencontre des amoureux, mais aussi parce que, au-delà de son charme et de sa vivacité, Christiane, par sa situation, le touchait particulièrement. À Arcachon, lors des repas partagés entre les deux familles, il s'arrangeait toujours pour l'asseoir à côté de lui. « Laissez-moi ma petite chérie à ma droite », disait-il à la cantonade, et il passait ensuite une partie du déjeuner à la taquiner et à la faire rire, personne ne s'en offusquant, ni sa femme, ni son fils ne prenant ombrage de cette charmante proximité. Alphonse n'était pas un coureur et rien dans l'attitude de Christiane ne prêtait à l'équivoque. Platonique attirance pour la jeunesse de la Canadienne, amour chaste pour celle qui avait enflammé le cœur de son fils, désir de protéger cette jeune fille propulsée soutien de famille par les événements… les raisons de cette affinité ne manquaient pas, et lui-même était assez drôle et séduisant pour, en retour, bénéficier de l'affection de Christiane. Déracinée et privée de père comme elle l'était, elle avait été d'autant plus sensible à l'accueil qu'Alphonse lui avait réservé, trouvant presque chez lui, dans ces circonstances difficiles, un père de substitution, un homme à la personnalité formidablement rassurante. Ainsi, de Haute-Volta comme de France, lors de ses voyages indispensables à ses affaires, trouvait-il toujours le temps de lui écrire. Dans ses lettres, hormis les nouvelles usuelles, les mots d'affection et les encouragements, il était régulièrement question de colis envoyés depuis l'Afrique ou Bordeaux, dont la réception améliora plus d'une fois le quotidien de la famille à Maisons-Laffitte et celui de Georges dans son Oflag.

Malgré la capacité de Christiane à faire des miracles avec les maigres moyens du bord (le jardin transformé en potager et en basse-cour, avec les quelques lapins et poules chichement nourris…), l'approvisionnement autorisé par les commerçants de Maisons-Laffitte ne suffisait pas. La pénurie la contraignait à des allers-retours réguliers jusqu'à Charbonnier, en zone libre, où résidaient des cousins agriculteurs. Beaucoup trop anxieuse, sa mère ne pouvait en faire autant ; quant à Éliane, elle était trop âgée pour entreprendre de tels voyages. Christiane rapportait de ses virées pommes de terre, carottes, navets, œufs, fromages et charcuteries.

Elle n'était pas la seule à parcourir des centaines de kilomètres pour tenter d'améliorer le quotidien de la famille. Des milliers de citadins profitaient de leurs relations dans les campagnes pour s'approvisionner, et les trains étaient encombrés de voyageurs aux bagages remplis de victuailles et autres produits de la ferme. On traversait la moitié du pays pour se procurer le contenu de quelques paniers qu'avant la guerre on trouvait chez l'épicier du coin.

Toléré, ce type de transports n'en demeurait pas moins délicat, surtout pour une jeune fille de dix-huit ans voyageant seule en train. Plusieurs fois au cours de ces périples, elle dut passer des barrages filtrants sur les quais des gares d'Austerlitz et Saint-Lazare, voire dans le métro parisien, ou se soumettre à des contrôles mobiles dans les wagons. Elle découvrit la peur et le danger, le vrai, celui qui peut entraîner votre perte, dans le métro justement, Saint-Lazare où elle était descendue pour gagner la gare et son train qui la ramènerait à Maisons-Laffitte. C'était un jour de décembre 1942, en fin d'après-midi. Elle rentrait de Charbonnier où, à l'approche de Noël, ses cousins avaient été particulièrement généreux. Ses bagages contenaient un gros jambon ainsi que plusieurs saucissons, pâtés et terrines, autant de denrées inestimables dont une partie serait expédiée vers l'Oflag de Georges. Une valise dans chaque main, elle avançait en supportant sa charge dans le couloir encombré quand, après quelques pas, elle sentit une présence à sa gauche. Au moment où elle se tournait pour découvrir un homme au visage pâle et émacié, ce dernier la soulageait d'une de ses valises.

— Hé, mais… protesta-t-elle.

— Pas maintenant… Je vous en supplie… Devant vous… Souriez…

À une quinzaine de mètres devant elle, à demi masqué par la foule des voyageurs, se tenait un point de contrôle d'une dizaine d'individus, policiers en civil et soldats de la Wehrmacht. Le flux des passagers pourtant ralentissait à peine : tous n'étaient pas contrôlés. En se retournant, elle aperçut deux policiers auxquels elle n'avait pas fait attention. Ce qui expliquait pourquoi l'homme n'avait pas fait demi-tour. La peur au ventre, Christiane continua d'avancer vers ces hommes aux regards suspicieux qui arrêtaient certaines personnes pour en laisser passer d'autres. Son compagnon lui avait pris le bras. Le barrage filtrant n'était plus qu'à quelques mètres. Surtout ne pas baisser les yeux, rester le plus naturel possible. À l'instant où ils dépassaient les deux premiers policiers, l'homme accentua sa pression sur son bras. Et cette impression d'être devinée, avec ses jambes qui ne la portaient plus qu'à peine et la chaleur soudaine qui manquait l'étouffer. Ils dépassèrent deux autres policiers occupés à vérifier des papiers, piétinèrent quelques secondes face à un dernier goulot d'étranglement, son inconnu se tournant vers elle avec un sourire forcé, ce visage pâle au regard livide, une goutte de sueur perlant à sa tempe droite, quand, après quelques ultimes secondes d'angoisse, ils laissèrent le barrage derrière eux.

Après le premier coude décrit par le couloir, une fois policiers et soldats hors de vue, l'inconnu rendit à Christiane sa valise en la remerciant du regard, puis il fila devant elle, la laissant avec le poids de ses victuailles au bout de chaque bras et un goût d'inachevé, avec cet individu qu'elle ne reverrait jamais et dont l'apparition brutale devait lui laisser un souvenir indélébile. Quelques secondes plus tard, elle entendit des coups de sifflet, des pas précipités puis un coup de feu qui provoqua des cris de panique. Suffoquant d'angoisse, en dépit du poids de ses valises, elle pressa le pas pour, une fois passé le virage, en bas des escaliers menant à la gare, tomber sur un second barrage. Raide et tremblante, elle poursuivit sa progression jusqu'aux premières marches où elle découvrit, étendu le long des degrés, son inconnu. Entre les hommes l'entourant déjà, elle distingua une tache de sang s'épanouissant sur son manteau au niveau de l'abdomen. Leurs regards se croisèrent. Elle rentra la tête dans les épaules et gravit les escaliers en se retournant une dernière fois vers cet homme dont elle n'entendrait plus jamais parler, dont elle ignorait jusqu'au nom, qui dans sa précipitation lui avait sans doute lâché le bras trop tôt pour échapper à son destin.

En s'endormant ce soir-là dans sa chambre à Maisons-Laffitte, encore terrifiée par ce qu'elle venait de vivre, l'esprit hanté par le visage de ce jeune résistant peut-être déjà mort, elle ne put s'empêcher de verser quelques larmes sur cet inconnu pour qui elle n'avait rien pu faire, comme sur cette situation, cette guerre et cette Occupation qui semblaient ne jamais devoir finir.

Dans son Oflag, Georges manquait d'à peu près tout, sauf de compagnie, mais ses codétenus ne pouvaient en rien combler le vide provoqué par l'absence de sa famille. Dans son cas, la camaraderie née d'une adversité partagée ne suffisait pas à lui maintenir la tête hors de l'eau.

L'univers de ces quelque cinq mille officiers se résumait à une quarantaine de baraquements symétriquement alignés de chaque côté d'une allée centrale, le tout cerné par des clôtures de barbelés au-delà desquelles s'étendait un paysage rural qui n'offrait aucune distraction. Parqués à deux cents par dortoir, les prisonniers étaient chaque matin réveillés par un « *Aufstehen* » hurlé par un garde-chiourme peu engageant. Après une tisane d'herbe fraîche coupée dans les champs alentour en guise de petit déjeuner et 200 g de pain noir pour la journée, venait l'appel du matin sur une esplanade soumise à tous les vents, après quoi démarrait une journée forcément semblable à la précédente, à toutes les précédentes, au cours de laquelle les hommes livrés à eux-mêmes devaient déployer des trésors d'imagination pour ne pas mourir d'ennui.

Dans cette région surnommée la Petite Sibérie, après le désœuvrement, le froid était l'autre ennemi contre lequel plusieurs mois durant on était des plus démunis. Avec une température installée sous les – 20 °C, le premier hiver entama davantage le moral des troupes. En l'absence de charbon, on en était réduits à découper en morceaux chaises, planches de lits, cloisons des toilettes qui finirent par disparaître (ce qui encouragea une sociabilité de latrines) afin de réchauffer l'atmosphère. Par ce froid polaire, l'appel du matin représentait un supplice. Pourtant, certains s'amusaient parfois à le faire durer parce qu'il représentait un des rares moments de cohésion face aux geôliers, et que sa clôture ne débouchait que sur le vide de journées sans objectif. Alors on s'équipait tant bien que mal en vue d'un piétinement sous une température inhumaine, mais on avait beau multiplier les couches de vêtements, y ajouter du papier journal, couvrir ses oreilles, les pieds n'étaient jamais assez protégés. Et si certains, faute de mieux, riaient jaune des geôliers qui ne retrouvaient pas leur compte, d'autres souffraient en silence.

L'appel passé, la troupe s'éparpillait et, hormis la poignée de détenus occupés à creuser des tunnels, tâche au cours de laquelle plusieurs périrent ensevelis, chacun s'ingéniait à lutter contre l'ennui qui, été comme hiver, les menaçait tous, aggravé par l'ignorance où ils étaient plongés de la durée de la guerre. Tout était bon pour tuer le temps et ne pas devenir fou : faire les cent pas le long des barbelés, participer à des séances de culture physique, suivre des conférences données par des compagnons d'infortune, lire des ouvrages mis en commun dans la bibliothèque collective, taper le carton, prendre des douches glacées dans la baraque centrale.

Face au néant de cette existence, beaucoup cherchèrent une échappatoire dans la connaissance. Rejoignant les quelques professeurs à la vie civile, un grand nombre s'improvisa enseignant. L'ensemble des matières proposées dépendait des compétences des prisonniers, pour la plupart, comme Georges, officiers de réserve, qui exerçaient des métiers extrêmement variés. Après quelques mois de captivité, une université informelle avait été mise en place, transformant l'Oflag en un campus comptant cinq mille étudiants potentiels. Au programme, allemand, russe, arabe, espagnol, mathématiques, économie, littérature, histoire de l'art… Aucun amateurisme dans ces cursus sanctionnés par des examens de fin d'études et des soutenances de thèse qui permirent à des centaines d'officiers de passer plusieurs diplômes au cours de leur captivité. Autant ne pas mourir idiot, et mettre à profit ces jours, ces mois et ces années étirés à l'infini…

Transformé en théâtre, un des baraquements fournit un autre exutoire aux prisonniers. Certains s'ingéniaient à créer des décors avec les maigres moyens du bord, des costumes en papier d'emballage, des perruques en ficelle… tout pour faire semblant d'oublier, au moins quelques heures, et se donner l'illusion de la liberté dans cette société exclusivement masculine et désespérément fermée. Au total, une dizaine de troupes produisirent une cinquantaine de pièces et donnèrent plus de quatre cents représentations. Tragédies ou comédies à l'ombre des miradors et des barbelés ou comment répondre par l'esquive à une situation absurde… Samuel Beckett aurait trouvé là un public des plus réceptifs.

Mais la grande obsession, en dehors de l'évasion qui ne mobilisait jamais qu'une poignée d'individus, et de la faim, c'était le renseignement. Quelles étaient les nouvelles du front, ou plutôt, des fronts ? Comment évoluait le conflit ? Où en étaient les Alliés ? Quand la guerre allait-elle enfin s'achever ? Grâce à des lampes dissimulées dans les colis envoyés depuis la France, les hommes étaient parvenus à fabriquer une dizaine de postes de radio qui permettaient à des opérateurs se relayant jour et nuit d'écouter Londres, Berlin, Moscou. Une organisation secrète avait été mise en place sous le nez des Allemands. Chaque information collectée était analysée par un comité d'officiers journalistes chargés de la rédaction d'une synthèse à partir de laquelle un compte-rendu quotidien sur l'avancée des Alliés était distribué dans chaque baraque. En dépit de la censure supervisant le courrier, de la propagande diffusée par les haut-parleurs en bruit de fond, de la surveillance et des fouilles au cours desquelles les dortoirs pouvaient être mis à sac et les planchers arrachés, les détenus étaient au courant de tout. À partir de 1943, cette organisation leur permettrait d'estimer la date de leur libération.

Mais l'acte de résistance le plus extraordinaire de cette captivité fut ce film tourné dans la clandestinité la plus complète. L'objectif, en tournant *Sous le manteau*, était de rendre compte de leurs conditions de détention, mais aussi de tromper l'ennemi (photographier le camp était passible de la peine capitale), résister et par conséquent poursuivre le combat. Ainsi l'équipe de tournage, outre un metteur en scène, un cadreur et tous les postes que l'on trouve habituellement sur un plateau, comptait-elle une escouade de guetteurs (ils figuraient au générique) qui avaient mis au point un système de codes servant à prévenir en cas d'alerte. Au bout d'un an d'entraînement, tout pouvait disparaître en cinq secondes. Afin de réaliser des prises de vue avec le maximum de discrétion, les officiers gardaient sur les épaules leur capeline militaire, ce qui permettait, en en écartant un pan, de filmer avec une caméra cachée à l'intérieur d'un dictionnaire évidé. Remontée avec un mécanisme d'horlogerie, cette caméra résultait d'un montage de différentes pièces commandées en France aux familles et dissimulées, comme les pellicules, dans des colis de nourriture. Le pied de caméra et les supports de lampes étaient soudés sur place et les réflecteurs des projecteurs assemblés avec du fer-blanc récupéré sur des conserves. Pour échapper aux fouilles, les bobines étaient cachées dans des évidements creusés dans les talons de galoches en bois, la caméra dans un mur derrière un portemanteau, puis dans un dictionnaire jamais consulté à la bibliothèque.

Comme sa mère à son retour en France, c'est dans la religion que Georges trouva refuge, contre le découragement de plus en plus envahissant face à ce cauchemar qui empirait de jour en jour.

Ce n'était pas ce qu'il avait imaginé en répondant à l'ordre de mobilisation : ni la drôle de guerre, ni l'humiliation de la défaite concédée sans avoir combattu, encore moins cette captivité qui promettait d'être beaucoup plus longue que les interminables mois passés sur la ligne Maginot. Mireille avait raison. La mort mise à part, ses prédictions les plus sombres s'étaient vérifiées.

Parmi ses codétenus se trouvait un prêtre, le père Meertens, qui sortit de l'anonymat de la masse des prisonniers en proposant un cours de théologie auquel il décida d'assister. Depuis le temps qu'il y pensait sans avoir la disponibilité nécessaire, c'était l'occasion ou jamais. En outre, cette quête spirituelle représentait à ses yeux une forme d'évasion plus accessible que celle envisagée par les mineurs enfouis dans les tunnels. Mais c'était aussi mettre le doigt dans un dangereux engrenage qui allait l'entraîner beaucoup plus loin que ce qu'il pouvait imaginer en entamant ce cursus.

— Ne devinez-vous pas un évident rapport de cause à effet entre votre situation présente et vos égarements passés, mon fils ?

— Peut-être, mon père… Pourtant, je ne suis pas seul ici. Voulez-vous dire que ce serait le cas de tous ?

— Je ne connais pas la situation particulière de chacun. Mais c'est le cas de la France, qui pendant trop d'années s'est égarée elle aussi. Songez à cette débauche générale qui a suivi la Grande Guerre, un troupeau enivré souhaitant rattraper le temps perdu après des années de privations. Et ces revendications sociales absurdes ensuite, ne faisant que révéler les aspirations hédonistes d'un peuple soudain dépourvu de repères, si ce n'est son propre bien-être.

— Vous croyez…

— Mais vous n'avez pas été témoin de tout ça, pas directement en tout cas. Vous étiez au Canada… Et pourtant…

Prisonnier, le père Meertens avait troqué son uniforme pour sa soutane qui, en le distinguant de la masse des prisonniers, lui conférait une autorité supérieure. Parmi les cinq mille, il était sans doute le seul à qui cette captivité profitait, celui à qui, en tout cas, elle pesait le moins. Plusieurs heures par jour, lorsque le temps le permettait, on le voyait promener sa longue silhouette noire entre les baraquements, mains jointes dans le dos, sa soutane battant la mesure de ses pas contre ses chevilles, un malheureux pénitent à sa gauche.

— C'est pourquoi vous devez considérer cette captivité comme une bénédiction, une épreuve dressée sur votre chemin pour vous donner l'occasion de vous racheter, une occasion de devenir celui vers lequel vous devriez tendre, mais dont la faiblesse et la facilité du désir vous ont un temps éloigné.

— Évidemment… On a du mal à considérer les choses sous cet angle au départ, mais avec votre aide…

Les circonstances étaient inespérées pour un prosélyte comme ce père Meertens : cette concentration d'âmes fragilisées en faisait un champ unique où labourer, un banc de poissons miraculeusement mis à portée de ses filets. Pour un homme d'Église à la mentalité de gourou, ce public captif, au sens premier du terme, était une aubaine, une occasion sans pareille de prendre l'ascendant sur ces esprits affaiblis qui ne demandaient que ça.

Avec Georges, il était tombé sur une brebis qu'il n'eut aucun mal à persuader de son égarement.

*Hôtel Californie, Marseille, le 9 novembre 1942*

*Christiane chérie,*

*Je tiens à vous donner de mes nouvelles le plus rapidement possible pour apaiser les inquiétudes que vous pourriez avoir à mon sujet. J'avais embarqué depuis avant-hier, mais le bateau n'est pas parti. Me voilà donc bien coincé à Marseille. Et près de deux millions de matériel acheté et payé ici ne pouvant plus partir. Tout marchait trop bien depuis trop longtemps pour nous. J'ai un bien grand cafard et ne sais plus comment faire. Ma femme et Robert doivent être très inquiets à mon sujet, me croyant en route depuis trois jours. Je ne m'attendais pas à celle-là par exemple, et ces saligauds d'English m'ont bien devancé. Quand pourra-t-on leur faire payer tout cela ?*

*En attendant des jours meilleurs, je vous embrasse de tout mon cœur.*

*Alphonse.*

Depuis le retour d'Alphonse et Robert à Bobo-Dioulasso et son installation à Maisons-Laffitte, Christiane s'était habituée aux envois de son futur beau-père. Elle avait même fini par y prendre goût, tant il se montrait bienveillant et attentionné. Au fil des mois, elle était devenue sa confidente de papier, celle auprès de qui il n'hésitait pas à s'épancher, celle grâce à qui il devait aussi se sentir plus jeune. Et ce soutien qui n'était pas que moral (des colis suivaient régulièrement) s'avérait souvent précieux, alors qu'elle-même ne se sentait pas toujours les épaules assez larges pour veiller sur sa famille. Elle aussi, prise au jeu, entretenait cette correspondance, consciente du bonheur que ses lettres provoquaient chez lui. Les nouvelles qu'Alphonse lui donnait, plus régulières que celles de Robert, représentaient une fenêtre sur un monde moins sombre que celui où elle évoluait, et en l'absence de son père, dont les courriers, malgré ses efforts, ne masquaient pas la détresse, il occupait désormais cette place de protecteur auquel elle pouvait se raccrocher, sur qui, malgré la distance, elle savait pouvoir compter.

Cela faisait plusieurs mois qu'il était revenu en France pour ses affaires, tentant de monter un nouveau convoi indispensable à son commerce. Mais à l'heure où Alphonse écrivait cette lettre, le débarquement allié en Afrique du Nord venait de marquer une étape décisive dans le cours de la guerre et de bouleverser une situation déjà précaire. Deux jours plus tard, les Allemands étendaient l'Occupation à la France entière, ce qui allait entraîner le sabordement de la flotte française basée à Toulon, extrémité à laquelle l'amirauté de Vichy eut recours afin que les navires ne tombent ni aux mains de l'ennemi ni entre celles des Alliés, conformément à son statut de neutralité datant de l'armistice…

Comme tout le monde, Christiane avait suivi ces derniers développements à la radio, et cette lettre confirmait ses craintes concernant Alphonse. Inexorable, la guerre poursuivait sa progression, contrariant les moindres projets, ballottant les êtres comme de vulgaires fétus de paille dans la tempête et écrasant les destinées des uns et des autres avec l'indifférence d'un rouleau compresseur. À leur petite échelle, le voir trébucher avait des allures de cataclysme et elle ne se sentait pas de taille à le réconforter face à pareille catastrophe et ne savait pas non plus où lui écrire dans ces conditions. C'est pourtant ce qu'il attendait d'elle, quelques lignes propres à lui remonter le moral auxquelles elle ne pouvait se soustraire, qu'il était de son devoir de lui envoyer, à l'adresse de cet Hôtel Californie, on saurait bien faire suivre sa lettre. *Mon cher Alphonse, je suis tellement désolée de ce qui vous arrive… Vous vous êtes toujours montré si bon pour nous, vous jouissiez d'une précieuse liberté de mouvement qui nous enchantait tous, et voilà qu'à présent vous aussi vous êtes victime de cette affreuse situation… Ne perdez pas espoir, surtout! Mes pensées vous accompagnent chaque jour et je suis sûre que vous vous sortirez très bien de ce mauvais pas…* Soutenant déjà sa mère et ses frères, avec Alphonse en plus, le fardeau menaçait d'être un peu trop lourd pour ses épaules.

Quinze jours plus tard, une autre lettre suivit, dans laquelle Alphonse revenait sur ces événements et la façon dont il leur avait fait face.

*Bordeaux, le 22 novembre 1942*

*Ma Christiane chérie,*

*Après la tuile formidable qui vient de me tomber sur la tête, voici la première lettre que mes facultés éprouvées me permettent de taper normalement. Donc, embarqué sur le* Gouverneur général Grévy, *j'y suis resté comme en un camp de concentration, avec les autres passagers pour Alger pendant quarante-huit heures au bout desquelles nous avons été obligés de débarquer. En suite de quoi, j'ai erré quelques jours dans cette horrible ville de Marseille comme une âme en peine. De plus, l'hiver m'a surpris et j'en ai été très touché car cela fait bien longtemps que je n'ai pas vu de neige. Les doigts de pieds et de mains m'ont fait bien souffrir.*

*Je me suis donc inquiété des moyens de rejoindre la colonie et j'ai arpenté toute une journée les rues de Vichy et les couloirs des ministères ainsi que les légations d'Espagne et du Portugal. Hélas, tout est bien gardé et je me suis senti encagé. J'ai donc décidé d'aller chez mon frère à Gan, mais j'étais tellement assommé par les événements, qu'au lieu de Toulouse je suis monté dans un wagon direct pour Bordeaux ! Je vais m'inquiéter dès demain des formalités à accomplir pour la création d'une entreprise de transports routiers. Si je réussis, j'irai chercher tout mon matériel (trois gros camions) à Marseille et je commencerai à fonctionner ici… Mais la gifle que je viens de recevoir m'a rendu méfiant.*

*Quand je serai complètement remis, je projette d'assister, à côté de vous, à une messe de minuit. Ensuite, nous goûterons une oie spécialement réservée à un réveillon, si les circonstances ne me permettent pas de rejoindre mon foyer. Mais n'en parlez à personne, c'est un secret entre nous.*

*Je vous prie, ma fille chérie, de recevoir tout mon amour paternel.*

*Alphonse.*

Pareil aveu de faiblesse de la part de cet homme, qui jusqu'à présent s'était érigé en soutien de famille, veillant à l'approvisionnement de Christiane et des siens à Maisons-Laffitte, ne pouvait qu'impressionner la jeune fille. Aussi se devait-elle de se montrer digne de son affection et en retour lui manifester son soutien. Mais des mots suffiraient-ils face à une telle épreuve? Elle-même en doutait, comment pouvait-elle le réconforter avec son jeune âge et sa maigre expérience de la vie? Elle n'avait pourtant d'autre choix que de prendre sa plume à son tour :

*Mon cher père, je suis bien affligée par ce que vous me racontez dans votre dernière lettre, par ce malheur abattu si brusquement sur vous. Mais vous ne pouvez pas flancher, vous allez faire front, comme toujours, et puis vous êtes tellement important pour cette famille, pour ces deux familles, à vrai dire! J'espère que cette image ne vous heurtera pas, mais en lisant ces lignes, j'ai eu l'impression de voir un de ces chênes majestueux vaciller dans la tempête. Parce que c'est ce que vous êtes pour nous tous! Et pour Robert également. Songez comme votre exemple a toujours compté pour lui. Mais je suis sûre que vous parviendrez à bout de cette épreuve. Tout cela ne durera pas éternellement. Viendra un jour où nous sourirons de tout ça, vous ne croyez pas ? J'ai tellement hâte que nous soyons à nouveau tous réunis comme à Arcachon autour de cette table que vous saviez si bien égayer. En attendant, je pense bien à vous et ne doute pas de votre force et de votre courage.*

*Ici, la vie se poursuit (...).*

*Je vous embrasse avec toute mon affection.*

*Christiane.*

On peut concevoir la valeur d'une telle lettre pour un homme d'âge mûr, luttant à des milliers de kilomètres de chez lui pour la survie de ses affaires, à la merci des soubresauts de la guerre et des diktats nazis. Chacun des courriers de la jeune fille représentait à ses yeux, surtout depuis qu'il était en France, une inestimable bouffée d'oxygène. Et c'est ainsi que naquit entre ces deux solitudes (malgré sa famille, Christiane se sentait souvent bien seule, responsable de tous), cette relation épistolaire qui sous l'Occupation reflétait une aspiration à la vie.

*Bordeaux, le 18 février 1943*

*Ma Christiane chérie,*

*Votre lettre m'a fortement impressionné. Je sais qu'il est question d'expatrier une bonne partie de notre jeunesse en Allemagne. Je vous félicite de vos sentiments filiaux et c'est très bien d'envisager l'idée de partir si cela pouvait faire revenir votre papa. C'est une pensée très belle, mais votre sacrifice serait vain. Songez combien serait désemparée votre mère, combien vous manqueriez au foyer déjà affecté par l'absence de votre père. Cette idée m'est horriblement pénible. Faites tout ce que vous pourrez pour esquiver cette épreuve et si vous ne pouviez y échapper, eh bien, soyez la fière jeune Française que vous devez être en toutes circonstances.*

*Après ces durs moments, vous en reviendrez grandie et cela sera une garantie de votre bonheur futur, car avec Robert vous aurez, chacun de votre côté, subi vaillamment les pires épreuves qu'aient à supporter deux jeunes promis.*

*Dans quelques instants, je pars à Marseille, ayant enfin obtenu satisfaction à ma demande d'admission au Groupement des transporteurs routiers afin d'avoir la liberté d'utiliser mes camions, sauvant ainsi une situation critique pour nous.*

*Bons baisers.*

En février 1943, Georges était dans sa troisième année de captivité et les nouvelles qu'il faisait parvenir à sa famille n'étaient pas bonnes. Les échos du front russe provoquaient une joie trop vite balayée par la réalité quotidienne du camp, la faim, le froid et l'ennui dont on ne voyait pas l'issue. Même si dans ses lettres il s'efforçait de faire bonne figure, sa détresse y transparaissait trop souvent.

Or, depuis juin 1942, existait un programme d'échange de travailleurs contre des prisonniers de guerre. Évidemment déséquilibrée, la Relève permettait le retour d'un prisonnier contre le départ en Allemagne de trois volontaires. Prête à tout quitter pour aller travailler dans une usine en Allemagne, Christiane avait voulu se sacrifier pour abréger les souffrances de son père. Mais ça n'avait pas été possible.

À l'époque où Alphonse écrivait cette lettre, déçus par les résultats de ce volontariat insuffisants pour les besoins de main-d'œuvre de leurs usines d'armement, les Allemands venaient d'instituer le Service du travail obligatoire dont la masse des réfractaires allait gonfler les rangs de la Résistance.

Toujours bloqué en France depuis l'avortement de sa traversée de la Méditerranée, Alphonse se débattait afin de sauver ce qui pouvait l'être, en attendant de pouvoir enfin regagner l'Afrique. Lui qui avait pensé échapper aux rigueurs de l'Occupation sous les tropiques, avait fini par être rattrapé, ayant entamé ce qui commençait à ressembler à un chemin de croix. Dans ces conditions délétères, la proximité affective avec Christiane lui était plus que jamais nécessaire.

*Bordeaux, le 21 mai 1943*

*Ma petite chérie,*

*Le bombardement de Bordeaux a été très court, très violent et affreux. La vie se trouve un peu bouleversée depuis ce jour et il est certain qu'il faudra évacuer plusieurs quartiers. Nous ne semblons pas être exposés où nous nous trouvons.*

*Je suis malheureux à l'idée de ne pouvoir être auprès de ma grande et belle fille pour ses splendides vingt ans. Mais réellement, je ne vais pas mieux et cela me donne un moral affreux. Je ne me vois pas voyager à tâtons, les poches bourrées de médicaments et les yeux couverts de grosses lunettes.*

*J'ai commencé à vendre mon matériel. J'espère avoir terminé vers le 15 du mois prochain, date à laquelle je dois recevoir les indications nécessaires pour partir auprès des miens. De toute façon, je tiens à vous revoir avant cela.*

*Je vous embrasse tous bien affectueusement.*

*Alphonse.*

Pour qui s'y trouve exposé, un bombardement ressemble toujours à un autre bombardement, mais les circonstances n'avaient rien à voir avec ce qu'Alphonse avait subi en juin 1940, réfugié avec les siens dans la cave de la brasserie. Les bombardiers n'étaient plus allemands mais alliés, et malgré certains dommages collatéraux, leurs frappes étaient destinées à détruire les positions de l'occupant. En l'occurrence, les installations portuaires à partir desquelles les sous-marins allemands écumaient l'Atlantique pour intercepter les convois en provenance des États-Unis. Depuis la capitulation allemande à Stalingrad, les Alliés avaient des raisons d'espérer. Pour les Français, le quotidien était dominé par l'omniprésence d'un occupant rendu de plus en plus nerveux par la tournure que prenait la guerre.

Dans cette lettre, Alphonse évoquait ses problèmes de santé et son départ prochain pour l'Afrique. Il avait perdu ses papiers au cours d'un de ses innombrables voyages en train entre Vichy, Marseille et Bordeaux, s'était épuisé en démarches, vaines pour la plupart, et c'était un homme au bord du découragement, presque à bout.

*Bordeaux, le 27 mai 1943*

*Ma Christiane chérie,*

*Je ne veux pas que votre anniversaire se passe sans une de mes lettres. Si vous saviez combien je suis navré de ce qui m'arrive. Je n'écris qu'à grand-peine, ayant l'œil fermé et ne me retenant de gémir de douleur que grâce à des doses massives d'aspirine. C'est assez lamentable car j'ai à mettre au point mon voyage dont l'échéance approche à vive allure. Si mon indisposition dure encore une quinzaine de jours, je n'aurai pas la joie de vous revoir avant. À ce sujet, je vous recommande de ne pas venir à Bordeaux. Vous m'entendez, je vous interdis formellement toute espèce de voyage. Vous risquez déjà trop de prendre le train deux fois par jour. Si vous ne m'obéissez pas, sachez que j'en serai cruellement peiné et que je ne vous le pardonnerai pas de longtemps.*

*J'ai vendu un camion. Je suis en pourparlers pour en vendre un deuxième. Le troisième continuera à fonctionner avec un de mes neveux.*

*Dans huit jours, je vous annoncerai la date de ma venue à Paris, ou la fuite.*

*Je vous prie, ma chérie, d'embrasser bien tendrement les vôtres pour moi et de recevoir toute ma tendre affection.*

*Alphonse.*

Parce qu'il avait épuisé toutes les voies officielles et qu'il ne voyait pas d'autre solution, pour la première fois, il évoquait sa fuite. À la lecture de ce simple mot annonciateur d'un projet si risqué, Christiane ne put réprimer un affreux pressentiment. Cela faisait trop longtemps qu'Alphonse se débattait pour ne pas sombrer et peinait à garder la tête hors de l'eau. Et sa santé tellement dégradée lui inspirait les pires craintes, parce que son plan supposait une forme physique et une résistance qui l'avaient quitté depuis des mois. Mais que faire ? Tenter de l'en dissuader ? Sur la base d'un simple pressentiment, alors qu'il avait infiniment plus d'expérience qu'elle ? En avait-elle seulement le droit ? Elle n'était pourtant pas du genre à se dérober.

*Maisons-Laffitte, le 6 juin 1943*

*Mon cher Alphonse,*

*Je viens de recevoir votre dernière lettre, et je dois vous avouer que votre projet me remplit d'effroi. Est-ce bien raisonnable, dans votre état, de vouloir entreprendre un voyage aussi périlleux ? Êtes-vous sûr d'en avoir mesuré tous les risques ? Je vous prie de me pardonner de me mêler ainsi de ce qui n'appartient qu'à vous, mais je m'inquiète. Il y a quelques mois, vous me faisiez part de votre inquiétude à l'idée que j'aille en Allemagne dans le cadre du programme d'échange de prisonniers ; c'est à mon tour de vous mettre en garde contre des dangers que vous ne voulez sans doute pas voir. Je vous en prie, songez-y à deux fois avant de vous engager dans cette voie, et songez également aux tourments dans lesquels une mauvaise nouvelle nous plongerait tous. Ne serait-il pas plus sage d'attendre ?*

*En espérant vous faire reconsidérer ce projet, je vous embrasse tendrement.*

*Christiane.*

À la lecture de cette lettre, Alphonse ne put retenir une larme. L'affection de Christiane et son inquiétude lui allaient droit au cœur mais, dans son état de détresse, ça pouvait aussi lui apparaître comme un enfantillage. Il n'avait pas vu sa famille depuis bientôt un an et, avec l'annexion de la zone libre par les Allemands, cela faisait presque six mois qu'il lui était interdit de quitter le territoire. À ce moment, il avait décidé de regagner l'Afrique pour retrouver les siens et tout mettre en œuvre pour y parvenir. Ce n'étaient pas les supplications de sa future belle-fille, quelle que fût son affection pour elle, qui pouvaient le faire plier.

Tandis qu'Alphonse poursuivait doucement sa descente aux enfers, Lucien faisait l'acquisition de cette maison patricienne qu'un jour nous surnommerions la Louisiane. Curieux choix que celui d'une demeure aussi vaste, dotée d'une dizaine de chambres desservies par un escalier monumental et d'une succession de pièces de réception, pour un couple sans enfant et qui avait passé l'âge d'en avoir... Mais rien n'était trop beau pour le brasseur que la guerre avait hissé au rang de ploutocrate. En 1943, malgré Stalingrad, il était encore possible à quelqu'un que la fortune favorisait depuis trois ans de balayer d'un revers de la main les premiers succès alliés. On pouvait encore croire qu'il ne s'agissait que de sursauts que les armées allemandes auraient tôt fait d'écraser. D'autant que la propagande battait son plein et parvenait à minimiser ces premières défaites.

La maison de la rue David-Johnson attenante à la brasserie était beaucoup trop modeste pour refléter son nouveau statut, et accessoirement abriter le mobilier qui prenait la poussière dans un entrepôt. Lucien entra en possession de son palais de la route du Médoc, qui quelques années plus tard serait rebaptisée avenue de la Libération, dans des conditions comparables : une affaire immanquable liée au départ de son propriétaire après un « revers de fortune » assez courant à l'époque, comme on pouvait qualifier pudiquement ce genre de drames. Les aléas de la guerre, disait-il froidement à propos de cette transaction accomplie dans les règles et dûment enregistrée chez le notaire.

Pendant quelques semaines, le nouveau propriétaire et sa femme procédèrent à l'aménagement de leur demeure, tentèrent d'en prendre possession grâce à ce mobilier douteusement acquis. Chacun de ces lustres, de ces tableaux et miroirs, de ces meubles riches de dorures et d'ornements, trouva sa place dans le vestibule, les salons, la salle à manger, la bibliothèque et les chambres. L'ensemble composait un décor d'apparat, hétéroclite, opulent et dénué de goût, mais, dans l'esprit de l'oncle, digne d'accueillir les officiers supérieurs de la Kriegsmarine et les hauts responsables de l'administration allemande pour la région.

Ces derniers étaient flattés de trouver parmi les Français des sympathisants prêts à leur ouvrir leurs portes et Lucien ne s'en priva pas. Avec l'enthousiasme et l'énergie qu'il déployait dans son commerce, secondé par son épouse, il organisa des dîners où, les vins et les alcools aidant, on finissait toujours par chanter, voire danser lors des grands soirs. Ces réceptions favorisaient les affaires mais surtout, elles lui correspondaient, elles collaient à sa vision du monde. Les Allemands avaient apporté l'ordre et la discipline, grâce à eux le pays allait enfin fonctionner, ils allaient le mettre sur des rails comme ils avaient relevé le leur dès 1933. Ça valait bien quelques bouleversements dont tout le monde ne pouvait pas saisir la nécessité. Chez lui, l'idéologie l'emportait sur le patriotisme. Alors l'évolution du conflit le concernait autant que ses nouveaux amis. Ses hôtes lui en savaient gré. On était sur la même longueur d'onde.

Pauvre Simone, femme trop effacée qui avait assisté atterrée à la métamorphose de son mari. Elle avait joui d'une certaine beauté à l'époque de son mariage, mais après quelques années, étant évident qu'elle ne donnerait pas d'enfant à son mari, les courbes de leurs existences respectives s'étaient éloignées l'une de l'autre. À mesure qu'il s'affirmait elle s'éteignait, mais tous deux se contentaient de cette situation bancale. Habitude, confort, peur de l'inconnu. Ils ne s'aimaient plus, mais elle ne pouvait qu'être impressionnée par la réussite de son mari au départ quelconque, et lui savait pouvoir compter sur elle.

Ainsi, d'une santé fragile et d'un caractère trop faible pour se rebeller, Simone subissait régulièrement cette invasion domestique qu'en outre elle était obligée de préparer. Seconder ce diable d'homme en supervisant le dressage de la table avec la vaisselle la plus précieuse et l'argenterie faite, tout en veillant à la préparation des plats en cuisine. Pour ensuite participer à ces dîners au cours desquels le plus souvent dominait l'allemand, langue dont elle ne parlait pas un mot et qui heurtait ses oreilles patriotes. Soucieux de ne pas laisser la maîtresse de maison trop longtemps à l'écart, certains officiers francophones lui faisaient la conversation, pour rapidement lui préférer une compagnie plus avenante.

Déjà Robert, alors jeune collégien, avait pu déplorer l'effacement de sa tante face à son mari si peu agréable. Les années n'avaient rien arrangé. Loin de l'épanouir, le mariage avait sur elle l'effet d'un éteignoir, et sa faiblesse cardiaque lui avait souvent servi de prétexte pour éviter les conflits et se réfugier dans sa chambre. Mais elle voyait bien comme les affaires de son mari prospéraient. Les événements lui donnaient raison. Et jamais elle n'aurait imaginé vivre un jour dans un décor aussi somptueux. Pendant quelques mois au moins, cette nouvelle installation lui avait redonné un certain allant, mais une fois l'agitation passée, retour à ses tapisseries, principales traces de son passage sur terre, dont sa chambre après sa mort regorgeait, pour la plupart inachevées.

Lucien quant à lui flamboyait. La présence régulière de l'occupant à ses dîners l'électrisait. Dans cette langue qu'il maîtrisait à la perfection, il lui arrivait de tenir en haleine une tablée entière qui ponctuait ses histoires d'éclats de rire ou de toasts portés à la santé du maître des lieux. Galvanisé, il en rajoutait. L'ensemble des regards braqués sur lui, sa voix nasillarde imposant le silence et les tenant tous à sa merci, hypnotisés, jamais il ne s'était senti aussi important. Et Simone était bien obligée de se rendre à l'évidence : si même l'envahisseur semblait manger dans sa main, qui était-elle, femme au foyer à la beauté fanée qui depuis tant d'années vivait dans l'ombre de son mari sans avoir pu lui donner un seul enfant, pour douter de sa vision ? Mais l'idée de recevoir chez elle l'occupant lui déplaisait, et plus encore le fait de céder à son mari sur un point aussi important.

Elle avait bien son beau-frère bloqué en France qui trouvait refuge chez eux, lors de ses passages à Bordeaux. Mais réduit à se débattre pour ne pas sombrer, Alphonse n'était pas le mieux placé pour lui remonter le moral.

— Lucien se débrouille si bien avec les Allemands que toi et moi sommes un peu comme deux étrangers dans notre propre ville, mon pauvre Alphonse. Quant à moi, c'est même le cas dans ma propre maison, ce palais trop grand pour nous deux, lui dit-elle un jour devant une table dressée pour vingt-quatre couverts tandis que Lucien n'était pas encore rentré de la brasserie ou d'une de ses visites dans un des innombrables bureaux allemands.

— Ce n'est pas forcément nous les étrangers, ma chère Simone. Et toi tu demeures à la hauteur de la réputation d'hospitalité de notre pays, ajouta-t-il sans malice, mais au contraire compatissant et reconnaissant pour cette autodérision qui l'englobait dans sa distance.

Entre Lucien et lui, la distance s'était dramatiquement accrue depuis les premiers mois du conflit. On était d'une autre trempe chez les Matthieu. Un sens de l'honneur inculqué dès le plus jeune âge préservait de certaines dérives. Que le frère de sa femme fasse feu de tout bois pour faire prospérer ses affaires passe encore, de là à inviter l'ennemi à sa table… Mais affaibli sur tous les plans – physique, moral et financier –, Alphonse n'était pas en position de s'opposer à son beau-frère.

Parfois, sachant ce qu'il en pensait, Lucien poussait la perversité jusqu'à lui proposer de participer à l'un de ses « dîners vert-de-gris ». Arguant de son ignorance de l'allemand ou de douleurs oculaires de moins en moins supportables, Alphonse déclinait. Lucien n'insistait pas, mais prenait de haut ce beau-frère diminué, dont la perte de la serviette en python et de son précieux contenu reflétait si bien la déroute.

C'est pourtant vers lui qu'Alphonse se tourna pour organiser son passage en Espagne. Lucien faisait tellement état de son influence et de ses réseaux, sous-entendant qu'il avait aussi des contacts du côté de la Résistance, qu'on devait pouvoir lui faire confiance. Il connaissait une filière. Il pouvait solliciter ses relations, c'était la moindre des choses, en famille... Même s'il n'approuvait pas, il comprenait la nécessité de rentrer en Afrique pour s'occuper des affaires. Manière pour lui de ménager la chèvre et le chou, d'avoir une assurance-vie en cas de retournement de situation. C'est à ce genre de précautions qu'on reconnaît les vrais survivants, ceux qui en toutes circonstances finissent par s'en sortir.

— Le comptoir... Évidemment, Robert est trop jeune pour te remplacer, fit pensivement remarquer Lucien, non sans une certaine condescendance.

— Hélas oui, concéda Alphonse, mortifié d'avoir à courber l'échine devant ce beau-frère qui le regardait de haut, derrière son beau bureau sous lequel brillaient ses souliers parfaitement cirés.

— Il te faudra juste payer 2 000 francs. Tu peux, n'est-ce pas ?

Comme il le haïssait pour cette supériorité affichée ! Mais comme l'autre devait jouir de la situation. C'était une somme conséquente pour Alphonse après ses revers de fortune, mais encore dans ses moyens. Seule la finalité importait. Et déjà dans sa tête entrevoir la sortie du tunnel : depuis Bordeaux gagner Montréjeau par le train, de là poursuivre jusqu'à Bagnères-de-Luchon où le contact devait s'établir. Pousser ensuite jusqu'à l'auberge de l'Hospice de France, point de ralliement des candidats au passage, puis, en pleine nuit s'engager pour une course de 1 300 mètres de dénivelée jusqu'au port de Vénasque, entaille dans la paroi rocheuse au-delà de laquelle s'offrirait la vallée de l'Aragon. Sur le papier, rien d'insurmontable, avec les bons contacts et les bons guides, ce que Lucien garantissait. Les craintes de Christiane n'étaient-elles pas infondées, avec une telle organisation ?

Malgré les airs importants du brasseur et son mépris à peine déguisé, Alphonse lui en fut reconnaissant. Il allait enfin sortir de cette nasse dans laquelle il s'épuisait depuis trop longtemps. L'Afrique, sa femme, son fils et le comptoir, qui depuis sa traversée avortée ne lui apparaissaient plus que comme autant de mirages, étaient de nouveau à portée de main. Une fois passé les Pyrénées, l'affaire était entendue. Les Espagnols ne devraient pas lui poser de problèmes : dans le pire des cas, les clandestins étaient soumis à un court séjour derrière les barreaux, avant d'être relâchés sans autre tracas. Seule sa condition physique l'inquiétait, ce que Christiane avait souligné d'ailleurs, mais la perspective du retour chez lui le galvanisait et il avait assez souvent accompagné Maxime, son frère résidant à Gan, dans ses courses pyrénéennes pour s'en sentir encore capable.

À Bobo-Dioulasso, comme dans toute l'AOF, on finit par éprouver les conséquences de la guerre. Ces dernières étaient moins dramatiques qu'en métropole, l'éloignement jouait son rôle de tampon mais, tel un cancer, le conflit essaimait ses métastases. Les conséquences étaient politiques et militaires, avec la constitution de forces françaises libres, mais aussi personnelles avec des parents prisonniers de guerre, morts au combat, déportés, ou quotidiennes, avec la raréfaction des échanges fatale aux affaires.

Au siège des Comptoirs Matthieu, dans la cour d'ordinaire cadre d'une intense activité, régnait désormais un morne silence à peine dérangé par les efforts d'un mécanicien pour maintenir en état le parc de véhicules réduit au minimum. Plus de livraisons de marchandises en provenance de France, et par conséquent plus de clients, ni à l'inverse de convoi à préparer pour la métropole. Les stocks étaient réduits à néant, les livres de comptes s'empoussiéraient, seuls demeuraient dans les locaux quelques employés désœuvrés. Le blocage des camions d'Alphonse à Marseille avait porté un coup dur. Sans approvisionnement, ce type de commerce était voué à la ruine. Même un géant comme la CFAO (Compagnie française de l'Afrique occidentale) en pâtissait, alors une petite affaire familiale dont le dirigeant était bloqué en France… Et pendant ce temps, la concurrence anglaise, qui souffrait moins de pénurie, consolidait ses positions. Après Mers el-Kébir, ça faisait beaucoup. Pragmatiques Anglais qui partout profitaient de la moindre occasion pour pousser leurs pions sur l'échiquier international.

À vingt ans, Robert était loin de maîtriser toutes les ficelles du métier et manquait encore du ressort et de l'assurance qui auraient pu faire pencher la balance du bon côté. Jeunesse oblige, il s'était concentré sur l'aspect « aventureux » du métier, les expéditions dans les coins reculés, plutôt que le tissage de relations qui auraient pu faire la différence en cette période trouble. Et pendant qu'il traînait son ennui et sa frustration, incapable d'inverser la spirale vertigineuse dans laquelle la société était engagée, les troupes de la France libre bataillaient dans le désert égyptien et y remportaient leurs premières victoires. Ni sa mère, ni les soirées passées avec Maurice au club, ni les parties de chasse, ni la compagnie d'Adèle sa guenon, ni même la magie africaine, le rythme unique des jours et la beauté des ciels n'étaient de nature à le retenir plus longtemps, alors que l'Histoire était en train de s'écrire sans lui et qu'il suffisait d'une simple démarche de sa part pour en être.

Depuis son renoncement au certificat d'études afin de mieux embrasser cette existence, la question d'une alternative à cet avenir ne s'était jamais posée. Avec la guerre, la donne avait changé. Sous l'Africain pointait le jeune Français, sous le négociant le soldat. L'administration d'un comptoir moribond était beaucoup moins excitante que ces passes d'armes dans le désert. Beaucoup moins utile également. Dans un cas, il ne pouvait qu'assister à une lente et inexorable dégringolade, dans l'autre, il s'agissait de participer à la libération de la France. Une fois de plus, il n'allait en faire qu'à sa tête.

Maurice, lui, s'accommodait très bien de la situation. Comme tant d'autres, il bénissait le ciel d'avoir échappé à l'humiliation et aux rigueurs de l'Occupation et de ne subir la guerre qu'à des milliers de kilomètres de distance, dans la torpeur africaine et le confort réservé aux colons. Suivre le conflit par la TSF et commenter son évolution, la progression des forces alliées, les revers allemands, les doutes et les espoirs, dans la chaleur du club, permettait d'avoir l'impression de vivre des heures intenses sans en payer le prix. Il y avait bien sa mère demeurée en France, mais Nadine jouissait d'une nature fondamentalement heureuse qui lui permettait d'éviter les ennuis, et elle lui envoyait régulièrement des nouvelles rassurantes. Alors Maurice pouvait se consacrer à son existence de colon sans s'inquiéter pour elle.

Même dans cette partie du monde épargnée par le conflit, l'atmosphère était fébrile. Des officiers de la France libre recrutaient, les garnisons locales instruisaient les nouvelles recrues en vue de combats imminents, les milieux diplomatiques vibrionnaient de mille tractations, tandis qu'au cours des premiers mois de l'année 1943, l'issue générale demeurait très incertaine. Indirect et éloigné, le danger n'en était pas moins réel, et l'on demeurait suspendu aux nouvelles du front, de tous les fronts, d'Afrique, de l'Est, de l'Atlantique et du Pacifique.

Ce parfum de guerre donnait un indéniable piment à l'oisiveté de certains. Même indirectement menacés, on se savait au bord du gouffre, derniers témoins d'un monde proche de basculer dans le chaos avant de disparaître, confrontés à l'une de ces accélérations de l'Histoire au cours desquelles toutes les cartes sont rebattues. Pour un esprit qu'aucune velléité d'héroïsme ne tracassait, la situation avait du bon. Un séducteur y trouvait son compte, puisque avec ce sentiment d'insécurité, de fragilité, se multipliaient les possibilités : tout était désormais permis, puisque tout pouvait disparaître d'un jour à l'autre.

Loin de la ligne de front, Maurice accumulait les conquêtes, peu glorieuses, mais de nature à le satisfaire : depuis son adolescence, il avait pris l'habitude de s'adonner à une vie de plaisirs et rien, pas même le conflit le plus meurtrier de l'Histoire, ne le ferait dévier de ce cap. Né sous une bonne étoile ne le prédestinant ni à la gloire, ni aux honneurs, ni à la fortune, mais à une insouciance à peine assombrie par quelques dettes de jeu et tracas pécuniaires auxquels il trouvait toujours des solutions, Maurice ne donnait pas prise aux événements et ne changeait rien à ses habitudes.

Il était incapable de résister à son attirance pour les femmes, qui le lui rendaient bien. Sa nature volage favorisait les rencontres dont la liste croissante lui avait depuis longtemps forgé une réputation dans la colonie. Femmes de planteurs, de négociants ou de fonctionnaires, épouses d'officiers ou de diplomates... il ne faisait pas de distinction et les séduisait par sa propension à rire de tout, son humour, son audace et sa jeunesse. Il n'avait pas son pareil pour se sortir des histoires les plus inextricables et se défaire des femmes les plus éprises. Sa légèreté l'aidait à déployer des trésors de diplomatie : une fois la passion apaisée, avant même que ne s'installe la lassitude, il avait recours à l'autodénigrement et se dépeignait comme un simple passe-temps, l'homme du réconfort et des plaisirs passagers. En bon équilibriste, il évitait les drames, ayant une fois seulement frôlé l'incident diplomatique, au sens propre, après une liaison avec la femme de l'ambassadeur de Pologne qui avait eu le mauvais goût d'en prendre ombrage...

C'est à Maurice que Robert confia son projet de tout plaquer pour rejoindre la ligne de front. Après la victoire d'El-Alamein contre Rommel à laquelle les troupes de la France libre avaient glorieusement participé, Robert finit par s'engager. Cette amitié aurait pu se disloquer, à ce croisement où ils empruntèrent des voies radicalement opposées. Un autre que Robert aurait pu éprouver du mépris pour ce planqué qui préférait poursuivre son existence de Don Juan des tropiques pendant que d'autres risquaient leur vie pour libérer le pays. Mais Maurice avait ce talent bien à lui pour éviter les conflits. Quant à Robert, il l'appréciait pour la qualité de son écoute, son entrain formidable et sa gaieté gargantuesque. Maurice n'avait rien à lui prouver, et réciproquement. À vingt ans tout juste révolus pour l'un, un peu plus pour l'autre, chacun savait parfaitement ce qu'il pouvait attendre de son alter ego. Ce genre de lucidité préserve des malentendus.

Maurice était assis sur un tabouret au coin du bar, d'où il pouvait converser avec Marcel, debout devant les colonnes de bouteilles qui se reflétaient dans le miroir en donnant l'impression d'une profusion sans limites, tout en observant les entrées et les sorties, les mouvements autour du billard ou la constitution d'une table de jeu… À vingt-cinq ans à peine sonnés, avec son visage rond et sa carrure d'épicurien, Maurice avait déjà tout du pilier de bar, la descente en moins : ses activités de joueur nécessitaient un minimum d'adresse ou d'acuité qui excluaient toute ivresse.

Robert ne prit même pas la peine de lui demander son avis, avec la fierté qu'un tel engagement supposait, il le mit devant le fait accompli. La première réaction de Maurice fut d'éclater de rire.

— Si tu croyais que je ne te voyais pas venir, depuis le temps que tu me parles de ton général de Gaulle et des Forces françaises libres ! Et évidemment, connaissant ta tête de mule, rien ne pourra te faire changer d'avis.

— Rien du tout.

Maurice embrassa la salle du regard, les quelques couples qui dansaient sur une chanson d'Édith Piaf, le petit attroupement autour du billard, les tables autour desquelles on buvait, Marcel au shaker derrière son bar, une femme qu'à plusieurs reprises il avait surpris l'observant.

— La seule chose qui me tracasse, c'est ma mère à qui je ne l'ai pas encore annoncé.

— Tu crains sa réaction. On peut comprendre.

— Elle va avoir peur pour moi. Et elle va s'inquiéter pour le comptoir. J'ai pensé que tu pourrais veiller au grain en attendant le retour de mon père.

— Tu veux rire ?

— Tu n'auras rien à faire. C'est pour que quelqu'un assure l'intérim au cas très improbable où il y aurait une urgence. Quelques semaines à peine. Mon père ne devrait pas tarder. Ça rassurera ma mère. Je peux compter sur toi ? Dans un premier temps, je ne serai pas loin, à l'instruction.

— Et tu commences quand ?

— Après-demain.

— Ben voyons… Marcel ! fit-il au barman : champagne pour Robert ! Dans deux jours, il sera sous l'uniforme pour aller botter le cul des boches !

Quelques applaudissements retentirent, bientôt accompagnés par d'autres, tandis que les gens autour relayaient l'information et, l'ensemble des regards braqués sur lui, Robert qui n'en demandait pas tant leva son verre à l'assemblée en guise de remerciement, inconscient du fait qu'il était sur le point d'en prendre pour trois ans.

Le retour de Robert chez lui se fit quelques heures et de nombreux verres plus tard, au petit matin, par les rues désertes où les risques de collision avec son Enfield zigzagante étaient réduits au minimum. Ni air d'opéra ni aria dans les palétuviers à l'aube. Sa mère n'émergerait pas de sa chambre avant 9 heures, tandis qu'il serait encore au lit.

En se faufilant dans le jardin silencieux, la vision de la fenêtre derrière laquelle dormait sa mère le ramena instantanément à la conversation qu'il allait avoir avec elle au déjeuner. Cette simple perspective suffit à le dégriser, tant il anticipait une réaction de tragédienne que, pour une fois, il pouvait comprendre. Au pied du mur, il mesurait la gravité de sa décision. Dans moins de quarante-huit heures, il serait enrôlé sans possibilité de retour en arrière, après avoir laissé sa mère seule et l'affaire entre les mains d'un ami d'une fidélité à toute épreuve mais ayant toujours fui toute forme de responsabilité. Sur ce point non négligeable, il n'était soudain plus sûr d'avoir fait le meilleur choix.

En entrant dans sa chambre, il fut surpris par le regard jaune d'Adèle qui l'attendait, immobile dans la pénombre. Il crut y surprendre un éclat de mélancolie teinté de résignation, comme si le chimpanzé avait deviné ce qui se tramait. Et Robert ne put réprimer un frisson car, à elle seule, Adèle symbolisait l'Afrique et tout un pan de son existence auquel il s'apprêtait à tourner le dos de façon définitive.

Tandis que partout où son regard pouvait porter il ne rencontrait que l'inconnu, il finit par s'endormir, tiraillé entre rêves de gloire militaire et incertitude financière.

Le lendemain, il alla trouver sa mère. Elle essaya de l'en dissuader, arguant que c'était une folie, qu'il serait beaucoup plus utile à gérer les affaires à Bobo qu'à aller jouer sa vie pour ces ingrats de la métropole, qu'en son absence le comptoir risquait de péricliter, qu'elle avait besoin de lui, son unique enfant... Mais rien n'y fit.

— T'engager ? Tu veux tuer ta mère, c'est ça ?

La tragédienne n'était jamais loin chez Germaine, et chacune de ses manifestations enchantait Robert. Comment prendre au sérieux ses angoisses, en présence d'une telle absence de mesure ?

— Mais qu'est-ce que tu vas chercher là, Maman ? Tu ne vois pas que c'est moi qui dépéris, à me morfondre dans un comptoir où il n'y a plus rien à vendre, alors que l'Histoire se fait ailleurs et que je n'ai qu'à signer pour y participer ?

Elle savait la partie perdue d'avance, mais elle n'allait pas le laisser faire sans rien tenter. Et, malgré la terreur de le voir partir au front, secrètement elle n'était pas peu fière de la décision de son fils. Le patriotisme de Robert l'emportant sur son sens des affaires, Alphonse avait pris la nouvelle avec plus de philosophie que sa femme. Mais la maison brûlait : en l'absence de Robert, il n'y avait plus personne pour diriger le comptoir. Pensant le rassurer, dans une de ses lettres, Germaine avait évoqué Maurice qui assurait l'intérim jusqu'à des jours meilleurs, mais c'était pire que tout. Tous ses efforts entrepris pour sauver ses trois camions et leur chargement ne pesaient rien par rapport à la catastrophe que cela sous-entendait. Le meilleur ami de Robert était charmant, d'une drôlerie sensationnelle, mais incapable de résister à la moindre tentation. Lui confier les rênes de l'affaire familiale revenait à en garantir la faillite.

Alphonse avait appris ce désastre supplémentaire avec l'impuissance que la distance induisait, comme tous les prisonniers du monde qui, depuis leur cellule, assistent au délitement de leurs affaires, de leur famille, ou tout simplement à l'évolution de leur univers et de leur vie, sans pouvoir intervenir. D'où l'urgente nécessité de son retour. Pour tenter de sauver les meubles, au moins ce qu'il en resterait, avant qu'il ne soit trop tard. D'où également, malgré tout, sa reconnaissance à son beau-frère qui permettait à présent son départ. En retour, Lucien était aussi reconnaissant à son beau-frère de pouvoir lui rendre ce service qui illustrait son influence, tout en le dédouanant de ses relations avec l'occupant.

À l'aube de cette évasion par les Pyrénées, tout le monde était plein d'espoir.

*Alphonse Matthieu, matricule 22.294, Frontstalag 122*

*Compiègne (Oise), le 10 janvier 1944*

*Cher Lucien,*

*Me voilà enfin arrivé ici pour un séjour probablement assez prolongé qui, j'espère, te laissera le temps de me sortir de là. Je n'ai le droit qu'à la présente par mois. Avise donc tout le monde de mon sort. Ayant perdu ma valise au cours de mon odyssée, je manque de tout. La faim et le froid me sont sensibles. Je ne me suis pas changé depuis le 25 octobre. Je te demande donc le plus rapidement possible : gilet de peau, caleçon et cache-col, mes chemises, chaussettes, serviettes, aiguilles, fil, un peigne, un savon, une crème dentifrice et à barbe, un tube de comprimés de salicylate de soude. Maurice doit pouvoir me faire parvenir du tabac. Qu'il m'envoie tout ce qui lui sera possible car ce sera pour moi une monnaie d'échange. Nous sommes un groupe de huit ayant facilité de faire un peu de cuisine. S'il peut m'envoyer beurre, graisses, viande et légumes conservés, un petit flacon d'essence, condiments, un ou deux jeux de 52 cartes.*

*Tendresses à tous*

*A. Matthieu*

La filière de Lucien était pourrie. Alphonse n'a jamais atteint l'Espagne, ni même le port de Venasque, cette entaille d'à peine plus de deux mètres de large dans la montagne qui permet de franchir la frontière en deux pas. Col à la beauté à couper le souffle, emprunté depuis la nuit des temps dans un sens ou dans l'autre par les contrebandiers, les pèlerins, puis les armées napoléoniennes, les réfugiés du franquisme, ceux du nazisme, Juifs, résistants, réfractaires au STO, communistes, enfin, depuis l'essor du tourisme, montagnards et randonneurs…

Après son voyage en train de Bordeaux à Bagnères-de-Luchon, tout s'était déroulé sans encombre jusqu'à l'Hospice de France. À partir de là démarrait l'ascension au sein d'un groupe composé de pilotes britanniques échoués sur le sol français, de communistes, de résistants et de familles fuyant le nazisme. Les risques de se faire arrêter étaient minimes, tant le territoire à garder était vaste et les effectifs alloués à la surveillance de la frontière insuffisants.

Affaibli, Alphonse n'avait pris que le strict nécessaire pour ne pas s'épuiser et avoir à abandonner quoi que ce soit en chemin. Des chaussures assez robustes pour résister aux sentiers rocailleux, un manteau pour supporter le froid d'automne en altitude, une valise avec quelques vêtements de rechange et ses documents les plus importants… Des fugitifs nettement plus âgés et des enfants avaient réussi avant lui. Il n'était pas au mieux de sa forme, il avait toujours ses problèmes de vue, mais il n'y avait aucune raison qu'il n'y parvienne pas.

Alphonse s'était mis en marche, aux alentours de 4 heures du matin, entouré d'une douzaine d'inconnus, qui, comme lui, devaient s'efforcer de mettre un pied devant l'autre sans faire rouler le moindre caillou dans la nuit noire, avec la hantise d'attirer l'attention d'une patrouille. Tout ce petit monde était précédé par un individu à peine entrevu la veille, à qui il avait fallu remettre une liasse de billets pour prix de sa trahison imminente.

Son regard t'avait-il inspiré de la défiance, Alphonse ? Avais-tu eu un mauvais pressentiment à l'idée de confier ta vie à cet homme présenté comme un montagnard confirmé qui saurait vous conduire par des sentiers dont l'occupant ignorait l'existence ? Lucien t'avait garanti la sûreté de sa filière. Depuis l'extension de l'occupation en zone libre, cet homme avait soi-disant fait passer tant de monde de l'autre côté de la frontière. Au pied du mur, il était trop tard pour renoncer…

Y avait-il des étoiles cette nuit-là ? Une lune ? Ou bien avez-vous progressé sous un ciel nuageux présenté par votre Judas comme une aubaine parce que propice aux fuyards que vous étiez ? Les montagnes t'avaient-elles paru menaçantes ? Tu ne devais pas avoir l'esprit à admirer le paysage, sur le qui-vive, à guetter le plus petit mouvement ou bruit suspect.

Épuisé par l'adversité, tu avais rassemblé tes dernières forces pour entreprendre cette course dont l'arrivée correspondait pour toi au bout du tunnel, à l'Afrique, à ta famille et ta maison.

Dans ces paysages inchangés depuis des millénaires, je suis parti plus tard, à l'heure où le soleil commençait à poindre au-dessus d'une montagne, à l'aube d'une journée de septembre qui s'annonçait radieuse. Klavs avait tenu à m'accompagner. En ce qui nous concernait, une excursion de trois heures jusqu'au col et deux heures environ pour le retour en descente. Parmi les randonneurs, on reconnaissait des pèlerins ayant de gros sacs sur le dos et déjà plusieurs jours de marche dans les pattes qui se rapprochaient de Saint-Jacques. Mon pèlerinage était plus intime, puisqu'il s'agissait d'aller à ta rencontre, toi ce grand-père que, sans cette invraisemblable succession de coups de déveine absolue, j'aurais sans doute connu.

Par un sentier très certainement différent de celui que tu avais emprunté, je me suis imprégné de ces paysages à la beauté immuable, pâturages, lacs et sommets à la sérénité renversante auxquels, le jour à peine levé, tu avais déjà tourné le dos, après que ton groupe et toi aviez croisé la patrouille allemande qui vous attendait au détour d'un chemin... Vous avez dû être interceptés après la naissance de l'aube, afin d'empêcher que certains d'entre vous ne parviennent à se fondre dans l'obscurité et échapper aux mailles du filet. Rien n'était laissé au hasard dans ce genre d'affaire et les vendus de cette espèce s'y entendaient pour organiser l'arrestation de leurs clients, histoire de manger à tous les râteliers.

Parvenu au sommet, par cette entaille dans la roche dont le franchissement aurait signifié ton salut, tandis que se déroulait sous mes yeux l'extraordinaire panorama offert par le versant espagnol, je n'ai pu retenir une larme en pensant que tu avais échoué si près du but. J'avais déjà dépassé l'âge auquel tu es mort, mais je demeurais ton petit-fils, par conséquent toujours plus jeune que toi.

Avec ses compagnons d'infortune, Alphonse fut conduit sous la menace d'armes automatiques vers des camions de transport de troupes attendant leur cargaison de chair en contrebas dans la vallée, et de là, direction Bayonne et un premier camp de détention. Les Allemands, secondés par les Français, maîtrisaient parfaitement ce type d'organisation…

Lucien fut très vite informé de son internement à Bayonne. Et il fit immédiatement jouer ses relations au sein de l'état-major allemand. Sa cause était facile à plaider : ni résistant, ni communiste, ni Juif… Un simple négociant d'Afrique cherchant à rentrer chez lui… sans autorisation de quitter le territoire, il est vrai. Ses « amis » sauraient bien passer l'éponge. Il se faisait un devoir d'obtenir cette faveur, l'affaire était entendue. Et en effet, il obtint gain de cause. Mais l'administration, sous toutes les latitudes, a toujours procédé selon un rythme bien à elle et l'urgence peut s'avérer une notion toute relative. Le courrier ordonnant la libération d'Alphonse parvint à Bayonne, mais trop tard, précisément vingt-quatre heures trop tard : de Bayonne, qui n'abritait qu'un camp de transit, il venait d'être transféré à Bordeaux.

En vain, Alphonse avait alors attendu ce courrier qui devait provoquer sa libération, chaque jour passant accroissant sa déception, mais bravement il reportait ses espoirs au lendemain. Lucien avait fait le nécessaire, ça ne saurait tarder. Jusqu'au jour où, avec tout un groupe, on l'avait fait monter dans un train direction Bordeaux. Il aurait préféré rester, son ordre de libération devait déjà être parti, mais à quoi bon protester ? Ce mouvement ne pouvait être une mauvaise nouvelle : l'influence de son beau-frère devait y être à son maximum et malgré l'inconfort de la captivité et la perte de son bagage, il n'avait pas perdu tout espoir. À Bordeaux, il ne resterait pas quarante-huit heures derrière les barreaux, il suffirait d'une estafette – entre le centre et la prison un trajet de vingt minutes à moto – pour faire parvenir l'ordre de sa libération. Pour une fois, il allait être sincèrement heureux de retrouver Lucien. Même si c'était un aspect, une géographie de la ville qu'il ne connaissait pas, à Bordeaux, il était « à domicile ». Même à travers les barbelés et les barreaux, il reconnaissait le ciel, la lumière et les sons de la cité. Et Lucien se voulait rassurant. Ce n'était qu'une question de jours. Mais la première démarche pour le faire sortir de cette mauvaise passe avait été annihilée par son transfert et, l'administration étant ce qu'elle est, il avait dû repartir à zéro. Ça n'était pas un problème. On le lui avait promis : le nécessaire serait fait pour que son beau-frère soit libéré…

Malgré les assurances de Lucien, les jours et les semaines passaient et le papier ordonnant la libération d'Alphonse se faisait toujours attendre. Il avait fini par mettre un couvercle sur ses ambitions. L'Afrique lui semblait désormais plus inaccessible que jamais et il n'aspirait plus qu'à une chose, c'était sortir, échapper à ces fers, et retrouver l'illusion de liberté qu'autorisait encore l'Occupation. Lucien avait pourtant dit vrai. Mais le temps que le courrier officiel ordonnant sa sortie parvienne à la prison, Alphonse avait de nouveau été transféré, toujours plus au nord. Et la lettre ordonnant sa libération, comme à Bayonne, parvint vingt-quatre heures après son départ. Un retard insignifiant, peut-être dû à une négligence, à la paresse d'un fonctionnaire ayant remis cette formalité au lendemain, auquel aura tenu son destin.

En montant pour la deuxième fois dans un de ces wagons à bestiaux que l'on réservait aux détenus, Alphonse avait cette fois senti le froid de la mort. Il avait voulu protester, assurer ses geôliers de l'arrivée imminente du courrier ordonnant sa libération ; rien n'y avait fait et, terrifié par ce sort s'acharnant sur lui, il avait dû s'entasser avec les autres.

Le doute était permis face à une telle succession de retards de ces courriers qui auraient dû lui permettre d'échapper à ce cauchemar. À Bayonne, passe encore, mais à Bordeaux, dans la ville où Lucien avait toutes ses relations, c'était difficilement concevable. Chaque fois pourtant, la preuve fut produite que ces courriers étaient bien parvenus à destination. Lucien lui-même fit le nécessaire pour les récupérer auprès de l'amirauté allemande afin de prouver sa bonne foi auprès de sa femme et de sa famille. Même si cela n'avait servi à rien, il avait de quoi attester qu'il avait tout tenté.

Nouveau trajet assis à même le plancher, dans un de ces wagons sans ouvertures par lesquelles ses compagnons et lui auraient au moins pu essayer de se repérer, alors qu'on ne les avait évidemment pas informés de leur destination. Rouler des centaines de kilomètres dans une semi-obscurité sans eau ni toilettes pour se soulager, dans une odeur de moins en moins supportable, en subissant les arrêts sans jamais la moindre explication, les départs sans avertissement, la peur désormais chevillée au ventre parce qu'en dépit de ses espoirs les plus fous, Alphonse s'était enfin avoué que depuis son arrestation dans les Pyrénées, il avait perdu le contrôle de sa vie, qu'il n'était désormais plus qu'un numéro à la merci de ses geôliers.

C'est à Compiègne, au camp de Royallieu, qu'on les fit descendre. Mais pour combien de temps et pour quelle raison ? Les destinait-on à une usine d'armement, comme le suggérait l'hypothèse la plus répandue ? Aucun d'entre eux n'en savait rien et ils s'épuisaient en conjectures angoissantes. C'est dans le Frontstalag 122, d'où Alphonse avait écrit cette lettre, que son moral jusqu'alors à peu près intact a basculé. Déplacé malgré lui au nord de Paris, sous des latitudes où il ne s'était jamais senti chez lui, il s'est mis à douter. Il avait beau essayer, il n'y croyait plus. Ça faisait si longtemps que le mauvais œil le poursuivait. Comment imaginer que son beau-frère réussirait à des centaines de kilomètres de distance, alors qu'il avait échoué dans sa propre ville ? Avait-il autant d'influence que ça chez les Allemands ? Ou bien ces derniers avaient-ils en réalité fait semblant de s'intéresser à ce problème tout en refusant tout passe-droit à ce commerçant des colonies qui avait voulu braver l'ordre du Reich ? Autrement dit, son sort n'était-il pas déjà scellé ? A posteriori, c'est ce qui ressort de cet inexorable mouvement vers la fin, surtout que Royallieu était devenu, dès 1941, un « camp de concentration permanent pour ennemis actifs ».

Tout espoir n'avait pourtant pas quitté Alphonse, en janvier 1944. Il demandait même un ou deux jeux de cartes. Mais peut-être aussi souhaitait-il donner le change, pour ne pas trop alarmer les siens. À Compiègne, le camp devait nécessairement bruisser des rumeurs les plus folles... Après la guerre, on a découvert que sur 54 000 prisonniers passés par ces baraquements, 50 000 étaient morts déportés dans les camps de concentration et d'extermination d'Auschwitz, Buchenwald, Ravensbrück, Dachau, Mauthausen et autres lieux de sinistre mémoire... Par essence pleines d'imprécisions, les rumeurs présentent l'avantage de laisser la place au doute et, même sans trop y croire, Alphonse, le matricule 22.294, espérait encore une intervention de Lucien. Même ténu, même infime, ce fol espoir refusait de mourir et le faisait attendre chaque jour l'ordre qui lui ferait franchir les portes du camp.

Et puis il avait eu droit aux visites de Christiane. Elle aussi, malgré elle, l'entretenait dans cette illusion. Elle savait que Lucien se démenait et comme son futur beau-père espérait que ses relations se révéleraient enfin efficaces.

À Compiègne, loin de son Aquitaine natale, Christiane était désormais la seule personne sur qui il pouvait compter. De Maisons-Laffitte à Compiègne, un aller-retour supposait plusieurs changements de train et une journée complète de voyage, mais il en eût fallu beaucoup plus pour la dissuader de lui rendre visite. Pour apporter à Alphonse un peu de réconfort, l'encourager à ne pas perdre espoir et constituer un lien avec l'extérieur et la vie, Christiane était prête à braver tous les contrôles et à montrer patte blanche à l'entrée de Royallieu, à attendre entre deux baraquements derrière des barbelés et convaincre le gardien de lui laisser lui apporter le paquet qu'elle avait constitué a son intention.

À trois reprises, du haut de ses vingt ans, elle entreprit ce douloureux périple pour lui insuffler un peu de sa joie de vivre, l'enjoindre de ne pas lâcher prise et le convaincre qu'à l'extérieur on pensait à lui, que toute une famille se mobilisait pour l'aider à tenir et le faire sortir de là. Au-delà du temps passé dans les transports, ces visites étaient une épreuve pour elle, tant en ces occasions elle touchait du doigt ce à quoi était confronté Alphonse et ce qui le menaçait. Car ce transfert de Bordeaux à Compiègne, en dépit des relations de Lucien, était apparu aux yeux de tous comme un avertissement funeste : comme si l'on était en présence d'une machine au mouvement lent mais implacable, que rien ne pourrait arrêter.

La deuxième fois, elle trouva son futur beau-père plus affaibli, plus découragé, même s'il s'efforçait de faire bonne figure devant elle. Qu'il était loin, le pêcheur sur la jetée de la

Chapelle, ou le correspondant qui dans ses lettres annonçait des colis de victuailles, des métrages de tissu, et n'hésitait pas à flirter gentiment avec la fiancée de son fils. Rien qu'à sa façon de se lever pour l'accueillir, au premier regard, dans la salle réservée aux visites, Christiane perçut la fragilité. Le sourire était éclatant, mais le regard masquait moins le découragement qui pointait.

— C'est à mon tour de vous faire parvenir des colis ! Regardez, dit-elle avec un entrain forcé, s'empressant d'étaler ses trésors sur la table. Les gardes à l'entrée ont tout inspecté, ajouta-t-elle plus bas, mais tout est passé. Même votre tabac.

Assis en face d'elle, sans un regard pour les paquets, il lui prit les mains et plongea ses yeux embués par l'émotion dans les siens.

— Ma petite... tu es merveilleuse, tu sais ça ? Ah... qui aurait pu prévoir qu'un jour je me présenterais à toi dans cet état ? C'est assez lamentable, non ?

— Mais il ne faut pas vous décourager ! J'ai encore parlé à l'oncle Lucien. Il fait le nécessaire et il m'a dit que c'est en bonne voie.

— L'oncle Lucien... C'est devenu quelqu'un de très important... Il a des relations, chez l'Occupant, insista-t-il avec amertume. J'espère seulement qu'elles vont servir cette fois. Parce que je ne vois pas pourquoi j'ai été transféré ici...

— Allons, allons ! l'admonesta-t-elle en baissant à nouveau la voix pour ne pas être entendue par le gardien qui surveillait l'entrevue. Bien sûr qu'elles vont lui servir, il faut bien que ça serve ! D'ailleurs, chaque fois, ses démarches ont abouti.

— Trop tard…

— Mais ce ne sera pas le cas, cette fois !

— Tu dois avoir raison… Excuse-moi de me laisser aller comme ça. D'ailleurs, c'est jamais que de l'oisiveté forcée, cette captivité, ajouta-t-il soudain plus enjoué. Ça nous permet de jouer aux cartes ! Je me suis toujours défendu à ce genre de jeux. Et toi ? Et tes frères ? Tu as des nouvelles de Robert ? Et de ton père ?

— Robert ne m'a pas écrit depuis un moment, mais aux dernières nouvelles tout allait bien. La routine de l'armée, comme il dit, vous savez.

— J'espère qu'il les foutra dehors, ces salopards, glissa-t-il, penché vers elle.

Elle étouffa un rire.

— Pour le reste, la vie suit son cours, et on pense surtout à vous sortir d'ici.

— Mademoiselle ! intervint soudain le gardien. C'est l'heure.

— Allez, la prochaine fois que nous nous retrouverons, vous serez libre.

La pression des mains d'Alphonse sur celles de Christiane s'accentua. Un naufragé s'accrochant à une bouée, un enfant à sa mère. Dans un instant, elle serait dehors et lui toujours derrière ces barbelés. Ils s'embrassèrent. Il se retint de la serrer trop fort pour ne pas trop révéler sa détresse, puis il la regarda disparaître derrière la porte en frissonnant, sans voir les larmes qu'elle avait retenues jusque-là.

La troisième fois, elle se réjouissait parce que les démarches de Lucien avaient enfin abouti et la libération était imminente. On la fit patienter dans la salle dévolue aux visiteurs dans un de ces baraquements sinistres. En France, les Allemands voulaient sans doute présenter une façade de légalité, d'où l'autorisation de ces visites, mais derrière ce vernis, il n'y avait que la loi discrétionnaire d'un régime totalitaire contre laquelle personne ne pouvait rien. Elle se sentait vulnérable, apprêtée comme elle l'était pour égayer Alphonse, et de plus en plus mal à l'aise, sur ce banc dur, entre ces murs gris et nus, derrière ces fenêtres grillagées, à mesure que les minutes et les quarts d'heure s'égrenaient dans cette pièce sans âme. Que se passait-il ? Ça n'avait pas été si long, les fois précédentes. Il lui était arrivé quelque chose ? Et son inquiétude grandissait avec ces questions sans réponses.

Enfin, dans un français approximatif, un sous-officier allemand finit par lui signifier que le matricule 22.294 avait été transféré en Allemagne. Incompréhension, choc, affolement, refus de la réalité.

— Mais ce n'est pas possible ! Mais comment ? Mais quand ? Mais où ? Mais vous ne comprenez pas, sa demande de libération vient d'être acceptée ! L'ordre de sortie devrait arriver d'ici quelques jours !

Même avec la meilleure volonté du monde, eût-il été sous le charme de la jeune fille, son interlocuteur n'aurait rien pu faire : la machine était en marche, le train déjà en route et rien ne l'aurait arrêté. Les larmes de Christiane n'y firent rien, c'était trop tard, une fois de plus, et elle dut rebrousser chemin.

Ce séjour au Frontstalag 122 n'avait pas duré. Quelques semaines après son arrivée, Alphonse avait embarqué dans un de ces convois de la mort, comme s'il fallait à tout prix qu'il ait disparu avant l'arrivée du courrier ordonnant sa libération.

Nouveau train, nouveau wagon à bestiaux. Pour un trajet à la durée et à la destination inconnues, seules les étoiles et le soleil, visibles par les étroites ouvertures, permettaient de savoir qu'on les conduisait vers l'est et par conséquent l'Allemagne. Mais pour quelle raison ? Ils ne pouvaient pas se douter du sort qui leur était réservé. Une nation civilisée n'envoie pas ses prisonniers à l'abattoir. Et même si cette idée effleurait l'esprit de certains, la soif de vivre leur commandait de l'étouffer.

Bouleversée, dévastée, Christiane avait rebroussé chemin avec la sombre intuition qu'elle ne reverrait jamais Alphonse. La mort dans l'âme, elle avait refait en sens inverse cet horrible trajet en train, métro, puis à nouveau un train jusqu'à Maisons-Laffitte, après s'être tellement réjouie à l'idée de lui annoncer que sa sortie était imminente. En ce début d'année 1944, l'horizon ne pouvait que lui sembler d'un noir d'encre, et les signes de faiblesse du régime nazi, en Russie et en Afrique du Nord, ne devaient rien y changer, avec Alphonse déporté en Allemagne, son père dans son Oflag et son fiancé prêt à risquer sa vie dans un combat pour le moins incertain.

Le portail du camp de Buchenwald est orné d'une inscription en fer forgé, une maxime moins connue que celle couronnant l'entrée d'Auschwitz, mais tout aussi ignoble lorsque l'on songe au sort qui était réservé à celles et ceux qui la déchiffraient à la descente du train : « *Jedem das Seine* ». Ce que Lucien t'aurait sans doute traduit avec une certaine gêne, s'il avait été à tes côtés : « À chacun son dû »...

Déjà le périple en wagon à bestiaux, sinistre avant-goût, ne pouvait laisser personne indemne. Les plus vulnérables en sortaient brisés, quand ils n'étaient pas morts en chemin, cadavres gisant parmi les vivants jusqu'à l'arrivée. Les plus endurcis tenaient difficilement le coup, frigorifiés après des jours soumis au froid de l'hiver, dans ces wagons ouverts à tous les vents de janvier. Hébétés par le voyage, vous étiez arrachés sans ménagement à votre bétaillère pour être soumis à une période de quarantaine, soi-disant afin d'éviter la propagation d'épidémies. N'était-ce pas surtout pour vous éprouver davantage, vous fatiguer comme les bouchers fatiguent la viande? Pendant quatre à six semaines, après avoir été rasés, débarrassés de leurs effets personnels les plus intimes, déshabillés pour être vêtus de hardes, les nouveaux étaient entassés au Petit camp dans des conditions inhumaines, à souffrir de nouveau du froid, de la faim et de la promiscuité, allongés sur des planches les uns contre les autres, à se réveiller certains matins avec un cadavre à côté de soi... Solution de mort germée dans les esprits nazis que vous découvriez, incrédules, entonnoir des rebuts où vous aviez été précipités, s'achevant par votre mort. D'épuisement, de malnutrition, de maladie, de désespoir, d'une balle dans la nuque, par pendaison ou électrocution contre les barbelés, à la suite d'expériences médicales, pour la science, à l'infirmerie du camp réputée pour son zèle en la matière... Détruire tout esprit de résistance et toute humanité chez les détenus afin de les précipiter vers la mort. Telle était la finalité du camp que vous avez immédiatement éprouvée à votre arrivée, adoptant le plus vite possible les réflexes que votre instinct de conservation vous dictait.

Les survivants à cette période de quarantaine étaient ensuite affectés dans un baraquement, un block pas très différent de ceux de Compiègne (l'architecture concentrationnaire est invariablement utilitaire et monotone), où chacun pouvait s'organiser un semblant d'existence, entre compatriotes, s'intégrer à un groupe déjà constitué et profiter ainsi d'une certaine solidarité pour tenter de survivre.

Ton arrivée justement correspond à l'afflux de détenus français qui, à partir de cette époque, constituèrent le groupe le plus important. Depuis avril 1942, une politique décidée par Hitler et implacablement appliquée par les autorités françaises grossissait régulièrement les rangs des prisonniers : pour chaque attentat, en plus des exécutions, 500 communistes et Juifs étaient livrés au Reichsführer et chef de la police du Reich. Internées à Compiègne, environ 50 000 personnes furent déportées à Auschwitz puis, à partir de 1943, vers d'autres camps, dont Buchenwald où environ 25 000 d'entre elles échouèrent. Le petit groupe que tes compagnons et toi formiez depuis Royallieu n'eut donc pas de mal à trouver des appuis auprès de détenus déjà organisés. Précieuse solidarité de condamnés au cœur de l'oppression. C'était hélas rarement suffisant.

En dépit de cette fraternité, au block les conditions n'étaient pas plus enviables qu'au Petit camp, voire pires. Les journées démarraient par l'immuable appel, qui pouvait tourner au cauchemar selon les caprices des SS, et s'étiraient ensuite pendant onze interminables heures de travaux forcés (terrassement, travail dans les usines d'armement...), tout juste entrecoupées d'une demi-heure de pause vers midi. À cela s'ajoutaient les corvées du block, le tout représentant entre seize et dix-huit heures de station debout à exécuter des tâches harassantes et souvent dangereuses. Vous auriez pu rire de cette absurdité, tourner en dérision ce néant auquel avaient été réduites vos existences respectives. Le rire, grinçant, eût été possible, sans l'omniprésence de la faim, du froid, de la souffrance, de la violence, de la peur et des fumées noires qui s'échappaient vers le ciel depuis les cheminées du crématorium.

Pourtant, malgré ces conditions inhumaines, tu as l'air prêt à affronter cette nouvelle adversité, désireux de t'organiser au mieux, comme si au contact de certains camarades, tu avais retrouvé espoir. En février 1944, tu écris à Maurice que tu as besoin de deux cents grammes de tabac parce que le tabac constituait une bonne monnaie d'échange. Il est aussi question de la nécessité pour tes correspondants de t'écrire en allemand, sans quoi le courrier ne te serait pas remis. Le ton qui se dégage de ces quelques lignes a peu à voir avec le découragement. Trois semaines plus tard, ton écriture n'est plus aussi assurée. Tu mentionnes à nouveau la nécessité absolue pour tes correspondants de te répondre en allemand, tu demandes des colis, tu évoques en particulier ta femme et ton fils, comme si tu savais tes jours comptés.

Comme elles ont dû te sembler longues, ces semaines au cours desquelles tu sentais chaque jour tes forces décliner davantage. Et comme elle a dû te sembler lointaine, dans cet univers hideux, ta vie d'avant, l'Afrique, le comptoir, les airs d'opéra sous la varangue, les convois dans le désert. Les odeurs, les couleurs, les caresses de l'air, la chaleur du soleil, l'air du large sur les côtes du Sénégal. Tous ces souvenirs et ces impressions, sensations déjà pâlies depuis des mois, que tu avais fini par renoncer à convier, tant le contraste avec ta situation était insupportable. Et ta femme restée à t'attendre et ton fils. Leurs photos confisquées à ton arrivée pour entamer pour de bon ta personnalité, te couper de tes attaches, de tes racines, et faire de toi un anonyme, un numéro, ce qu'à leurs yeux tu étais déjà depuis longtemps… Ce jour où tu as dû renoncer à espérer les serrer dans tes bras. Ce jour-là, tu as cessé de lutter parce que ça n'en valait plus la peine, tu n'en avais plus la force, rongé par la maladie, recroquevillé dans tes hardes, sur ces planches qui te servaient de lit, après un ultime effort pour te rendre à l'appel du matin. Et tes camarades qui ne pouvaient plus rien pour toi, parce qu'une part de toi avait décidé de leur fausser compagnie, d'échapper au cauchemar pour retrouver ton Afrique et les tiens, au moins par l'esprit.

À Buchenwald trônait un arbre vieux de plusieurs siècles qui avait été épargné lors des opérations de défrichage précédant la construction du camp sur la colline de l'Ettersberg, près de Weimar. Il s'agissait, selon la légende, du chêne sous lequel Goethe avait l'habitude de méditer. Une autre légende l'entourait : l'Allemagne nazie ne lui survivrait pas, la barbarie institutionnalisée ne pouvant sans doute pas résister à la destruction de ce symbole de la culture allemande.

L'arbre de Goethe fut gravement endommagé par un bombardement allié au cours de l'été 1944. Mais tu n'étais déjà plus de ce monde pour espérer la vérification prochaine de la légende.

En 1965, plus de vingt ans après les faits, Germaine a reçu une indemnisation de 500 francs de la part du gouvernement allemand pour la mort de son mari… Se demandant quel usage faire de cet absurde pécule, elle l'a finalement partagé entre ses cinq petits-enfants. Mon premier argent de poche… en compensation du préjudice de la mort d'Alphonse à Buchenwald… dont, sur le coup, je n'ai pas pris l'entière mesure de la valeur symbolique. J'ai évidemment oublié comment j'ai dépensé cet argent, il a filé en broutilles. Mais avec le recul, je réalise quelle lumineuse idée ma grand-mère avait eue. Quelle merveilleuse réponse à cette insulte ! Sans doute une des façons les plus vivantes, les plus joyeuses même, de célébrer le souvenir de son mari, celle qu'il aurait préférée entre toutes, lui dont la famille n'a évidemment pas récupéré la dépouille.

*30 avril 1944*

*À 16 heures, le convoi s'est mis en mouvement depuis la baie de Mers el-Kébir, là où quatre ans plus tôt était détruite notre flotte de bataille. Isolé sur un pont, j'ai regardé s'éloigner la côte et je suis rentré, l'esprit empli de souvenirs cristallisés autour de Bobo. Puis mon imagination m'a transporté en France, à Bordeaux, à Paris, où j'entrais en héros, naturellement. J'ai mis longtemps à trouver le sommeil.*

Plus d'une année était passée entre l'engagement de Robert et son entrée dans la guerre. Avec ses camarades, il avait eu le temps de ronger son frein, au cours d'exercices nécessairement frustrants quand on n'aspire qu'à plonger dans la mêlée. Mais le grand jour était enfin arrivé et, avec l'insouciance de la jeunesse, il pouvait se réjouir de l'imminence de la confrontation. Et il ne lui fallait pas moins que ce journal, au cours des longues heures d'oisiveté inhérentes à la traversée de la Méditerranée, pour canaliser ses émotions et graver ainsi ses impressions, en ces heures historiques.

Une semaine plus tard, le 7 mai 1944, le convoi pénétrait au petit matin dans la baie de Naples et, par un brouillard que ne parvenait pas encore à dissiper le soleil trop bas, sa jeune et bouillonnante cargaison débarquait sur le sol d'Italie. À l'affût de tout ce que pouvaient lui offrir ces moments solennels, Robert n'en perdait pas une miette. Jeune scribe de cette guerre dont le théâtre se rapprochait à grands pas, ce qu'indiquaient les premiers stigmates des combats : quelques épaves dans le port et, malgré les quais arrangés tant bien que mal pour accueillir ces forces vives et leur matériel, partout ailleurs un spectacle de désolation. Façades balafrées, toitures crevées, œuvre de destruction poussée à un rare degré de perfectionnement. Malgré ce paysage de ruines, ces maisons détruites dans la ville traversée en camion, l'optimisme et l'émerveillement se lisaient dans le regard du jeune engagé volontaire. Après tout, ces immeubles effondrés et autres séquelles n'étaient-ils pas le signe du recul des Allemands ? Et le bonheur de participer à cette avancée l'emportait sur tout autre sentiment.

*Sur la chaussée, un Italien vend des pommes. Depuis le camion, je l'interpelle, il s'approche et m'en lance quelques-unes. Je lui donne quelques cigarettes en échange et je croque dans le premier fruit d'Europe depuis trois ans et demi. Qu'elle est bonne, cette petite pomme !*

Profiter de l'instant présent plutôt que s'inquiéter des dangers futurs. L'heure était à la reconquête et l'enthousiasme balayait toute autre considération. Les jours suivants se passèrent en ordres, contre-ordres, installations et prises de possession de divers quartiers, dans la banlieue de Naples, un camp américain et enfin dans un lycée mis à disposition des libérateurs. Robert et ses camarades eurent même le loisir de visiter Naples, lors d'une permission de demi-journée. L'occasion de s'étonner de la profusion, malgré la récente Occupation, de biens et denrées dans les magasins, « *gelato* et pâtisseries à volonté », de se laisser cerner par la marmaille désœuvrée qui s'était déjà fait la main sur les Américains, et de se voir proposer à manger, à boire ou même de la compagnie féminine... Prostitution motivée par la misère où les petits frères racolaient pour leurs sœurs attendant dans l'appartement familial en présence des parents, ces derniers passant dans la pièce d'à côté le temps que la fille et le client fassent leur affaire dans une intimité relative. Petite entreprise familiale adaptée aux circonstances et à cet afflux d'hommes jeunes... L'occasion pour certains de retrouver leur unité lestés d'un souvenir aussi gênant que persistant, tant avaient été nombreux ceux passés avant eux entre les bras de la jeune fille...

Au gré de ses pérégrinations dans cette ville ouverte, de ses errances de conquérant désargenté dans une Naples accueillante mais tenaillée par la misère, Robert finit par échouer dans un appartement bien tenu, où en présence de deux camarades et de trois femmes, il se vit proposer un verre de sherry, son journal évoquant une danse sur un air de jazz diffusé à la radio et quelques instants de repos jusqu'au départ, mais rien de plus… Sa dernière entrevue avec Christiane datait de plusieurs années, mais malgré ses serments d'amour il y avait sa jeunesse impétueuse, l'imminence des combats et ces Italiennes qui semblaient si désireuses d'être agréables à leurs jeunes libérateurs. Trois couples formés de jeunes gens qui, quelques heures plus tôt, ne se connaissaient pas, légèrement grisés par l'alcool et la situation, dansant dans un appartement sur les disques laissés par leurs prédécesseurs américains, et à côté ces chambres qui n'attendaient qu'eux, dans la torpeur du printemps italien. Christiane n'était pas obligée de savoir, et quand bien même, au fond d'elle-même elle comprendrait, en dépit de sa jalousie explosive.

Autant de subterfuges pour tromper l'attente, derniers instants de répit avant le baptême du feu et le choc des combats, cette expérience unique à laquelle, malgré le meilleur entraînement du monde, nul ne sait jamais comment il réagira. Et toujours cette ignorance dans laquelle sont laissés les soldats quant à la suite des événements, le commandement ne distillant les informations qu'au compte-gouttes et au dernier moment.

*Mardi 9 mai, les camions doivent nous amener dans un village de l'intérieur. On parle d'Alba Nova. Les premiers kilomètres sont magnifiques. Nous longeons la mer et, malgré une légère brume, on peut admirer la côte accidentée et deux îles au large. Seul le Vésuve se détache parmi les montagnes. Brusquement, la route oblique et malgré la poussière soulevée par notre convoi, je me retrouve dans un pays verdoyant, planté d'arbres qui servent de treille pour la vigne. Pas un pouce de terrain n'est inoccupé et ce ne sont que champs de blé, maïs, cultures diverses. Nous traversons un village et les camions s'arrêtent à la sortie. C'est bien Alba Nova. La poussière nous a rendus méconnaissables, les tirailleurs sont tout gris. Enfin on descend. Mon sac pèse autant que moi et je dois m'arrêter tous les 20 mètres. J'arrive à l'emplacement de la compagnie épuisé et, après une rapide installation dans une vieille maison inoccupée avec cour intérieure et terrasse au premier étage, je finis par m'écrouler. On entend des avions. Les lignes sont proches. Je m'endors.*

À quelques kilomètres du front, l'attente n'allait pas se poursuivre indéfiniment. Très vite, Robert entra dans le vif du sujet, et par la grande porte. Après le départ d'Alba Nova et la traversée d'un paysage désolé fait de maisons en ruine, d'arbres déchiquetés et de tanks calcinés donnant un aperçu de ce qui les attendait, sa compagnie fut dissoute et il eut enfin la surprise et la joie, une de ces joies sauvages dont l'existence est avare, d'être affecté à la 1re DFL. La crème de la crème, la division des héros dont les exploits dans le désert d'Afrique du Nord l'avaient fait vibrer, ce à quoi il n'avait jamais osé rêver.

*Ai-je mérité de faire partie de la plus fameuse division française ? Les mots me manquent pour décrire mon état d'excitation. Nous serons répartis dans la 2e brigade pour combler les pertes subies au cours de la percée de la ligne Gustav. Avec cinq camarades, nous sommes affectés à la 5^e^ Cie du 11^e^ bataillon de marche, soit la meilleure compagnie du plus illustre bataillon de la brigade ! Le lieutenant commandant la 5 nous accueille. Il se dégage de ce jeune officier une impression de force tranquille, de sang-froid et de bienveillance. Je pourrai vérifier plus tard son autorité, l'adoration de tous pour le jeune chef qui au feu fait merveille.*

*Les Européens de la 5 sont réunis pour les présentations. Tous paraissent sympathiques. Mais depuis leur résistance héroïque face aux troupes de Rommel à Bir Hakeim, je connais en détail les exploits de la 1^re^ DFL et j'ai peur de ne pas être à la hauteur. Je n'aurai pas peur, mais saurai-je remplir mes fonctions de caporal ?*

Le jeune caporal Matthieu eut du mal à trouver le sommeil après l'extinction des derniers feux, la première nuit de sa nouvelle affectation. Allongé à la belle étoile, à côté de son engin à même la terre déjà humide, parmi ses nouveaux compagnons qu'il considérait déjà comme des héros avant de faire leur connaissance, plein de doutes et de rêves de gloire, c'est sous les constellations éclairant la nuit qu'il finit par s'endormir.

Dès le lendemain, Robert prenait ses marques, à un poste pas trop exposé, à faire la jonction entre l'arrière et le front pour approvisionner les combattants en vivres, munitions, carburant, lubrifiant et tout ce dont ils pouvaient avoir besoin. Poste réservant beaucoup de travail et moins de danger qu'ailleurs, ce qui ne pouvait être qu'appréciable pour ses premiers pas dans la guerre. Salutaire acclimatation avant l'exposition durable aux premières lignes et au feu de l'ennemi. Les unités d'élite ont ceci en commun qu'elles sont toujours économes de la vie de leurs hommes et n'envoient pas leurs plus jeunes recrues à l'abattoir. Et le jeune Robert ne cessait de s'émerveiller de sa chance de se retrouver parmi ces soldats admirés par-dessus tout, d'écouter leurs histoires du désert et d'agir par mimétisme pour être à la hauteur.

Le lendemain au petit jour, son unité se mit en route, pour progresser de 60 kilomètres d'un coup. La grande retraite allemande, qui allait durer 350 kilomètres et se ralentir à Bolsena, avait commencé. Au volant de son camion, fort de ses nombreux allers-retours sur les pistes africaines dont les nids-de-poules et autres ornières n'avaient rien à envier aux routes et chemins italiens, Robert jubilait. La vraie vie commençait, et avec elle son initiation d'homme. Au combat, ou plus exactement juste derrière la ligne de front, Robert fut impeccable. La fierté de faire partie de cette élite lui donnait des ailes, et les responsabilités qu'au Burkina Faso son père lui avait confiées en avaient fait quelqu'un de réfléchi, ayant le sens du devoir et celui du risque. À la fin de ces journées harassantes, après avoir approvisionné les combattants au contact de l'adversaire, parfois ramené certains blessés à l'arrière, essuyant des tirs ennemis, gardant toujours son sang-froid quelles que fussent les circonstances, il s'écroulait comme une masse dans un sommeil pas nécessairement dénué de songes.

*D'où vient ce rêve bizarre? J'étais à Paris, les premières personnes rencontrées étaient Mme Roland, Luc et Marc. J'ai demandé Christiane. Marc m'a conduit dans une pièce où je me suis trouvé seul en présence d'une petite personne à qui j'ai demandé où était Christiane et qui m'a répondu : « C'est moi. » Je me suis précipité sur elle, sans réfléchir au fait que je ne l'avais même pas reconnue. Christiane est devenue petite et n'a plus la même figure. Elle paraît contente mais sans plus. Et soudain, je m'aperçois qu'elle est devenue stupide, elle me parle de choses insignifiantes. À cet instant, l'idée de rupture s'empare de moi et ne me quittera plus. Quelques instants après, nous sommes tous réunis et il y a même mon oncle Lucien. Je raconte la bataille d'Italie et ça a l'air de l'ennuyer. Il m'interrompt souvent. Et le rêve va se terminer douloureusement auprès de Christiane me demandant d'où vient un pareil changement. Mais était-ce bien elle ? J'ai franchi en l'espace d'une nuit les quelques mois qui me séparent du grand jour, celui où je la reverrai. Je pense à ce rêve. Est-ce un présage ?*

Au même moment ou presque, la déveine absolue du père et la chance insolente du fils. Alphonse, happé par une spirale infernale, et Robert, entraîné par la dynamique de la victoire. Destins croisés, à l'opposé l'un de l'autre, entre deux personnes aussi proches qu'ils l'étaient. Loin de se douter du sort qui frappait son père, victime de la barbarie nazie, Robert pouvait rêver de victoires, de conquête et de retrouvailles, en France, avec les siens, dans le rôle du vainqueur.

Inutile d'être sur la ligne de front pour être admirable de courage. En région parisienne aussi, comme partout dans la France occupée, il en fallait une bonne dose, ne fût-ce que pour faire face aux pénuries, à l'omniprésence d'un occupant de plus en plus nerveux, à la lassitude... Mais de ce courage du quotidien, il est rarement question, parce qu'il n'a rien de spectaculaire : nulle action d'éclat, nul fait d'armes héroïque, simplement la capacité à résister au jour le jour, à nourrir une famille avec des moyens toujours plus limités et à conserver le moral pour tous, notamment réconforter deux jeunes garçons qui grandissaient sans leur père. Ce à quoi s'employait Christiane depuis quatre ans, en dépit de la mort de sa grand-mère, qui avait fini par s'éteindre au cœur de l'hiver 1943 sans que les médecins y puissent quoi que ce soit, en dépit de la fragilité de sa mère, dont le sentiment de culpabilité avait été renforcé par le décès de sa belle-mère. Ne se serait-elle pas mieux portée, si elles s'étaient entendues ? Si elle-même avait fait plus d'efforts pour ne pas la laisser s'isoler à mesure que le temps passait ? N'aurait-elle pas dû voir qu'Éliane était en train de s'éteindre ? Elle était malade à l'idée d'annoncer la nouvelle à Georges, dont les courriers révélaient déjà le découragement, le regret de ne pas voir grandir ses enfants, de ne pas être auprès d'eux dans ces circonstances difficiles. Alors la mort de sa mère… Était-on seulement sûr qu'il y résisterait ? Inquiète pour tout, Mireille l'était aussi pour son mari.

— J'ai une idée.

Les garçons couchés, Christiane et sa mère buvaient une tisane dans la cuisine, seule pièce viable, tant la température dans les autres ne dépassait jamais les 13 °C. Mireille regarda sa fille, dont le ton déterminé tranchait avec sa propre inquiétude.

— C'est déjà bien assez dur pour Papa. Alors à quoi bon l'attrister davantage ? Il n'a pas besoin de ça.

— Où veux-tu en venir ?

— Eh bien… on ne peut pas dire que sa mère lui écrivait souvent, enchaîna-t-elle après une hésitation. Ce n'est pas comme si elle avait entretenu une correspondance quotidienne, ni même hebdomadaire.

— Et alors ?

— C'était quoi, son rythme ? poursuivit Christiane sans ménagement pour l'incompréhension de sa mère. Un petit mot succinct qu'elle glissait peut-être une fois par mois, maximum deux, dans l'enveloppe que tu adressais à Papa ?

— Mais je le sais tout ça, finit par s'agacer Mireille. Tu en fais des mystères !

— Et toi tu ne m'aides pas beaucoup.

— Comment ça ?

— Ce que je veux dire, c'est qu'on n'est pas obligées de lui dire qu'elle est morte, risqua-t-elle enfin, anxieuse de la réaction de sa mère.

— Mais il va se demander pourquoi elle ne lui écrit plus ! Il va me poser des questions !

— C'est pourquoi il faut justement faire en sorte qu'il ne se pose pas de questions. Son écriture n'est pas si difficile à imiter, pas pour moi en tout cas, poursuivit-elle pour ne pas laisser le temps à sa mère de l'interrompre.

— Mais tu n'y penses pas ! Le jour où il l'apprendra, ce sera pire que tout !

— Sans doute pas pire que de le lui apprendre maintenant. C'est une idée un peu osée, mais c'est pour son bien… Je pense qu'il pourra le comprendre, tu ne crois pas ?

— Je ne sais pas… se contenta de répondre Mireille, à qui la perspective de ne pas avoir à lui annoncer tout de suite la mauvaise nouvelle ne déplaisait pas.

— C'est pour éviter que tout courage l'abandonne.

Christiane était si sincère, le bien-être de son père lui importait beaucoup plus que la vérité.

— Il sera toujours temps ensuite, quand sa libération sera enfin certaine, de lui dire la vérité. Il comprendra sûrement qu'on aura fait ça afin de lui éviter le deuil de sa mère pendant sa détention. Tu sais quoi ? fit Christiane en se levant.

Sans réaction, Mireille regarda sa fille se diriger vers le buffet, ouvrir un tiroir et en sortir un bloc de papier, puis revenir s'asseoir à table en face d'elle.

— Je vais te montrer comment je peux imiter son écriture.

Alors, sous le regard aussi surpris que fatigué de sa mère, étonnée elle-même par sa propre audace, Christiane s'appliqua à contrefaire l'écriture de sa grand-mère avec la même aisance que si elle avait fait des faux toute sa vie. Cette initiative aurait été inconcevable avant la guerre, jamais sa mère ne l'aurait laissée faire, mais elle avait pris tant d'importance dans la vie de la famille qu'entre elles les rôles étaient presque inversés. Et le silence de Mireille face à ces quelques lignes avait valeur d'assentiment.

Lorsque quelques jours plus tard, au courrier arriva une lettre de Georges à sa mère, Mireille céda, trop soulagée de ne pas avoir à affronter cette difficulté supplémentaire. Petite lâcheté destinée à ménager son mari. Résultat, la supercherie fonctionna si bien qu'à plusieurs reprises, Christiane dut prendre sa plume pour écrire à Georges en se faisant passer pour sa grand-mère écrivant à son fils, alors que cette dernière reposait depuis plus d'un an au cimetière de Maisons-Laffitte…

Et Christiane de se mettre dans l'état d'esprit de sa grand-mère pour s'adresser à son père, employer le même ton qu'elle face à lui… Périlleux exercice exigeant une certaine souplesse d'esprit dont elle s'acquitta avec sa vaillance et son application coutumières. Christiane, ou l'art de se mettre dans des situations inextricables, pourrait-on dire… Car n'était-ce pas reculer pour mieux sauter?

*Mon grand chéri,*

*Un accès de faiblesse suite à une pneumonie m'a contrainte à rester couchée quelques semaines et empêchée de t'écrire. Mais sois-en sûr, je n'ai jamais cessé de penser à toi. Aujourd'hui ça va mieux, j'ai repris des forces et je suis soulagée de constater que nous ne nous en sortons pas si mal...*

Elle poursuivit ainsi, avec la même audace, le même plaisir, tant ce petit jeu de rôle pouvait être plaisant, en essayant de ne pas trop en faire dans le registre maternel, de ne rien écrire de compromettant, que son père pourrait lui reprocher un jour, avant de se relire plusieurs fois, de cacheter son enveloppe et d'aller la poster en espérant ne pas être allée trop loin...

Elle attendit la réponse à sa première lettre en tant qu'Éliane avec anxiété. Mais Georges n'y avait vu que du feu ; sa petite faussaire de fille avait fait des merveilles et sa réponse la contraignit à poursuivre sur la voie de cette supercherie. Il était en effet trop tard pour reculer. Jeune équilibriste jonglant sur un fil tendu au-dessus du vide, certaine qu'une fois face à son père, son pouvoir de séduction opérerait, que lui aussi se laisserait convaincre, que la joie des retrouvailles compenserait l'annonce tardive de la mort de sa mère.

Elle était bien par moments tenaillée par des scrupules, elle avait des sueurs froides en réalisant la gravité de cette usurpation d'identité. Ce n'était pas juste de mentir à son père sur un sujet aussi grave, c'était présumer de sa faiblesse, et il pourrait leur reprocher, à sa mère et elle, de lui avoir volé la mort de sa mère, en imitant son écriture pour engager entre eux une correspondance qui ne la regardait pas elle, Christiane.

Il y avait bien dans les lettres de son père ces allusions à ce directeur de conscience rencontré en captivité, qui aurait pu l'alerter sur le changement qui s'opérait en lui. Entraînée dans son mensonge, elle ne voulait rien voir et chassait ses scrupules en priant pour que jusqu'au bout elle sache maintenir l'équilibre de ce château de cartes plus instable à mesure que s'accumulaient ses lettres.

Quand la défaite allemande ne fit plus de doute, craignant le pire au retour de son mari, Mireille se décida à lui annoncer le décès de sa mère. À force de brouillons, elle trouva une façon de ménager le flou sur la date de sa mort, elle fit le maximum pour limiter les dégâts, l'idée étant de le préparer psychologiquement et d'éviter la brutale découverte de la réalité qu'elle redoutait plus que tout : à mesure que l'heure des retrouvailles approchait, le mensonge lui apparaissait dans son énormité. Hélas, cette lettre ne parvint jamais entre les mains de Georges.

Après les effusions et les larmes, Georges s'étonna de ne pas trouver sa mère à la maison.

— Et Maman? Elle ne savait pas que je rentrais aujourd'hui?...

Pour toute réponse, Georges n'eut droit qu'à un silence embarrassé. La mère et la fille se regardèrent, craignant la réaction des garçons qu'elles n'avaient pas mis dans la confidence, ce qui à cet instant pouvait s'avérer catastrophique.

— Tu n'as pas reçu ma lettre? lui demanda Mireille pour devancer Luc sur le point de ruiner tous leurs efforts.

Face à Georges, leur combine ne tint pas longtemps, ça ressemblait à du bricolage. Et ce bel échafaudage de lettres s'effondra dans un silence glaçant. Il ne manifesta pas de colère en apprenant le tour que sa femme et sa fille lui avaient joué, mais ce fut pire parce que cette réaction silencieuse ne lui correspondait pas. Ces cinq années de captivité l'avaient profondément affecté et ce n'était pas le même homme que sa femme et ses enfants retrouvèrent après une si longue attente. Transformation plus durable que celle opérée par le régime drastique auquel il avait été soumis, Georges avait perdu son regard. Autrefois brillant de bienveillance et de malice, il paraissait désormais distant et lointain, à l'image de sa nouvelle personnalité.

On entend souvent dire que ceux qui s'en sortent reviennent plus forts de ce type d'épreuves, en comparaison les écueils que réserve la vie quotidienne paraissent dérisoires. Sur Georges, la captivité avait eu l'effet d'un éteignoir. Contrairement à Alphonse, il avait eu la chance de revenir et de revoir les siens, mais quelque chose en lui était mort. Capitulation ? En dépit de la première impression qu'il donna à son retour, ce n'était pas un homme brisé que sa famille retrouva. C'était un autre homme. En cinq ans, le père Meertens avait eu le temps de refaçonner cette brebis égarée. De professeur de théologie, il était rapidement passé confesseur puis directeur de conscience. Un de ces procureurs de l'âme adeptes du blâme et du cilice plus que de l'amour et la compassion.

— Mais enfin Georges, que se passe-t-il ? Le retour à la liberté est si difficile ?

Tellement heureuse d'avoir retrouvé son mari après toutes ces années de captivité, Mireille demeurait désemparée devant sa torpeur et ses longs silences ; pire encore, elle peinait parfois à le reconnaître. À plusieurs reprises déjà, en vain elle avait tenté d'obtenir une explication.

— Je t'en supplie, parle-moi au moins, insista-t-elle. Ça devient intenable. Tu n'es pas heureux de nous avoir retrouvés ? Que s'est-il passé là-bas qui t'ait tant changé ? C'est ce père Meertens, c'est ça ?

— Le père Meertens... Il m'a été d'un grand secours là-bas, tu sais...

— Il paraît. Mais tu ne m'as encore jamais dit en quoi. Parce qu'à te voir, cela paraît loin d'être évident. Mais enfin, Georges, j'ai l'impression que tu m'en veux ?

Un rire désabusé lui répondit.

— Penses-tu. C'est uniquement à moi-même que j'en voudrais.

Sur ce sujet délicat, Georges ne s'exprima jamais qu'à demi-mot, mais en le poussant dans ses retranchements, Mireille, excédée de ne pas le reconnaître, était parvenue à lui arracher quelques explications. Il était ressorti de cette confession contrainte que ce « Père la Vertu » n'avait pas hésité à fustiger son inconduite morale, ce mariage et cette fuite à l'étranger avec cette femme divorcée. Mesurant l'ampleur et l'irréversibilité des dégâts, elle en avait été définitivement meurtrie et leur couple abîmé : après les affres de l'absence, la désillusion des retrouvailles. Douloureux épisode pour Georges chez qui l'homme de Dieu, au prétexte de le

« rééduquer », avait inoculé le poison de la faute, en faisant un être déchiré entre le désir de retrouver sa famille et la conscience de sa propre faiblesse.

Une fois libéré, Georges n'était plus le même mari, plus le même père, et il portait sur sa vie passée un regard nouveau, plein de distance et de circonspection. La graine de la culpabilité plantée en lui avait étouffé sa joie de vivre. Si ses proches perçurent le changement, au départ ils le mirent sur le compte de l'adaptation nécessaire après tant d'années d'absence et d'enfermement. Mais la mutation était beaucoup plus profonde. Jamais Mireille ne retrouva l'homme pour qui elle avait tout quitté. La guerre et la religion l'avaient métamorphosé.

Vingt-quatre heures après son retour, Georges voulut se recueillir sur la tombe de sa mère où naturellement, après la date de sa naissance, était gravée celle de sa mort. Ils s'y rendirent en famille.

À mesure qu'ils progressaient dans le cimetière et qu'approchait l'instant fatidique, Christiane et sa mère redoutaient davantage sa réaction. Pourtant, même face à l'évidence, Georges ne dit rien. Il se contenta d'un regard à sa fille signifiant qu'il n'était pas dupe. Manifestation silencieuse à laquelle Christiane s'abstint de répondre, parce qu'elle était impressionnée par ce père qu'elle peinait à reconnaître et parce qu'elle ne savait pas comment interpréter ce regard. Stupéfaction, reproche, souffrance, déception, indulgence pour une faute difficilement concevable ?... Elle y lut tout ça à la fois et en conçut de la honte.

Il n'en fut plus jamais question, mais alors que le Georges d'avant la guerre aurait grondé, tempêté, peut-être plaisanté, il se contenta d'un geste qui ne lui ressemblait pas non plus : le soir même, Christiane trouva sur sa table de chevet un petit paquet formé par les quelques lettres objets de son « crime ». Après quoi il fut happé par d'autres préoccupations, en premier lieu desquelles la nécessité de retrouver sa place dans l'entreprise. À aucun moment sa fille ne put lui suspecter une quelconque rancune à son encontre, mais elle n'oublia jamais.

*

Nul besoin non plus d'être sur la ligne de front pour être soumis au feu, celui des bombardements frappant sans discernement, sous lesquels il fallait une bonne dose de sang-froid, voire d'inconscience, dans certains cas.

Avec le pont ferroviaire enjambant la Seine où passait la ligne reliant Paris au Havre, Maisons-Laffitte fut la cible de plusieurs raids au cours du printemps 1944. Unique voie d'accès vers l'ouest, la ligne représentait un point stratégique capital et ce pont était l'un de ses talons d'Achille les plus évidents, par conséquent cible prioritaire des Alliés en préparation du débarquement. Le 28 mai, dimanche de Pentecôte, à 10 heures du matin, les sirènes retentirent, annonçant l'imminence d'un raid. La veille déjà, une attaque aérienne avait tué plus de 200 civils. Des turfistes pour la plupart se rendant aux courses de Maisons-Laffitte. Les malheureux étaient descendus du train après les premières déflagrations pour se réfugier dans les caves d'un hôtel de la rue Turgot, voisine de la gare, juste avant que ce dernier ne soit frappé de plein fouet par une bombe.

Tandis qu'une vague de bombardiers en rangs serrés laissait entendre son ronronnement caractéristique, Christiane, sa mère et ses deux frères s'étaient réfugiés dans la cave en attendant que ça passe, quand la jeune fille se redressa, affolée :

— Cabot ! J'ai laissé Cabot dans ma chambre !

— Mais tu ne vas pas y aller ! C'est de la folie !

Sans réfléchir, Christiane s'était déjà ruée dans l'escalier menant au rez-de-chaussée et, tandis que retentissaient les premières explosions, dans celui menant au premier. Quelques mètres dans le couloir desservant les chambres dans un vacarme effroyable et les tremblements de la maison dont elle faisait abstraction. Enfin parvenue devant sa chambre, elle ouvrit la porte à la volée.

Tapi sur le sol, le samoyède gémissait, beaucoup plus conscient qu'elle du déluge qui s'abattait sur eux. Dans le même élan qui l'avait arrachée à la cave, elle se jeta sur lui pour l'entraîner au sous-sol. Elle noua ses bras autour de l'animal paralysé par la terreur, l'agrippa, le souleva, quand un énorme fracas transforma son environnement immédiat en une nuit assourdissante. Frappée à l'endroit où était réfugié Cabot, subitement happée hors du monde, dans une sorte de vide dénué de tout repère, elle ne voyait ni ne comprenait plus rien, accrochée de toutes ses forces à l'animal. Quelques secondes plus tard, elle était au rez-de-chaussée, le plancher sous ses pieds avait été réduit à néant, sa chambre n'existait plus, tout comme le toit de la maison.

Ne comprenant pas encore ce qui s'était passé, n'en revenant pas de sa chance au milieu des décombres, elle serrait toujours le chien tremblant dans ses bras quand soudain, dans un nuage de poussière, elle reconnut sa mère dont l'expression effarée l'arracha à sa stupeur. La maison autour d'elles n'était plus qu'un champ de ruines, un nuage de fumée noire, le mobilier en charpie, mais elle n'avait pas la moindre égratignure.

Cabot reposé à terre, elle suivit sa mère dans la cave en tremblant elle aussi, pour y retrouver ses frères et un abri tout relatif, alors que neuf attaques allaient se succéder dans la journée, jusqu'à ce que le pont soit suffisamment endommagé pour empêcher tout trafic.

Et tandis qu'à l'extérieur la mort continuait à pleuvoir, Christiane riait et pleurait en réalisant enfin quelle miraculée elle était. Le jour même,elle célébrait ses vingt-et-un ans, c'était de bon augure pour la suite. Huit jours plus tard, le débarquement en Normandie allait renforcer cette impression.

L'immense espoir provoqué par l'événement fut hélas tempéré par la mort de Cabot, dont le pelage abondant avait masqué une plaie causée par un éclat d'obus. L'élan de Christiane pour le secourir avait été vain et c'est lui qui, au contraire, par l'écran de son corps avait sauvé sa jeune maîtresse.

*Tarente, 10 août 1944*

*Partout dans l'immense baie des liberty-ships, des paquebots, des navires de guerre. Nous appareillons enfin après quatorze jours d'attente et je contiens difficilement mon bonheur : nous allons débarquer en France. Je renonce à imaginer l'accueil des nôtres. En Afrique, l'idée de revoir un jour Christiane et ma famille s'était estompée. En Italie, je n'avais pas le temps de réfléchir. Ce n'est que sur ce bateau que j'ai eu la certitude que j'allais revoir mon pays. Aujourd'hui, le flot libérateur est à 150 kilomètres de Paris. D'ici huit jours, Paris sera libre et aussitôt Maman pourra écrire et Christiane recevra une de mes lettres. Le cauchemar est fini, les forces du mal sont écrasées, nous allons de nouveau vivre.*

Le rythme de la conquête, la folie de la guerre et, dans les rares moments de répit, la fatigue et le deuil des camarades tombés à ses côtés le tinrent ensuite éloigné de son journal. De même qu'il n'avait pas pris la peine d'écrire pendant la campagne d'Italie d'une violence inouïe, au cours de laquelle le 11e BM joua largement son rôle au sein de la 1re DFL, elle-même intégrée au dispositif allié, avec les armées américaines, britanniques et canadiennes. Notamment lors de la mise en déroute des Allemands au cours de la marche vers Rome, puis la prise de Montefiascone à l'est du lac Bolsena, autant de combats au cours desquels le 11e BM subit de lourdes pertes.

Le jeune colon qui rêvait du feu et de gloire fut servi au-delà de ses espérances. Mais la pudeur l'aura empêché de faire état de son héroïsme. Dans le cadre d'un dossier consacré à la prise de Rome, le magazine *Militaria* avait publié une photo sur laquelle on le voit à bord d'une jeep sur une place romaine. Un souvenir lointain auquel il n'accordait qu'un sourire modeste.

Après l'Italie, Robert enchaîna donc avec le débarquement de Provence à Cavalaire, puis la prise de haute lutte du village de La Crau, Hyères, La Valette et Toulon, avant la remontée de la vallée du Rhône jusqu'à Lyon. Pas le temps de souffler, encore moins celui d'écrire, c'était cinq ans d'humiliation qu'on effaçait. La *furia francese*, qui avait fait merveille en Italie, continuait à tout emporter sur son passage.

Et partout la liesse de la population soudain sortie d'un long cauchemar, ces visages aux expressions hébétées par quatre années passées sous le joug nazi, encore incrédules devant l'apparition des troupes françaises. Dans chaque village, chaque bourg, chaque agglomération, le long des routes, une explosion de joie désordonnée, des drapeaux, des fleurs et des baisers lancés à ces héros sur leurs véhicules de guerre, jeeps, blindés légers et camions chargés de soldats noirs comme l'ébène. Irremplaçable spectacle que ces haies de visages exultant à leur passage, bonheur immense, exaltation brute, récompense pour tous les sacrifices passés, les vies risquées, les camarades tombés dans des coins perdus, morts ou amochés pour la vie. La voie royale, depuis la nuit des temps, sous toutes les latitudes, exclusivement réservée aux libérateurs. Il fallait le voir pour le croire et ressentir cette joie contagieuse. Cette vague irrésistible qui emportait tout sur son passage. Le bonheur et rien d'autre. Les plus beaux jours d'une vie, peut-être.

Géographie de la reconquête, s'effaçant de sa mémoire au fil des années, tant ces localités furent nombreuses et rapidement traversées, autant d'images et de noms dont le souvenir finit par se perdre, une fois la vie normale ayant repris son cours. L'un de ces noms ressurgissait parfois au hasard des circonvolutions de l'existence, comme celui de Saint-Pantaléon dans le Vaucluse, où je fis l'acquisition de ma première maison, sans savoir que mon père en armes y était passé. Une de ces pancartes aperçues sur le bord de la route à l'entrée du village, dans le meilleur des cas un arrêt sur la place, le temps de boire à la fontaine ou un verre au café et poser pour la population, avant de repartir sans avoir rien vu. Le reste, l'inévitable suite des événements moins glorieux, les règlements de compte et l'épuration sauvage avec son lot d'exécutions sommaires, les soldats de la 1re DFL n'étaient plus là pour y assister. Déjà sur la route, déjà sur d'autres zones de combat, d'autres agglomérations à libérer.

Au fil des semaines et à mesure que son unité rencontrait une résistance toujours plus désespérée, Robert était de plus en plus aguerri et impliqué dans les combats. Passé de l'appui logistique aux premières lignes. Confrontation directe avec un ennemi qui pendant quatre ans avait mis l'Europe à genoux. Ces opérations qui lui valurent ses distinctions – Croix de guerre et Médaille militaire, entre autres – sur lesquelles il conserva toujours la discrétion qui le distinguait. Même discrétion concernant la suite des opérations, dans l'Est, lorsque les Allemands affolés jetaient leurs dernières forces dans ces combats de la dernière chance. Les Vosges, où le 11e BM libéra plusieurs villages sur la route de Belfort (Mignafans, Mignavilliers, Lomontot). L'attaque contre Belfort, où il refoula l'ennemi à l'est du Ballon d'Alsace, descendant ensuite la vallée de la Doller où, là encore, il libéra plusieurs villages.

C'est au cours de l'une de ces opérations que fut tué le commandant Langlois, ce chef que l'ensemble de l'unité suivait aveuglément, fauché par une rafale lors de l'attaque d'une ferme en plein brouillard, sous le regard impuissant de Robert. Perte irréparable, suivie par d'autres, lors de la défense de Strasbourg, puis de la libération de Colmar en janvier 1945, autant de batailles livrées dans des conditions terribles, le froid, la neige et la boue. Et cette série de combats victorieux clôturée par la campagne des Alpes et l'attaque contre le massif de l'Authion à la frontière italienne, au cours de laquelle le bataillon s'empara de plusieurs fortifications, y gagnant au passage une nouvelle citation, à quelques semaines de la capitulation allemande.

Les seuls éléments de sa campagne de France qui, malgré notre insistance enfantine à lui soutirer ses souvenirs, me sont parvenus sont les rares anecdotes que sa modestie l'avait autorisé à nous raconter. Comme cette fois où il avait dû s'interposer entre une poignée de prisonniers allemands et un groupe de ses Africains décidés à les mettre en pièces. Représailles après ce que les boches avaient fait subir en 1940 à leurs frères faits prisonniers à la suite du contournement de la ligne Maginot ? Usages tribaux déniant tout droit de vivre aux vaincus ? Pour éviter la machette à ses prisonniers et ramener à la raison ses tirailleurs, Robert avait dû faire usage de son arme, tirer en l'air et à leurs pieds, sous la menace immédiate des coupe-coupe prêts à s'abattre, avec dans son dos les Allemands terrifiés. Sa jeunesse et son expérience de l'Afrique ne furent pas de trop dans ces circonstances pour se faire entendre par ces hommes qui voulaient leur part de sang, pour qui la reddition n'avait jamais été une option.

— Ici, nous sommes en France ! On ne tue pas les prisonniers. Ils se sont rendus, on les épargne ! Vous devez respecter ça. Ce sont les lois de la guerre en Europe ! C'est la convention de Genève, n'arrêtait-il pas de répéter pour achever de les convaincre.

Après un moment sous haute tension, les machettes avaient disparu et les tirailleurs, calmés, avaient fini par refluer en maugréant. Pendant quelques instants, lui-même n'en avait pas mené large, mais la peur avait enfin changé de camp.

Ou encore l'évacuation de ses chers Africains qui, à l'approche de l'hiver dans l'Est, avaient dû être expulsés vers la Côte d'Azur, les températures négatives les faisant tomber comme des mouches). Après les avoir enrôlés pour participer à la libération de la France, le haut commandement avait fini par reconnaître qu'ils n'étaient pas les mieux adaptés pour résister aux rigueurs du climat hivernal de l'Est…

À Lyon, avant ces combats en Alsace et dans les Alpes, Robert bénéficia de sa première permission sur le sol français. Ces vacances furent l'occasion d'aller à la rencontre de la jeune fille aperçue dans son rêve. C'était en partie pour cette raison qu'il avait parcouru tout ce chemin… Époque bénie où l'existence ne lui laissait aucun répit, dans aucun domaine.

Dans un pays où l'on se battait encore en de nombreux endroits, où subsistaient des poches de résistance allemande où l'on pouvait encore mourir bêtement ou salement, il s'engouffra dans un train bondé, direction Paris et son premier amour. Une journée entière à traverser le Mâconnais, la Bourgogne et le Morvan dans des wagons brinquebalants, entouré de voyageurs aux expressions fatiguées et réjouies en ce glorieux été, le cœur plein d'espoir et d'appréhension à l'approche de l'instant fatidique. Pour ces retrouvailles dont l'enjeu n'était qu'intime, mais qui pouvaient avoir pour chacun d'eux des conséquences aussi importantes que la fin de la guerre.

À ce moment, Robert savait déjà qu'il ne reverrait plus jamais son père. La nouvelle de sa mort à Buchenwald l'avait cueilli quelques jours plus tôt, en pleine remontée vers Lyon, une lettre de sa mère remise par le vaguemestre. La joie de reconnaître l'écriture maternelle, immédiatement suivie, une fois l'enveloppe décachetée, par la douche glacée dans l'euphorie de la reconquête. Et aussitôt la tempête des sentiments et des impressions contradictoires. Vertige provoqué par cette tragédie survenue alors que lui-même s'apprêtait à embarquer pour l'Europe et qu'il n'avait pas idée de ce que son père était en train d'endurer. Soupçon de culpabilité provoquée par le contraste entre sa propre joie et la souffrance paternelle. Impression d'injustice et d'impuissance, en dépit de ses efforts au combat. Le cœur meurtri par cette perte qui conférait d'autant plus d'importance à ses retrouvailles avec Christiane : son père, bon génie de leur amour, disparu avant d'en voir les fruits. Robert, le conquérant à la cuirasse fendue à l'heure de retrouver la jeune fille qui l'avait tant séduit du temps de son innocence.

Quelle allait être sa réaction en la retrouvant ? Son rêve était-il prémonitoire ? Et Christiane, comment appréhendait-elle les retrouvailles ? Ils ne s'étaient fréquentés que quelques mois, quatre années avaient passé depuis. Et quelles années… Leurs lettres témoignaient toutes de la pérennité de leurs sentiments réciproques, mais ne s'étaient-ils pas idéalisés ? La guerre et l'Occupation les avaient nécessairement transformés l'un et l'autre. Malgré l'excitation, le doute était permis et Robert parcourut la distance qui les séparait non sans une certaine appréhension.

À l'entrée du train en gare de Lyon, Robert scruta le quai à sa recherche, mais il ne la vit pas. Et quand il descendit du wagon, son sac sur l'épaule, précédé par d'autres voyageurs, il ne la vit pas non plus tout de suite et s'avança vers la sortie non sans une certaine fébrilité. Tant de choses s'étaient passées. Était-il seulement le même ? Il avait tant changé à force de vivre toutes ces situations extraordinaires, et tout cela, ce quai, ces gens, ce hall, lui paraissait désormais si étranger. Mais où était-elle ?... Il sentit deux mains sur ses yeux. En souriant, il se retourna pour découvrir celle qu'il avait tant espérée.

Ils ne tombèrent pas immédiatement dans les bras l'un de l'autre, au milieu des voyageurs dans ce hall de gare auxquels ils ne faisaient plus attention, mais Christiane, les mains croisées sur la nuque du soldat, celles de Robert posées sur les épaules de la jeune femme, ils prirent le temps de se regarder, chacun appréciant chez l'autre les changements opérés sur la physionomie, sur le regard, faisant durer cet instant unique.

Ce que découvrit Robert chez Christiane, et qui le surprit le plus, au-delà de la fraîcheur et du bonheur que reflétaient ses yeux, ce fut la maturité, très éloignée de la petite fille de son rêve. Plein de sa propre expérience, de sa guerre qui n'était pas encore terminée, dont il ne s'était extrait que pour une courte parenthèse, naïvement il n'avait pas pensé qu'elle aussi pouvait avoir changé.

— Tu n'es pas le seul à avoir vécu, se moqua-t-elle en découvrant sa surprise.

— C'est ce que je vois, répliqua-t-il en riant d'aise.

Même à des milliers de kilomètres de distance, même si leurs expériences respectives étaient très différentes, tous deux avaient vécu la guerre. Et tous deux à leur façon, avec leurs moyens respectifs, avaient participé à la lutte. Tous deux avaient résisté, souffert et combattu. Sans oublier le rôle de Christiane auprès d'Alphonse, sa présence et son abnégation jusqu'au bout – la dernière personne de la famille à l'avoir vu vivant –, qui ne pouvaient que resserrer leurs liens.

En sortant de la gare, plutôt que de gagner le quartier du parc Monceau où Christiane et sa famille logeaient depuis la destruction de leur maison, ils optèrent pour les bords de Seine afin de prolonger ce moment auquel toute présence étrangère mettrait fin. Ils n'en revenaient pas de se retrouver ainsi après ce qu'ils avaient traversé et ils avaient besoin de tranquillité pour s'adapter à nouveau l'un à l'autre. Après le bassin de leur rencontre, les rives de la Seine à dix minutes à pied de la gare convenaient parfaitement.

— Tu as vieilli, conclut-elle après l'avoir observé avec attention.

— Et toi, tu as embelli.

— Oh... Je n'ai certainement pas grossi, avec ce régime...

— Je ne plaisante pas. Tu es plus belle que jamais.

— Nous étions tous les deux des enfants, il y a quatre ans sur le bassin d'Arcachon. Tu te rappelles ?

— Si je me rappelle... Il y avait Papa à l'époque. Tu as été si bonne pour lui... Mais où est Cabot ?

— Ah, je ne te l'ai pas écrit... pour ne pas t'attrister. Il est mort dans le bombardement à Maisons-Laffitte. En me sauvant la vie, en quelque sorte.

— On a eu tous les deux notre lot alors...

— On ne va pas comparer ! J'étais si fière le jour où j'ai appris ton engagement.

— Je n'allais pas rester là-bas, les bras croisés…

— J'aurais détesté !

— Je sais, dit-il, amusé par sa vivacité.

Robert aurait pu continuer à gérer l'activité ralentie du comptoir depuis le refuge de Bobo. Christiane et lui n'auraient alors pas vécu le même conflit. Lui planqué sous les palétuviers, entre les opéras de sa mère et le juke-box du club, alternant parties de pêche et expéditions dans la brousse, elle subissant de plein fouet les rigueurs de l'Occupation. Un gouffre difficile à franchir les aurait séparés.

— Mais j'étais quand même morte de peur !

— Oh… fit-il avec un certain détachement. Mais tu sais que ce n'est pas fini.

— Je le sais bien ! Et je suis toujours morte de peur !

— On va essayer de ne pas tout gâcher si près de la fin. Ce serait dommage.

— Je vous l'interdis, vous m'entendez, Robert Matthieu ?

Tandis que, toujours sur la rive droite, ils s'étaient approchés de Notre-Dame dont le chevet émergeait de la poupe de l'île de la Cité, Robert s'arrêta pour attirer Christiane contre lui et l'embrasser. Et tous deux, aussi surpris l'un que l'autre, mirent dans ce baiser tous ceux qu'ils ne s'étaient pas échangés au cours des quatre dernières années.

Trois jours plus tard, Robert allait rejoindre son unité pour achever, au péril de sa vie, cette campagne glorieuse et peut-être, en un sens, vivre ses derniers instants de vraie liberté. La jeune fille au samoyède avait repris son emprise sur lui.

27 décembre 1945. Quatre mois ont passé depuis la démobilisation de Robert et son retour à la vie civile. Quatre mois à peine pour atterrir et se remettre de l'ivresse, de la peur et de l'exaltation provoquées par le fracas des combats et les victoires successives. Cent vingt jours pour revenir au calme, progressivement apprivoiser l'idée de la mort de son père et prendre la mesure de ses conséquences.

La mort d'Alphonse… Il fallut du temps à Robert pour admettre l'idée de son agonie dans un camp de concentration. Du temps pour appréhender la suite des événements ayant conduit à cette issue tragique. Sa tenace et révoltante déveine, cette guigne insupportable, alors que lui-même se félicitait de sa bonne étoile. Le pilier de son enfance abattu au moment où lui-même prenait son envol.

Sa première démarche, après ses retrouvailles avec Christiane, consista, au mois d'octobre 1945, en un voyage à Bobo-Dioulasso, pour retrouver sa mère et constater sur place la ruine des Comptoirs Matthieu et la mort d'Adèle qu'on s'était bien gardé de lui annoncer par courrier. Retour amer au pays de son enfance bénie. Bref passage au royaume dévasté de sa jeunesse.

Nulle aria cette fois pour l'accueillir à l'approche de la véranda cachée dans la jungle du jardin familial. Nul chant d'oiseau non plus, comme si tous s'étaient donné le mot pour respecter la douleur de l'occupante des lieux. Et ce silence plus que tout avertit Robert de ce qui l'attendait. Accablée par la mort de son mari avec qui elle avait partagé trente ans de bonheur, sa mère n'avait plus le cœur à écouter ses chers opéras, encore moins à jouer les tragédiennes à l'apparition de son fils unique. Il inspira avant de gravir les marches le séparant du seuil de la maison, poussa la porte et ressentit l'atmosphère de deuil. Comme à son retour de France cinq ans plus tôt, il la vit le premier. Pénélope, ayant renoncé à attendre Ulysse, avait délaissé sa tapisserie : elle lisait un roman qu'à son entrée dans la véranda, elle laissa aussitôt tomber.

« Je t'attendais plus tôt » fut la première phrase qui, une fois passé la surprise, sortit de ses lèvres.

La résignation contenue dans ces mots qu'elle prononça en se levant était contredite par la joie et la fierté qui se lisaient dans ses yeux. Il y répondit en l'enlaçant avec toute la tendresse dont il était capable, tandis que son étreinte à elle exprimait la peur qu'elle avait eue de le perdre lui aussi. Et Robert eut soudain conscience de la crainte que son engagement avait pu provoquer chez sa mère. Tourbillon de sentiments les bousculant l'un et l'autre. Le soulagement et la douleur. La victoire endeuillée. Pour la première fois, pleurer ensemble la mort d'Alphonse et ces années qu'il avait emportées. En silence. Cette sobriété ne ressemblait pas à sa mère et impressionnait d'autant plus Robert. Aucun épanchement spectaculaire, aucune exubérance, juste une femme amaigrie dans les bras de son fils qu'elle avait craint de ne jamais revoir.

Sa mère allait se reprendre, son retour y contribuerait, mais c'était désormais sur ses épaules que tout reposait. Nouveau théâtre d'opérations, tellement différent de ceux arpentés parmi ses frères d'armes, auquel il n'était pas préparé. Il ne pouvait plus compter que sur lui-même et sur le peu qu'il restait de l'héritage paternel. Avant toute autre démarche, ça impliquait une visite au siège de l'entreprise familiale, histoire de voir ce qui pouvait être sauvé. Les tracas des affaires, alourdis par la déchirure de l'abandon…

— Ce n'est pas brillant. Ce brave Maurice n'a pas été capable de grand-chose, l'avertit Germaine avec ce détachement qu'elle retrouvait grâce à son retour.

Sa Royal Enfield ayant refusé de démarrer après tant d'années à rouiller dans un garage, il s'installa au volant de la voiture paternelle maintenue en état de marche pour les déplacements de sa mère. Elle préférait le laisser y aller seul. Il lui fit un signe qui se voulait encourageant, puis gagna la ville, déjà nostalgique de cette Afrique qu'il venait à peine de retrouver et qu'il pressentait devoir quitter pour de bon.

Déambuler dans les entrepôts et les magasins vides, les bureaux déserts, au sol et à l'ensemble du mobilier ternis par la poussière, manteau grisâtre qui annonce l'inactivité, la déréliction et l'abandon. Rien ne l'avait préparé à ça. Ici aussi la guerre avait provoqué des dégâts. Atroce contraste entre ce que l'entreprise avait toujours été, ce bouillonnement de vie permanent, et ce royaume du néant qu'elle était devenue. Vertige face à ce vide matérialisant la disparition d'Alphonse, puisque même son œuvre, et avant lui celle de son père, ne lui avait pas survécu.

Le pire aurait-il pu être évité, si son père était parvenu à rentrer chez lui ? Au moins aurait-il réussi à limiter la casse, à éviter cette cessation pure et simple de toute activité. Il aurait trouvé des sources d'approvisionnement alternatives, de nouveaux partenaires commerciaux, même provisoires, au contraire de Maurice qui avait tout laissé filer, y compris les vieux collaborateurs qui avaient fini par comprendre qu'il n'y avait plus de capitaine à la barre.

Quelle idée de lui avoir confié les rênes de l'affaire… C'était se mentir à soi-même que de croire qu'il serait capable de gérer le comptoir alors que les approvisionnements se raréfiaient et que la concurrence britannique était d'une agressivité redoutable. Il s'était persuadé que Maurice ferait l'affaire pour s'engager le cœur léger. D'autant plus que l'intérim aurait dû être provisoire. L'absence prolongée d'Alphonse n'était pas prévisible… Robert ne pouvait s'en prendre qu'à lui-même, ce qui présentait un avantage non négligeable : celui de lui permettre de ne pas en vouloir à Maurice.

Maurice le jouisseur. Le retrouver aussi jovial que lorsqu'il l'avait quitté lui rappela instantanément cette époque au cours de laquelle il avait appris la légèreté. Si bien que lorsque son ami l'avait accueilli en lui disant avec un air confus qu'il n'avait rien pu faire pour sauver le comptoir, Robert s'était contenté de le serrer dans ses bras. Obstinément tourné vers l'avenir après le chaos, il lui était reconnaissant de ne pas avoir changé. Aux yeux de Robert, cette stabilité compensait bien des faiblesses. Il en serait ainsi tout au long de sa vie.

En arpentant la cour du comptoir autrefois bruissant du ronronnement des diesels et des cris des magasiniers, Robert avait pesé le pour et le contre. Deux options s'offraient à lui : s'installer à Bobo pour tenter de redresser l'affaire au prix d'efforts colossaux dont rien ne garantissait le succès, ou repartir à zéro en France.

La seconde option supposait de renoncer à l'Afrique, à cette vie pour laquelle, dès l'âge de quatorze ans, il avait sacrifié ses études. Mais personne ne l'avait attendu ici. La guerre avait profité à certains, d'autres avaient récupéré la clientèle des Comptoirs Matthieu, et il manquait d'expérience et de capitaux pour redémarrer. Relancer la machine signifiait emprunter, peut-être en gageant la maison familiale, ce qu'il ne pouvait pas imposer à sa mère.

En France où il y avait tant à reconstruire, son futur beau-père qui avait retrouvé son poste proposait de lui mettre le pied à l'étrier. Un choix de la raison de peu de poids face à l'attrait que cette vie africaine avait toujours exercé sur lui. C'était compter sans sa mère, que l'idée de vivre à Bobo avec le souvenir d'Alphonse séduisait peu, et surtout sans Christiane, tout à fait hostile à la perspective de s'installer en Afrique.

Plus encore que la logique, l'amour finit donc par avoir raison de ses rêves d'enfant : face à une telle opposition, Robert se résigna pour la France. Ce faisant, il avait conscience d'avoir définitivement tourné la page de sa jeunesse.

Solder le passé pour aborder l'avenir l'esprit libre. Avant de s'engager dans une vie normale, Robert avait une dernière affaire à régler. Une démarche personnelle qu'il n'entreprenait pas de gaieté de cœur, mais qu'il était hors de question d'oublier. On pouvait lui retirer ses rêves d'enfance, mais pas son sens de l'honneur.

L'arrestation d'Alphonse dans les Pyrénées datait d'à peine plus d'un an et le passeur vendu aux Allemands était sans doute encore en vie. Que ferait-il face à cet inconnu, pour peu qu'il parvienne jusqu'à lui ? Le savait-il lui-même ? L'idée de tuer quelqu'un de sang-froid lui était étrangère, voire insupportable. Mais après cinq années de guerre, on avait trop de morts à déplorer pour se poser les questions d'ordre éthique qui viennent à l'esprit en temps de paix. Il verrait au pied du mur, tout en sachant au fond de lui que cette option n'en était pas une…

Il obtint auprès de l'oncle Lamballe le nom du contact grâce à qui Alphonse aurait dû si facilement passer en Espagne. Au début, Lucien rechigna. Il argua de la nécessité de discrétion dans ce genre d'affaires, du retour de la paix interdisant certaines actions, certains règlements de comptes… Mais il avait face à lui le fils de son beau-frère qu'un de ses mauvais tuyaux avait envoyé à Buchenwald. Et ce jeune homme était hermétique à tout refus de sa part.

Les positions respectives de l'oncle et du neveu avaient évolué en quatre ans. Robert était devenu un homme auréolé par la guerre et les distinctions qu'il en avait rapportées ; quant à Lucien, il faisait profil bas après que ses principaux soutiens avaient fait leurs valises. On était venu lui faire comprendre qu'il ne pouvait pas tout garder pour lui, qu'il serait plus prudent de redistribuer… Conscient de sa vulnérabilité nouvelle et de la nécessité de plier, il s'était exécuté auprès des bonnes personnes. Il avait acheté sa tranquillité. Mais s'il était assez habile pour être passé jusqu'alors entre les gouttes de l'épuration, malgré le fait d'être régulièrement pointé du doigt comme un de ces vendus pour s'être enrichis grâce à l'occupant, l'amitié d'un héros n'était pas chose à négliger.

L'entrevue eut lieu à la Louisiane, où Lucien avait replié l'ensemble de ses activités, très réduites depuis la Libération. Mais l'homme portait encore beau. Malgré ses récents déboires, il sortait du conflit plus riche qu'avant et ne s'était pas départi de son assurance ni de sa propension à vouloir tout décider.

Trompé par l'habitude, il avait commencé par toiser Robert avec une autorité qui n'était plus de mise : il n'était plus face au collégien en pension chez lui. La situation aurait pu amuser le jeune démobilisé, mais il n'avait pas l'esprit à ça. Sa tranquillité apparente était pour l'oncle un motif d'agacement.

— Ça t'avancera à quoi, d'avoir le nom du passeur ? demanda-t-il avec aigreur.

— Je commencerai par lui rendre visite.

— Et quoi ? Qu'est-ce que tu feras ensuite ? C'est de la folie !

— La folie, c'est d'avoir accordé ta confiance à des gens qui ne la méritaient pas, répliqua-t-il, gêné par son ton paternaliste. Quant à ce que je ferai en face de lui, tu n'as pas à t'en soucier. Et je te prierais de garder cet entretien pour toi. Inutile d'alarmer qui que ce soit.

Le ton impérieux, sous lequel pointait la menace à peine voilée, le heurta. Mais il n'était plus en mesure de s'opposer.

— Sache que je désapprouve au plus haut point…

— Je me fiche de ta désapprobation. Maintenant donne-moi ce nom.

— Tu sais, j'ai fait tout ce que j'ai pu pour faire libérer ton père. Et je m'en voudrai jusqu'à la fin de mes jours pour ce qui est arrivé… Les lettres ordonnant sa libération, on les a toutes retrouvées. Toutes arrivées trop tard. J'ai tout tenté…

L'homme dont Robert obtint le nom et l'adresse n'était pas le passeur, le Judas ayant livré ses clients à une patrouille allemande, mais l'organisateur local du réseau. Un agriculteur pyrénéen qui ne pouvait être tenu pour responsable de la trahison dont Alphonse et son groupe avaient été victimes. Seulement d'avoir accepté dans sa filière une planche pourrie. Robert le rencontra dans sa ferme, à une vingtaine de kilomètres de Bagnères-de-Luchon, après s'être annoncé par courrier quelques jours plus tôt.

Il s'agissait d'un septuagénaire encore robuste ayant vécu toute sa vie dans ses montagnes, gravitant entre ses alpages, sa commune, les vallées l'encadrant et Bagnères-de-Luchon pour les grandes occasions. Un de ces Français dont l'Occupation n'avait affecté ni le quotidien ni le régime alimentaire, la guerre s'étant surtout manifestée par cet afflux de candidats à l'évasion par les cols, fuyards d'origines diverses, tous démunis face à l'immensité des Pyrénées, qu'il avait bien fallu satisfaire.

Ainsi Robert s'était-il retrouvé face à cet homme qui avait contribué à sauver des dizaines de vies, mais qui, bien qu'innocent, avait une part de responsabilité, même indirecte, même minime, dans la mort d'Alphonse.

Dès les premiers instants, à son regard, à sa façon simple de le recevoir, Robert sentit que le montagnard comprenait sa démarche. Embarras des deux hommes qui, sans la mort d'Alphonse, ne se seraient jamais croisés. Deux hommes que près d'un demi-siècle séparait mais qui tous deux avaient acquis cette capacité à jauger leur interlocuteur au premier regard. L'aîné après une vie passée dans les montagnes, le plus jeune brutalement grandi par la guerre et l'expérience du feu. Savoir qui l'on avait en face de soi clarifiait la situation. Le regard de Robert avait gagné une assurance et une autorité immédiatement perceptibles.

— Je savais bien qu'on viendrait me trouver un jour après la guerre, avait commencé le montagnard, une fois attablé dans sa cuisine devant un verre de gnôle locale. À cause de ce qui est arrivé à ce groupe. Je pensais pas à quelqu'un d'aussi jeune et seul.

— Moi non plus je n'avais pas imaginé me retrouver dans une situation pareille, rétorqua Robert que l'évocation de sa jeunesse après la guerre surprenait toujours.

— Des centaines de passages et ces douze-là, soupira-t-il. C'était votre père ? C'est ça que vous m'avez écrit, n'est-ce pas ?

La question était machinale, mais Robert acquiesça.

— Ce qu'il me faut, c'est le nom de cet homme et le moyen de parvenir jusqu'à lui.

Signifiant certaines intentions, une telle requête était difficile à énoncer. En face de lui, dans cette pièce mal éclairée où la modernité n'avait pas fait son apparition, où l'on entendait dans le silence le tic-tac d'une pendule datant du siècle passé, l'homme regardait son verre dans lequel il faisait tournoyer son breuvage. Puis, il redressa la tête pour affronter le regard du jeune homme. Après avoir obtenu son nom, il ne pourrait plus reculer. Et Dieu seul savait ce qui pourrait advenir.

— Si ça peut vous soulager, reprit son interlocuteur, sachez que le nécessaire a été fait.

Robert ne s'attendait pas à cette réponse. Il dut afficher une expression d'incompréhension, car le montagnard, presque à regret, crut bon d'ajouter :

— Il ne trahira plus personne là où il est.

Et le tic-tac de la pendule d'emplir soudain tout le volume de la cuisine mal éclairée, les secondes s'étirant jusqu'à l'infini. Avoir entrepris cette démarche qui lui coûtait tant pour s'entendre dire ça. Il se sentit dépossédé tout à coup.

— Comment vous croire ?

L'homme se leva pesamment et se dirigea vers un buffet dont il ouvrit un tiroir. Il revint avec une coupure de presse qu'il posa sur la table. Robert s'en saisit.

— Je l'ai conservée en prévision de ce moment, précisa-t-il en se rasseyant.

Robert parcourut la dépêche datée du 15 juin 1945. Il était question de la découverte du cadavre d'un homme victime d'une exécution sommaire et identifié comme étant un contrebandier connu dans la région. On le soupçonnait d'avoir livré plusieurs fugitifs aux patrouilles allemandes en échange de récompenses. Son cadavre gisait dans une clairière, la poitrine transpercée par une demi-douzaine de balles. Un de ces cas de justice expéditive comme l'immédiat après-guerre en compta des dizaines en France. Robert reposa la coupure sur la table. Son interlocuteur attendait sa réaction.

— Qui me dit qu'il s'agit bien de cet homme ?

— Certains de ces passeurs récupéraient les valeurs de leurs clients au moment de les livrer aux boches.

L'homme se releva, retourna de son pas pesant vers le buffet, farfouilla quelques secondes dans le même tiroir et, sous le regard étonné de Robert, revint avec une poignée de montres.

— Il y a peut-être celle de votre père.

Livide, Robert détacha du lot la Patek Philippe Calatrava modèle 1932 qu'il retourna, afin d'y retrouver au dos le

*Pour Alphonse* que sa mère y avait fait graver treize ans plus tôt. C'était à l'occasion de leurs vingt ans de mariage, il s'en souvenait très bien. Avec d'infinies précautions, il tira sur le remontoir pour la mettre à l'heure et en remonter le mécanisme depuis longtemps à l'arrêt. L'opération dura de longues secondes au cours desquelles Robert s'abîma dans la contemplation de la rotation des aiguilles mues par son impulsion, puis l'objet disparut dans son poing comme s'il craignait de le voir s'envoler, ou comme si c'était pour lui un moyen symbolique de sentir battre le cœur de son père.

— C'est vous… ? demanda Robert, tandis que le mécanisme fonctionnait à l'abri de sa main.

— Non, fit l'homme sans le quitter des yeux pour appuyer son affirmation.

— Mais… ces montres ?…

— On les a récupérées chez lui… Pour le cas où des proches comme vous viendraient poser des questions. Mais mieux vaut ne pas chercher à savoir. Inutile de remuer ces choses-là. Ça finirait par nuire à certains. C'est fini maintenant. Cet homme a sali notre honneur, mais il a payé. Et votre père et les autres sont vengés.

— Même si ça ne les ramènera pas, conclut Robert plus bas.

— Même si ça ne les ramènera pas.

En quittant l'alpage, Robert se retourna vers les sommets pyrénéens qui avaient écrasé les espoirs de son père. Ces paysages somptueux, qui s'étaient refermés sur lui comme un piège, déployaient sous ses yeux leur sombre beauté, comme un message qu'Alphonse lui aurait envoyé depuis l'au-delà. C'est du moins ce que Robert à cet instant voulut croire.

La montre au bracelet en crocodile affichait désormais l'heure à son poignet comme un trésor miraculeusement sauvé d'un naufrage, et c'est le cœur plein d'ambivalence qu'il s'apprêtait à regagner Bordeaux où il allait retrouver les siens. Passé l'émotion, il était à la fois amer et soulagé : on lui avait volé sa vengeance, il n'avait pu confronter le passeur à son geste, mais comment aurait-il réagi face à lui ? Il n'était plus sûr qu'il aurait fait usage du Beretta de calibre 9 mm donné par un de ces officiers allemands qu'il avait sauvé des machettes de ses tirailleurs sénégalais. Mais une issue paisible à pareille entrevue était illusoire. C'était mieux ainsi. Au moins cette démarche hasardeuse lui avait-elle permis d'être fixé. Une tâche pénible, dangereuse et discutable lui avait été épargnée. Il pouvait désormais se consacrer à sa vie. C'était aussi ce que la contemplation des Pyrénées lui signifiait.

Aujourd'hui, le Beretta repose dans un tiroir de mon secrétaire dans la maison du Luberon, démilitarisé et silencieux depuis des décennies. Bel objet emmailloté dans un chiffon huilé afin de le préserver de la rouille. Chaque fois qu'il m'arrive de le prendre en main, ignorant s'il a fait des victimes pendant la guerre, je suis frappé par la puissance qu'il dégage, ce pouvoir de destruction qu'il recèle encore avec son museau court en acier noir. Prise de guerre rapportée sous le manteau.

La Patek Philippe, quant à elle, représente un trophée plus pacifique. Un miracle qu'elle n'ait pas été revendue, perdue ou enfouie dans une cache où elle achèverait de rouiller, cette montre qui, après plusieurs passages chez l'horloger et environ soixante-dix années, donne désormais l'heure à mon poignet. Avec à son dos la gravure qui témoigne toujours de l'amour de Germaine pour Alphonse et l'imperceptible tic-tac qui, lorsque je la porte à mon oreille, semble m'indiquer que mon père et le sien ne sont jamais très loin.

Deux jours après le premier Noël depuis la Libération, les familles Matthieu et Roland se retrouvaient à la basilique Notre-Dame d'Arcachon pour célébrer les noces des fiancés. Le mariage civil venait d'être prononcé à la mairie d'où l'on avait couru jusqu'à l'église, comme s'il y avait urgence à rattraper le temps perdu, urgence à ce que la vie reprenne son cours après cinq années de chaos.

Lourde responsabilité pour le jeune couple, comme pour tous les autres mariés de cette période, que d'incarner les aspirations au bonheur de toute une nation. On ne leur en demandait pas tant, même si, tandis que le pays pansait ses plaies encore à vif, la moindre réjouissance cristallisait les espoirs d'un monde apaisé.

On peut aujourd'hui considérer qu'ils ne s'en seront pas si mal tirés, en plus d'un demi-siècle de vie commune, avec le courage, la ténacité, l'optimisme et surtout l'humour qui les caractérisaient tous les deux. Cet humour dont Christiane considérait qu'il valait mieux être doté pour affronter cette existence au cours de laquelle se manifeste régulièrement la malice d'un « organisateur » facétieux. Il ne se passe pas une semaine sans que je ne sois amené à me rappeler le sourire qu'elle opposait à toutes les déconvenues et aux mauvais coups du sort, comme la pertinence de cette assertion.

Autour des jeunes mariés étaient réunis Germaine, pour accompagner son fils à l'autel, Mireille et Georges, entré dans la basilique au bras de sa fille, Luc et Marc, auxquels les sacrifices de leur sœur avaient épargné de trop grandes privations pendant l'Occupation, Lucien et sa femme Simone, toujours effacée, et quelques proches rassemblés pour célébrer cette union en laquelle chacun voulait voir le symbole d'un avenir heureux.

La cérémonie achevée, tout ce petit monde se rassembla sur les marches extérieures de la basilique afin d'immortaliser la scène. Au centre, avec sa robe blanche, ses cheveux blonds et son sourire radieux, Christiane attirait tous les regards. Elle-même n'avait d'yeux que pour Robert qui, de son côté, paraissait plus indécis. Malgré le vent froid qui transperçait les vêtements et l'impatience de chacun de se retrouver à table, le photographe n'était pas satisfait de la disposition des différents sujets et donnait des instructions auxquelles tous tentaient de se conformer pour en finir.

Mireille et Germaine, Mamie Non et Mamie Oui, rayonnaient de bonheur, l'une et l'autre soulagées. La première parce qu'elle appréciait ce garçon qui depuis les premières semaines, cinq ans plut tôt, lui inspirait confiance, la seconde parce qu'elle avait compris que Christiane ne représentait pas une menace pour elle. D'instinct, elle avait immédiatement su que sa belle-fille ne chercherait pas à l'éloigner de son fils.

Avec un regard encourageant, tandis qu'à force de mouvements du bras le photographe poursuivait la composition de son image, disposant ainsi à distance les différentes personnes comme autant de mannequins, Christiane se retourna vers son père, histoire de sonder son moral.

— Ça va, Papa ? chuchota-t-elle, pleine de sollicitude. Tu as aimé la cérémonie ?

— Tu es resplendissante, ma chérie. C'est un moment merveilleux que tu nous offres avec ton mariage.

Reconnaissante, elle lui pressa la main. Elle n'en attendait pas tant de sa part. Malgré une expression de façade, Georges, qui pourtant avait béni ce mariage et apportait déjà son aide à son gendre pour se lancer dans les affaires, semblait éteint. À ce moment, personne ne s'en doutait encore, mais son mental et sa santé profondément affaiblis par la détention ne lui permettraient pas de vivre plus de quelques années. Selon Mireille, l'œuvre du père Meertens, dont Georges depuis son retour lui rebattait si souvent les oreilles, et avec qui il continuait d'entretenir une correspondance régulière. Plus sûrement l'œuvre de cette trop longue captivité, l'influence du prêtre, quelle que délétère et néfaste qu'elle ait pu être, ayant nécessairement diminué avec le retour à une vie normale et la distance. En réalité, l'ecclésiastique, par ses sermons et son exhortation à une certaine rigueur morale, l'avait aidé à tenir le coup derrière les barbelés.

— Il va finir par la prendre, sa photo ? Ça n'est pourtant pas compliqué, maugréa le brasseur à l'attention de sa femme.

— Lucien !

— Tu n'as pas froid, toi ?

Avec ses cheveux gominés, ses lunettes cerclées de fer, Lucien affichait la sévérité d'un commissaire politique. Il était le seul à partager le secret de l'escapade de Robert dans les Pyrénées, mais entre Buchenwald, l'Oflag et la 1re DFL, il savait qu'il n'avait pas eu le beau rôle et paraissait dans ses petits souliers, par ailleurs impeccablement cirés.

Simone, qui n'avait pas eu d'enfants, avait l'air de penser avec regret à son propre mariage. La Louisiane et le confort que lui avait offerts son mari n'avaient compensé ni une criante carence affective ni les efforts qu'elle avait dû déployer pour accueillir à sa table l'état-major allemand à Bordeaux. Lucien et elle n'avaient jamais été bien assortis, à se demander quelles obscures raisons avaient décidé de leur union.

— Courage, Robert ! pérora Maurice.

Sa plaisanterie de potache provoqua quelques sourires. Sanglé dans son costume croisé à rayures tennis, il jubilait. Son embonpoint indiquait qu'il n'avait souffert d'aucune privation. Et pour cause… Le mariage de son meilleur ami l'enchantait, comme une mauvaise plaisanterie à laquelle lui-même était ravi d'échapper.

À part Alphonse, le grand absent, tout le monde était réuni. Mais l'heure n'était pas à l'affliction et son souvenir ne pouvait assombrir la fête, ce qu'il aurait lui-même vigoureusement désapprouvé. À peine la photo prise devant la basilique des pêcheurs, tous les membres de cette petite assemblée surplombant le bassin quittèrent la pose pour poursuivre la noce dans la maison des Roland qu'ils gagnèrent en une procession informelle à travers les rues. Malgré les pénuries auxquelles la fin de l'Occupation n'avait pas mis un terme, on déboucha le champagne, pour boire à l'avenir des jeunes mariés. Manière pour lui de marquer le terrain, l'oncle Lamballe y avait veillé. Qu'au moins son argent douteux serve à quelque chose de joyeux.

— Et maintenant, il est temps de lever nos verres à la nouvelle Mme Matthieu ! s'était exclamé Maurice à la fin du repas, provoquant une légère rougeur sur les joues de l'intéressée qui jetait un coup d'œil inquiet à son mari, tant cette mention appuyée de son nouveau patronyme lui semblait suspecte.

C'est que cet événement espéré de longue date avait pourtant failli ne pas avoir lieu. À quelques jours à peine du jour J, Robert avait découvert une réalité pour le moins curieuse et, par la même occasion, une facette insoupçonnée de sa fiancée. Un aveu aux allures de séisme qui avait été à deux doigts de le faire renoncer.

À sa manière instinctive d'équilibriste ou de jongleuse, Christiane avait, pour sa révélation, choisi un lieu hautement symbolique. Comme pour la mort de sa grand-mère si longtemps cachée à son père, elle avait attendu le dernier moment, comptant sur le charme qu'elle exerçait sur Robert pour faire passer la pilule. Mais elle marchait sur des œufs.

Les choses auraient été plus simples si dès les premiers jours elle avait dit la vérité. Sauf que le pli était pris. La guerre était ensuite passée par là et elle ne se serait jamais dévoilée dans une lettre. Cela ne s'y prêtait pas, par courrier elle n'aurait pas maîtrisé la réaction de Robert... De même n'avait-elle pas voulu gâcher leurs retrouvailles en évoquant un sujet dont elle niait l'existence depuis des années. Mais à présent, elle ne pouvait plus reculer et il fallait bien en passer par cet épisode délicat...

Au cours d'une promenade le long du bassin, elle avait attendu d'atteindre l'extrémité de la jetée de la Chapelle, avec le naïf espoir d'attendrir Robert en l'entraînant à la source de leur amour. Quelques flâneurs observaient les pinasses, des enfants s'égaillaient, des pêcheurs avaient lancé leurs lignes comme en avril 1940, à tel point qu'un bref coup d'œil aurait pu faire accroire l'idée que rien n'avait bougé depuis, que rien de particulier ne s'était passé au cours de ces cinq années.

— Il y a un détail dont j'ai oublié de te parler.

Robert s'arracha à la contemplation mélancolique des pêcheurs. Quelque chose dans le ton de Christiane l'avait alerté. Malgré les années qui les avaient séparés et le peu de mois au cours desquels ils s'étaient fréquentés, il décryptait la moindre de ses intonations ou expressions. Comme si la rareté de leurs rencontres l'avait conduit à accorder à sa fiancée une attention redoublée, à se remémorer chacune d'entre elles avec un soin jaloux afin de la garder la plus présente possible dans son esprit. À cet instant pourtant, il était loin de pouvoir imaginer ce qu'elle lui réservait.

— Tu vas m'en vouloir…

Robert fronça les sourcils. Ces circonvolutions n'annonçaient rien de bon.

— Il s'agit d'une histoire que j'ai tellement cherché à oublier, que forcément je n'ai pas pensé à t'en parler. Mais dans le fond, ça ne change rien, tu vas voir !

— Mais justement, parle, puisque tu as si bien choisi ton moment…

L'ironie de Robert la fit rougir mais ne la désarçonna pas. Il n'était pas dupe de son manège, ce qui ne lui déplaisait pas.

— Hé bien… Comment te dire… En réalité, je ne m'appelle pas Roland, mais Malmont. Voilà, tu sais tout !

Elle avait dit ça avec précipitation, espérant qu'il s'en contenterait, ou parce qu'elle préférait s'en débarrasser au plus vite. À présent que la bombe était lâchée, enfin débarrassée de ce fardeau, presque soulagée tout en redoutant les conséquences de son aveu, elle observait Robert se raidir. Il n'était pas du genre à sortir de ses gonds, mais la colère froide des gens calmes pouvait être pire.

— Comment ça, je sais tout ? répliqua-t-il avec toute la douceur dont il était capable, confronté à une annonce aussi fracassante. J'ai au contraire l'impression de ne rien savoir. Malmont ? Je devais épouser une Roland et je me retrouve avec une Malmont. Et tes parents ? Tu as été adoptée ? C'est ça ? Ce n'est pas pour ça que je ne t'aimerai plus.

Christiane réprima un sourire. Robert pouvait être cassant, mais sa réaction ne manquait pas de drôlerie. Même si ce n'était pas le moment de rire.

— Pas exactement.

— C'est-à-dire, pas exactement ?

— Il s'agit bien de ma mère.

— Mais pas ton père ?

D'un naturel droit, fuyant l'ambiguïté, Robert n'était pas préparé à ce genre de situation. Déjà le « détail » évoqué en préambule n'était pas anodin, mais à cela s'ajoutait le fait d'être informé aussi tard, autre élément difficile à avaler. Mis devant le fait accompli alors qu'il s'était engagé, il avait la déplaisante impression d'avoir été trompé.

Christiane se fit suppliante.

— Je m'en veux tellement ! Mais ce n'est pas si simple… Si tu savais à quel point j'aurais préféré pouvoir oublier cette histoire et comme ça m'est pénible de l'évoquer. Laisse-moi t'expliquer.

— Mais vas-y, surtout, je t'en prie, je n'attends même que ça, figure-toi.

Lorsque Robert se contenait, il était d'autant plus impressionnant. Et Christiane, qui à cet instant regrettait vraiment d'avoir autant tardé à lui parler par crainte de sa réaction, par manque de confiance en lui, comprit qu'elle n'avait d'autre choix que de lui dire la vérité, cette vérité que pendant toute sa jeune existence, elle avait rejetée au point de la nier, jusqu'au moment où son état civil allait la trahir. Inextricable situation dans laquelle elle demeurera empêtrée toute sa vie et qui la rattrapera des décennies plus tard, malgré tous ses efforts pour l'oublier.

Ainsi Robert finit-il par apprendre que sa future belle-mère avait été mariée une première fois à un certain

M. Malmont, par ailleurs dirigeant de l'entreprise qui l'employait en tant que secrétaire de direction. C'est de cette union qu'elle naquit, en pleines Années folles tandis que l'économie battait son plein et que l'ombre du nazisme ne planait pas encore sur l'Europe.

— Mais j'étais à peine née que mon père se laissa tourner la tête par une autre, au point de nous abandonner toutes les deux, tandis que je n'avais même pas dix-huit mois.

— Élégant.

— Ensuite, il a licencié Maman parce qu'il ne voulait pas affronter son regard chaque jour au bureau, poursuivit-elle, encouragée par ce commentaire.

— De mieux en mieux.

— Mais bon, d'après ce que j'ai compris, il ne l'a pas laissée totalement démunie. Et Maman a été trop heureuse d'accepter l'offre de Georges Roland, ingénieur dans la même société, qui lui proposait de refaire sa vie avec lui.

— Elle l'avait donc rencontré avant d'être licenciée…

— Ben oui. Et lui aussi a été contraint de quitter la société.

— D'où le Canada ?

— Exactement, répliqua-t-elle, satisfaite de le voir faire lui-même les déductions. Tu comprends pourquoi je n'ai jamais eu le cœur à évoquer mon père biologique.

Un tel récit soulevait un certain nombre de questions, mais Christiane n'en avait pas les réponses, elle n'était pas en âge de comprendre à l'époque, elle ne connaissait pas les détails. Ça avait été si douloureux pour sa mère… Quel intérêt de rouvrir les plaies du passé ? Lui-même n'allait pas importuner sa future belle-mère avec cette histoire. C'était gênant…

Cette installation en Amérique du Nord, pour la première fois présentée comme un exil, Christiane et sa mère embarquées à bord d'un transatlantique pour s'installer avec Georges Roland au Canada où il avait trouvé un poste… Ainsi Georges avait-il remplacé à ses yeux son géniteur. Et s'il ne l'avait pas adoptée parce qu'elle était la fille d'un autre, il était devenu pour elle son véritable père, celui qui l'avait aimée, avait pris soin d'elle et subvenu à tous ses besoins. Le joli roman que Maman se sera raconté toute sa vie et aura servi à qui voulait l'entendre, y compris à son fiancé dans des circonstances aussi graves, elle avait fini par y croire elle-même. Ne sera-t-elle pas allée jusqu'à supprimer toutes les traces, les photos de son géniteur que sa mère avait malgré tout gardées, dans une véritable entreprise d'éradication d'un être et de déni de la réalité ? Même Robert n'eut droit à ce moment-là qu'à une histoire arrangée pour correspondre à l'idée que sa fiancée se faisait de la vie et de la façon dont les événements devaient être ordonnés.

Il fallait à Christiane d'impérieuses raisons, pour ne dévoiler qu'une partie de la vérité alors que son mariage était en jeu. Désarçonné, Robert fit le compte des arguments en faveur du mariage. En tête desquels le soutien de Christiane à son père et surtout son amour intact, toujours aussi fort pour elle qui se débattait avec une affaire datant de plus de vingt ans, dont elle n'était en rien responsable.

*Savignac-de-Duras, le 20 janvier 1948*

*Madame,*

*Je m'excuse du retard apporté à ma réponse, mais j'arrive d'Agen, où j'ai passé dix jours, et à mon arrivée, j'ai trouvé votre lettre dans mon courrier.*

*J'ai en effet été le compagnon de chaîne de votre mari, et j'ai même été son dernier compagnon. Il est mort à côté de moi au block 55, box 2. Je savais que Matthieu avait des parents à Bordeaux ; il avait même reçu un colis de Compiègne que nous avions partagé.*

*Quant aux chiffres sur la liste avec nos noms, c'étaient nos ressources que nous avions mises en commun, et dont Matthieu était le trésorier. Cet argent provenait de vin distribué le jour de l'An que nous avions vendu à plus fortunés que nous, afin d'acheter de quoi manger. Nous avons été séparés à Compiègne, puis nous nous sommes retrouvés au camp, mais séparés. Puis, vers le mois de février, j'ai été affecté au block 55 où j'ai retrouvé les Sacau, le père Barbes qui a dû être tué par un SS, une heure avant la libération, dans une colonne qui se repliait vers Klossenburg.*

*Sacau avait pris mal en voulant accompagner son fils, puis il n'avait pas non plus une grosse force morale ; autrement, sans ce maudit cafard, il aurait tenu le coup. J'ai dit mauvais cafard, car c'est lui qui nous a aussi tué beaucoup de camarades. Tous ceux qui n'étaient pas trempés pour une pareille lutte y sont restés.*

*Mon camarade Matthieu a été de ceux-là. À Compiègne déjà, il nous disait souvent que si ça durait trop longtemps, il ne tiendrait pas. En France, nous tâchions de le dérider un peu. Mais arrivés dans l'enfer, séparés par le travail, nous ne passions que quelques minutes ensemble, accroupis dans nos tanières. Le soir quand je rentrais, je le retrouvais toujours plus abattu. Il ne pouvait pas aller travailler tellement il était faible. Puis la dysenterie l'a pris.*

*En commençant cette lettre, je voulais tout vous raconter, mais je ne puis pas… Jusqu'au dernier moment, j'ai fait ce que j'ai pu pour lui. C'est-à-dire que je le lavais et lavais ses vêtements, afin que ses camarades de box, transformés en bêtes sauvages, l'acceptent. Je lui avais aussi fait brûler une ration de pain afin d'en faire du charbon, mais il ne voulait pas se soigner. Pourtant, il en avait besoin pour guérir. J'avais beau le supplier de manger ce charbon, il refusait obstinément, me disait de le laisser crever en paix. D'ailleurs c'était peut-être trop tard, d'autant qu'il n'y avait jamais de malades reconnus dans le Petit camp. Et comme il disait, il est bien crevé. Il n'y a que ce mot qui puisse traduire la mort de nos camarades.*

*Ma lettre vous fera sûrement beaucoup de peine; je m'en excuse, mais il fallait bien que je réponde à votre demande. J'ai ici l'adresse d'un autre de mes camarades qui est mort à l'hôpital, un jour après son départ du block. Il avait une pleurésie et il a agonisé pendant deux semaines à côté de moi. Celui-ci m'avait demandé d'écrire à sa femme pour lui raconter ses derniers moments. Je suis un lâche, je ne l'ai pas fait, je n'ai pas osé.*

*Ma femme aussi a été déportée. Elle aussi a eu la chance de revenir, mais nous n'avons pas retrouvé, nous non plus, toute notre famille. Un grand fils de dix-sept ans, que nous avions laissé en bonne santé, n'était plus. Matraqué par la Gestapo après notre arrestation, il n'avait pu se rétablir et, après force souffrances physiques et morales, il s'était suicidé. Des camarades arrêtés après moi, et qui m'avaient rejoint au camp, le savaient, mais ils ne m'avaient rien dit.*

*Je vous quitte, Madame, mais si vous souhaitez, vous pourriez venir passer la journée avec nous.*

*En attendant le plaisir de vous voir, je vous prie d'agréer l'expression de mes sentiments les meilleurs.*

*L. Michel*

Trois ans après la mort d'Alphonse, Germaine ne savait toujours pas comment son mari s'était éteint, elle n'avait aucun détail sur la façon dont ses derniers jours s'étaient déroulés et ignorait le sort qui avait été réservé à sa dépouille. Entre-temps, elle avait quitté l'Afrique, laissant derrière elle sa maison, un mode d'existence auquel elle était attachée, et près de trente années de souvenirs, une vie, pour s'installer à Bordeaux qui l'avait vue naître et grandir. Retour aux sources afin de supporter son existence sans Alphonse.

Femme de sang-froid, son départ avait consisté en un repli stratégique pour aborder la suite des événements de façon sereine. Quelques jours pour empaqueter ses affaires et déterminer les objets à rapporter, statuettes et masques tribaux, mobilier en bois exotiques que nous nous partagerions des décennies plus tard, le gramophone et les galettes qui finiraient remplacés par un matériel plus moderne, le linge et la vaisselle qui avaient déjà fait le voyage depuis la métropole... Emmagasiner dans son esprit tout ce qu'elle ne pouvait emporter, le jardin, les oiseaux, les floraisons époustouflantes, les couleurs et les odeurs qui s'estomperaient d'ici peu. Enfin, les adieux à celles et ceux qui l'aidaient chaque jour et vivaient sous son toit, autre famille, d'adoption, rencontrés à son arrivée pour les plus anciens, qu'elle embrassait pour la dernière fois. Et au moment d'embarquer, la conscience que par ces gestes, elle venait de solder l'aventure à laquelle Alphonse avait consacré sa vie.

Le vent du large avait balayé ses premiers accès de mélancolie et peut-être favorisé l'érosion de ses souvenirs. Germaine n'était pas du genre à pleurer sur le passé, encore moins à s'apitoyer sur elle-même. Quelques semaines après son retour en France, elle avait retrouvé ses marques, ses habitudes et ses quelques amies conservées malgré la distance et ses rares séjours en Gironde. Puis, très vite, elle avait été emportée dans le flux de sa nouvelle vie, plante vivace repoussant de plus belle après avoir été coupée. Seconde jeunesse.

La naissance de Jacques y avait contribué, l'un des premiers enfants du baby-boom qui, à l'orée des Trente Glorieuses, allait repeupler le pays. Né neuf mois après le mariage de Robert et Christiane, à lui seul Jacques concrétisait les espérances de toute une famille : l'apparition d'une vie nouvelle pour contrebalancer la mort d'Alphonse. Non pas que cette idée ait été énoncée de façon aussi abrupte, mais elle siégeait nécessairement dans tous les esprits. Peut-être de trop grands espoirs placés sur les épaules d'un seul enfant qui n'en demandait pas tant.

Toujours est-il que Germaine pouvait reporter son affection sur le nouveau-né, le premier héritier auquel elle trouvait déjà un air de famille avec feu son grand-père. L'héritier en question ne l'était de rien de bien tangible, après la faillite des Comptoirs Matthieu, mais certainement de cet esprit aventureux, du courage et de la liberté qui caractérisaient les membres de la famille depuis des générations, plus précieux que tous les avoirs du monde. Et de quoi pouvait-on préjuger, puisqu'à son tour Robert se lançait dans les affaires ? Une fabrique de cuisinières à gaz traditionnelles, rachetée grâce à l'appui de son beau-père, dont il s'employait à développer l'activité. Pourquoi le courage dont il avait fait preuve et la chance qui l'avait accompagné tout au long de sa campagne l'abandonneraient-ils ? Et les cuisinières… Aurait-il voulu faire plaisir à sa mère qu'il ne s'y serait pas pris autrement… En bref, malgré la faillite et la mort tragique d'Alphonse, l'espoir avait survécu, il colorait le quotidien de cette famille de teintes éclatantes. Même ailleurs, dans le cadre d'une autre activité, Robert avait repris le flambeau. Les premières années promettaient d'être compliquées ; après la guerre, la relance de la fabrique nécessitait des efforts surhumains, mais personne ne doutait de ses capacités. L'avenir était au beau fixe.

Pourtant, malgré cet optimisme général, le souvenir d'Alphonse les enveloppait toujours de son ombre envahissante. En dépit de ces bonheurs, ou peut-être à cause de ces bonheurs auxquels Alphonse ne participerait pas, et ne supportant plus de vivre dans l'ignorance, Germaine avait cherché à savoir. Armée de courage parce qu'elle devinait dans quelles eaux noires elle allait plonger, elle avait entrepris ce voyage sur les traces du martyre d'Alphonse. Elle s'était appuyée sur les seuls éléments dont elle disposait : les rares lettres adressées depuis le camp de Royallieu, dans lesquelles figuraient les noms de certains de ses compagnons, quelques papiers reçus à la fin de l'année 1945. Elle partit de cette liste à laquelle ce M. Michel faisait allusion, une petite dizaine de noms. Démarche aussi fastidieuse qu'hasardeuse consistant à retrouver leurs coordonnées, puis écrire à chacun. Autant de bouteilles à la mer. Mais pendant plusieurs semaines, Germaine vérifia son courrier avec autant d'avidité que si elle avait attendu des nouvelles directes d'Alphonse, une lettre qu'il lui aurait lui-même écrite depuis une adresse inconnue. Les rares réponses étaient laconiques parce que rédigées par la veuve du destinataire lui aussi mort à Buchenwald, ou parce qu'il en était revenu mais avait cherché à oublier. Et chacune était comme une piqûre lui rappelant qu'Alphonse ne lui écrirait ni ne lui apparaîtrait plus et qu'elle devait désormais s'habituer à l'idée de vivre et vieillir sans lui.

À cela s'ajoutait l'incapacité à la renseigner d'une administration débordée, si bien qu'elle avait fini par se résigner à croire qu'elle n'en saurait jamais plus, quand elle reçut la lettre de M. Michel.

Ces précisions sur l'épuisement d'Alphonse, son découragement, son incapacité à se laver seul, à se lever, la ration de pain transformée en vain en charbon… Malgré leur dureté, ces mots mirent un terme aux dérives de son esprit qui, depuis trois ans, entraînait son imagination vers les pires scénarios. Ces révélations brutales étaient préférables à la nuit noire de l'ignorance : la vérité permet de tourner la page, alors que l'ignorance et le doute sont une prison aux murs infranchissables. Après avoir montré cette lettre à Robert, comme M. Michel le lui proposait, elle avait décidé d'aller le trouver dans son exploitation agricole. Il lui fallait l'entendre, le voir, jauger son regard. Aller à la rencontre de cet homme, le faire parler de son compagnon de chaîne, c'était, de façon dérisoire, un moyen de faire revivre Alphonse, même pour quelques instants seulement.

Germaine et son fils étaient convenus avec M. Michel de se retrouver dans sa ferme un samedi, pour ne pas nuire au travail de Robert dont la relance de l'atelier consumait l'énergie. Pour gagner Savignac-de-Duras, ils prirent la Traction Avant modèle 11B, au volant de laquelle il sillonnait la région pour vanter les mérites de ses cuisinières auprès des enseignes et des restaurateurs. Sur ce point, le travail n'était pas très différent de celui auquel il s'adonnait en Afrique : arpenter le pays à la rencontre de la clientèle, rouler des heures pour ensuite trouver un terrain d'entente et repartir avec un carnet de commandes rempli. Seuls ses interlocuteurs et les voies de circulation avaient changé, même si au lendemain de la guerre, un trajet sur une départementale pouvait être aussi chaotique que sur une piste africaine.

Robert aimait ces trajets, qui lui permettaient de s'acclimater à la région qu'il avait voulu déserter pour l'Afrique, même si la vie en avait décidé autrement. Ces trajets lui rappelaient aussi ses mois de campagne passés au volant d'une jeep ou d'un camion, sur les routes d'Italie puis en France, de la Côte d'Azur aux Ardennes, avec le risque d'être fauché par une balle ou déchiqueté par un obus. En d'autres termes, ils lui rappelaient les plus belles années de sa jeunesse. Il y retrouvait la liberté qu'il avait parfois l'impression d'avoir perdue avec son mariage. La donne avait changé. À présent, ce n'était plus pour la survie du pays qu'il se battait, mais pour sa famille et son entreprise. Il s'agissait d'un combat infiniment moins dangereux, moins exaltant, mais pas dénué de satisfactions et auquel ses expériences passées l'avaient préparé. De l'Afrique, il avait rapporté une bonhomie qui lui permettait de mettre ses interlocuteurs dans sa poche, et de la guerre, une décontraction et une ténacité à toute épreuve. Combinées, ces qualités faisaient merveille.

Rien ne l'avait prédestiné à vendre des cuisinières. Mais lorsque l'opportunité s'était présentée, le charme avait opéré. Le lieu d'abord l'avait séduit : un vaste atelier sous la verrière duquel s'activait une vingtaine de chaudronniers et autres ouvriers et artisans usinant et assemblant les différentes pièces des fourneaux. Il y régnait une atmosphère rassurante de labeur et tout semblait à sa place, parfaitement réglé. Le patron ensuite lui avait plu : un homme vieillissant qui cherchait un repreneur, après la mort de son fils exécuté par la Gestapo quatre ans plus tôt. Né la même année que ce garçon et fort de ses états de service, Robert était apparu comme le successeur naturel à la tête de l'entreprise. L'aide apportée par son beau-père et l'emprunt que cela avait permis de contracter auprès de la banque avaient fait le reste. Surtout, Robert avait vu dans ces cuisinières un symbole, celui du foyer, de la chaleur et de la maison, du partage, auquel, après l'interminable hiver, il avait voulu consacrer ses jours et son énergie. Et puis ces fourneaux étaient beaux, avec leur cuivre, leur fonte, leur tôle émaillée et leur capacité évidente à traverser le temps. Il s'était senti chez lui au milieu de ces machines et de ces hommes, dans cette fabrique que la guerre avait éprouvée, et il avait désiré prendre en main la destinée de cet ensemble.

Pour sa deuxième visite, il avait emmené Christiane. Sa réaction avait balayé ses dernières hésitations. Consciente du sacrifice qu'il avait fait pour elle en renonçant à l'Afrique, elle avait senti l'aspect ludique et la part de rêve que représentait cet atelier où l'enfant qu'il était encore pourrait, d'une certaine manière, continuer à jouer au mécano. Du négoce il passait à la fabrication, elle trouvait ça plus concret. Et l'idée d'avoir dans sa cuisine une de ses productions l'enchantait.

Avec elle, Robert aurait à domicile la plus exigeante de ses clientes. Ça lui permettrait de s'ajuster. Tout était pour le mieux dans le meilleur des mondes.

Le trajet de 80 kilomètres sur la RN 136 relevait du pèlerinage pour Germaine et Robert qui s'apprêtaient à rencontrer l'ultime compagnon de captivité d'Alphonse. Peut-être plus fort moralement, physiquement plus résistant, il en était revenu. Comme sa femme. Mais ils avaient éprouvé le même genre de douleur. Les uns avaient perdu un mari et un père, les autres un enfant. On s'apprêtait à rouvrir des plaies que le peu d'années passées n'avait pas encore laissé cicatriser.

Lorsque Robert engagea la Traction dans la cour de ferme et opéra un virage pour se garer à proximité de la maison, la porte de l'habitation s'ouvrit et un homme précédé d'un épagneul apparut, aussitôt suivi par une femme vêtue d'une robe imprimée et d'un gilet tricoté. Le groupe formé par les époux Michel et le chien regarda Germaine et Robert sortir de la voiture avant de venir à leur rencontre. Germaine frissonna sous l'assaut du froid piquant en ce matin de février. Ils se serrèrent la main et entrèrent dans la maison.

La première chose qui attira l'attention de Robert à l'intérieur était une photo d'un garçon de seize ou dix-sept ans en veston, le cou sanglé par une cravate et les cheveux plaqués. Un de ces portraits posés comme on en faisait pour une occasion particulière, à l'époque où prendre une photo était encore toute une affaire. Le front haut et la mâchoire carrée de son père, le regard clair de sa mère… Robert distingua ces ressemblances en une fraction de seconde, chez ce garçon qui avait l'air de regarder l'avenir comme s'il lui appartenait. Comme tout le monde, il avait entendu parler des brutalités de la Gestapo, mais n'avait jamais été confronté d'aussi près à l'une de leurs victimes.

— Comment s'appelait votre fils ? demanda-t-il doucement.

La mère s'approcha du buffet où se trouvait la photo et s'en saisit avec précaution.

— Alfred, murmura-t-elle en contemplant son portrait. C'est parce qu'il n'a rien voulu leur dire qu'ils se sont acharnés sur lui. Mon si brave Alfred, ajouta-t-elle en reposant le cadre sur le meuble.

— Vous voulez un café ou autre chose ? demanda son mari pour éviter une scène trop pathétique.

Ils s'assirent autour de la table pendant que Mme Michel préparait les tasses et la cafetière. Robert les observait : le couple de cultivateurs, la cuisine où devait se passer l'essentiel de la vie de famille, la photo d'Alfred, ce garçon plus jeune que lui, mort à un âge où lui-même n'avait pas encore rencontré Christiane. Presque inconsciemment, il consulta la Patek Philippe de son père, souvenir d'un autre face-à-face. Dans un cas comme dans l'autre, la même gravité, la même pesanteur. Le montagnard avait résisté en favorisant des dizaines de passages en Espagne, les Michel de manière plus frontale en fournissant des informations à Londres et en cachant des armes, du matériel radio, des soldats alliés et des combattants de l'ombre.

— Matthieu était un tendre, entama M. Michel en employant le patronyme d'Alphonse, comme ce devait être de mise dans les camps.

Germaine commença à se tordre les doigts qu'elle avait croisés sur la table. Robert lui adressa un sourire rassurant.

— Personne ne devrait être soumis à ce qu'on nous a fait subir là-bas, poursuivit M. Michel. Le froid, la faim, l'épuisement, la peur, la mort. Et les humiliations, les cris, les gardiens, ces saloperies… Beaucoup n'ont pas tenu, vous savez. Tous ceux qui se refermaient sur eux-mêmes. C'était pas le cas de Matthieu, mais à la fin il n'y croyait plus. Comme si quelque chose en lui était brisé. Et dans ces cas-là…

— La déveine, l'interrompit Germaine. Une incroyable malchance qui s'est acharnée sur lui pendant des mois.

M. Michel et sa femme échangèrent un regard. Eux non plus n'avaient pas été épargnés…

— Si bien que quand la dysenterie est apparue, je savais qu'il ne faudrait pas que ça dure trop longtemps.

Soudain son regard s'éclaira, comme au surgissement d'une idée ou d'un souvenir plus heureux et inattendu.

— Mais jusqu'au bout il a conservé son humanité. Toujours le premier à partager ses colis… Il voulait que je vous dise à quel point il pensait à vous, madame, et vous aussi, ajouta-t-il en se tournant vers Robert. À Compiègne, il parlait de l'Afrique et son regard s'illuminait. Alors c'est bien que vous m'ayez écrit. Mais avec Alfred, voyez-vous…

Germaine avait les larmes aux yeux et Robert détourna le regard vers la photo du jeune homme. En contemplant son portrait, il mesurait à quel point lui-même avait eu de la chance. De courage, il n'avait pas manqué. Mais aurait-il réussi à ne pas parler sous les coups de matraque ? Alfred avait eu ce courage. Mais cette épreuve dont il était sorti victorieux avait fini par lui être fatale, et à voir ce couple vivant sous le regard de leur fils victime de cette sale guerre, le sort de sa mère et le sien parut à Robert beaucoup plus enviable que le leur.

Le retour sur la RN 136 se fit en silence. Les époux Michel avaient tenu à les emmener faire un tour sur leurs terres, pour échapper à l'atmosphère confinée de la cuisine, peut-être aussi pour échapper au fantôme d'Alfred dont le regard clair et franc sur la photographie pouvait, en certaines circonstances, devenir difficile à soutenir. Ces quelques pas au grand air leur avaient fait du bien. Face à la sérénité du paysage, M. Michel avait évoqué d'autres aspects des derniers jours d'Alphonse, son esprit de camaraderie et son abnégation, son détachement progressif, comme si, à bout de forces, il s'était laissé partir. Parce que sa femme et son fils lui survivraient. Cette simple idée parvenait encore à lui arracher un sourire, elle lui permettait d'entretenir l'espoir. Germaine n'avait pas voulu les quitter si vite. On s'était attardés, la lumière avait commencé à décliner et on était partis au crépuscule. Les Michel les avaient salués de la main tandis que Robert démarrait, et ils étaient rentrés chez eux avant que la voiture ne disparaisse. À présent la nuit était tombée, seul le pinceau des phares éclairait la route et une pluie fine heurtait de plein fouet le pare-brise, régulièrement chassée par le va-et-vient des essuie-glaces.

Au moment de quitter le chemin desservant la ferme, Germaine avait caressé la main de son fils posée sur le volant. Ils avaient trouvé ce qu'ils espéraient et peut-être davantage. La vie pouvait reprendre son cours et Robert, pensant à Christiane et à leur enfant qui l'attendaient, redoublait de prudence sur la chaussée glissante.

Lucien Lamballe avait cru s'en tirer à bon compte, en cédant quelques miettes de sa récente fortune aux soi-disant bonnes personnes. Les premières d'entre elles s'étaient invitées chez lui à l'improviste dès le mois d'août 1944, avec l'intention de lui faire comprendre qu'il y avait moyen pour lui d'être crédité de services rendus à la Résistance. Même si les Allemands reculaient à peu près partout, la guerre n'était pas finie et les ressources manquaient pour combattre un ennemi décidé à ne rien céder. En résumé, on lui proposait un sauf-conduit pour des temps qui s'annonçaient plus compliqués pour lui, une garantie sur l'avenir.

Ils étaient trois, un meneur aux airs d'intellectuel, flanqué de deux hommes vraisemblablement armés, un gamin d'une vingtaine d'années au comportement anxieux et un autre ayant passé la quarantaine, beaucoup plus placide, avec des mains de travailleur manuel. Sans qu'il les ait entendus approcher, ils avaient investi son bureau après le départ des derniers employés de la brasserie. Son interlocuteur s'était assis en face de lui tandis que les deux autres étaient restés debout, l'un près de la porte demeurée ouverte, le plus jeune à la fenêtre à travers laquelle il jetait des coups d'œil dans la rue.

Passé un premier mouvement de frayeur, Lucien les avait accueillis avec un sourire résigné qu'il sut maquiller en expression commerciale. Depuis le débarquement de Normandie, il savait que ce moment viendrait. Seul le timing l'avait surpris : il ne les attendait pas si tôt. Mais il avait vite compris à qui il avait affaire. Ses interlocuteurs n'étaient pas des justiciers. Rien dans son comportement ne justifiait non plus que l'on veuille sa mort. Il avait juste eu le tort de savoir profiter de la situation. Ces trois-là étaient sans doute des résistants, mais avant tout des individus conscients de leur intérêt personnel. Chez certains, le sens des affaires vient toujours se greffer sur celui du devoir, ou du sacrifice. Ce que Lucien pouvait comprendre… L'avantage est qu'avec eux, on trouve toujours un terrain d'entente.

— Le temps est venu de partager, monsieur Lamballe, de redistribuer, avait suggéré celui qui menait la discussion, en appui de son argumentaire sur les besoins de la Résistance.

Lucien pouvait nourrir des doutes sur la destination de son apport, mais la seule chose qui lui importait, c'était le niveau d'« aide » qu'ils attendaient de sa part. Avec leurs manières persuasives, ces hommes ne représentaient rien d'autre que les aléas des affaires. Réaliste, avisé, calculateur, il était prêt à se délester d'une partie de ce qu'il avait accumulé. Il avait même déjà constitué une réserve composée de valeurs et objets facilement monnayables dont la disparition serait indolore. Il aurait juste voulu obtenir quelques garanties sur la qualité de son « investissement », sur l'efficacité de cette « police d'assurance », mais on n'était pas dans une relation commerciale classique et il avait dû se contenter de leur parole et de la réputation de l'individu assis dans son bureau. Cet homme qui venait de lui exposer la situation avec une tranquillité qui forçait le respect, il devait bien en convenir. Il n'était pas plus en position de discuter des conditions. Tout juste parvint-il à mentir sur le montant qu'il pouvait rapidement rassembler. Partie de poker dont il était le perdant défini par avance. Sa seule option consistait à limiter la casse, à sauver les meubles.

Au-delà de l'incident, ces quelques minutes en présence de ces « résistants » constituèrent pour lui le tournant du conflit, l'instant crucial après lequel il était temps d'enterrer ses illusions. Aussi vite qu'il s'était adapté à la défaite, il devait composer avec la victoire annoncée et réduire la voilure. Passer pour un argentier de la Résistance, il n'y croyait pas, mais au moins ne pas être stigmatisé comme un collabo. La fête était finie et, même s'il n'était pas du genre à placer trop d'affect dans ses avoirs, il était rentré chez lui ce soir-là, le cœur plein d'amertume.

Ils lui avaient laissé une semaine pour payer, ce dont il s'acquitta avec sa rigueur coutumière et le respect de la parole donnée. Restait à espérer qu'ils ne reviendraient pas à la charge, qu'il n'y en aurait pas d'autres après eux, sans quoi son pactole risquerait de fondre comme neige au soleil.

Mais ces liasses, ces rouleaux de louis d'or et ces objets de valeur qu'à plusieurs reprises on lui soutira n'avaient pas suffi. Sa réussite avait été trop éclatante, ses relations avec l'occupant trop voyantes pour qu'on le laissât passer entre les mailles du filet. Les convois de voitures allemandes garées devant chez lui à l'occasion de ses fameux dîners lui avaient causé du tort. En trop d'occasions, il avait manqué de discrétion. Même après Stalingrad, qui pourtant avait résonné comme un coup de tonnerre chez ses amis, il avait continué à ne pas vouloir voir ce qui s'annonçait. Ivre de réussite, il n'avait pas voulu ouvrir les yeux.

Qu'il s'en sorte indemne, pour ceux qui avaient tant souffert était intolérable. Comme les femmes tondues en place publique, lui aussi devait subir le retour de manivelle. Les profiteurs auprès de qui il avait cru se racheter une réputation, ou au moins une certaine tranquillité, n'avaient rien pu y faire. Surtout, une fois leur intérêt satisfait, ils s'étaient détournés de lui, le laissant se débattre seul. Mais ça non plus, il n'était pas du genre à s'en formaliser et même ces sommes qu'on lui avait extorquées, il ne les regrettait pas : s'il n'avait pas cédé, on l'aurait assassiné. Aux Bordelais au courant de sa situation, il avait fallu un symbole, qu'il ait l'air d'avoir payé. À la poubelle, ses soi-disant certificats de résistance achetés à prix d'or.

Après avoir espéré la racheter à lui-même par le biais d'un homme de paille, Lucien avait fini par céder L'Olympia. Il ne pouvait offrir un symbole plus fort. Adieu bière, limonade et les immeubles et outils de production de la rue David-Johnson, les magasins transformés en réserve d'antiquaire...

Mais au moins, par ce geste, il achetait enfin une tranquillité. Il s'était défait de tout ça sans être dupe de ce qui se passait réellement, conscient du cadeau que l'opportunité représentait pour l'acquéreur, un concurrent dont les relations, avec l'évolution de la situation, étaient devenues plus influentes que les siennes. Les aléas des affaires, décidément.

Soucieux de son image, il ne s'en sera jamais plaint ouvertement, affirmant haut et fort en avoir eu assez de la brasserie, décrétant que la paix retrouvée était pour lui l'occasion de démarrer une activité plus conforme à ses nouvelles aspirations. Autrement dit, le commerce d'œuvres d'art et d'antiquités auquel il avait pris goût dans les conditions qu'on connaît. Mais toute sa vie, il aura conservé un sourire narquois un peu trop systématique, qui masquait mal une certaine amertume.

Ce qui le gênait davantage, mais dont il était impossible de s'ouvrir, c'était l'évanouissement de ce nouvel ordre dans lequel il avait placé tous ses espoirs. Pour lui, la victoire des Alliés avait surtout représenté une défaite idéologique. Lucien Lamballe avait aimé voir flotter la croix gammée sur les bâtiments officiels, croiser les soldats à l'uniforme vert-de-gris défilant dans les rues, dîner à côté d'eux à la brasserie L'Orléans, assister aux opéras en présence des officiers de la Kriegsmarine, lire les affiches en allemand placardées aux endroits stratégiques… À ses yeux, la liesse populaire du mois de mai 1945 célébrait la fin de son âge d'or et le retour d'un régime et de valeurs qu'il exécrait. Mais ça n'était pas une opinion défendable. Après avoir péroré pendant cinq ans, il devait garder ses opinions pour lui. Après la proximité du pouvoir, il devait retourner à son anonymat d'affairiste.

Seule Simone subissait dans l'intimité ses diatribes sur l'évolution du monde, la chance à côté de laquelle la France et l'Europe étaient passées, le délitement général qui de nouveau menaçait… Sans négliger l'Allemagne et ses amis, que dans ses emportements domestiques il n'oubliait pas, qui pansaient leurs plaies dans un vaste champ de ruines, dans ces villes honteusement détruites par des pluies de bombes.

— Comme si on n'avait pas de plaies à panser ici, objectait-elle timidement.

Il s'agaçait face à cette épouse qui s'était toujours effacée devant lui et que la victoire semblait avoir émancipée. Mais si elle continuait à subir, leur relation avait imperceptiblement commencé à évoluer. Autre effet collatéral de la victoire pour Lucien, peut-être celui auquel il se serait le moins attendu.

Dans la famille, Simone apparaissait comme la femme éteinte, à la beauté depuis trop longtemps fanée, mais on s'était habitué à sa présence silencieuse. Dans le couple, c'était Lucien qui attirait l'attention. Par paresse ou facilité, on aimait croire qu'elle se satisfaisait de cette ombre dans laquelle elle s'était elle-même coulée. Seule Germaine était au courant de ses tourments, de cette crainte mêlée de respect que Lucien lui inspirait, cet homme aux idées tranchées, au verbe implacable et au sens des affaires consommé. Les deux belles-sœurs se parlaient régulièrement ; malgré leurs caractères opposés, la mort d'Alphonse les avait rapprochées. À son retour d'Afrique, Germaine s'était naturellement tournée vers Simone, elle aussi très affectée.

Les semaines qui suivirent la Libération furent douloureuses pour Simone : curieuse période au cours de laquelle elle se contraignait à masquer sa joie dès qu'elle était en présence de Lucien, alors que la France entière était en liesse. Mais la situation se normalisa une fois l'exaltation populaire apaisée. Les préoccupations quotidiennes reprirent le dessus et, sans doute mue par une curieuse mais salutaire intuition, Simone finit par épouser celle de son mari : la brocante.

Après le faste des années d'Occupation, Lucien, pour la première fois de son existence calait son comportement sur celui de sa femme. Puisqu'il s'était brûlé les ailes au point d'avoir manqué y succomber, il allait désormais mener ses affaires dans son coin. Le commerce de meubles et d'œuvres d'art réclamait cette discrétion. La plupart des transactions s'effectuaient en liquide, les biens pouvaient s'échanger sans publicité, certains représentaient des sommes considérables, la plupart étaient transportables en voiture et il disposait d'un trésor méthodiquement constitué, s'apparentant à une véritable caverne d'Ali Baba.

Ainsi, Simone et Lucien Lamballe prirent-ils enfin l'habitude, dès l'automne 1945, après vingt ans d'une morne et froide union marquée par la distance les séparant, de travailler ensemble. Pour le plus grand bien de son épouse jusqu'alors délaissée. Peut-être était-ce pour cette raison que leur mariage avait tenu si longtemps, parce que ces deux-là pressentaient qu'ils se retrouveraient un jour sur un terrain d'entente encore inexploré. Et Simone tenait là une revanche aussi éclatante qu'insoupçonnable, elle qui pendant deux décennies était apparue comme la faiblesse incarnée. C'était peut-être aussi le signe le plus évident de la blessure profonde de Lucien, trop fier pour l'avouer, mais que l'évolution de sa situation avait tellement fragilisé qu'il avait désormais besoin du soutien de sa femme.

Simple communauté d'intérêts, selon Germaine à qui dès lors Simone se confiait moins, tant il était peu probable que Lucien ait été de nouveau séduit par son épouse, lui qui d'une manière générale manifestait si peu d'intérêt pour les femmes, ce que l'avenir d'ailleurs me laisserait supposer. Et de conclure qu'il ne fallait peut-être pas chercher d'autre explication à la stérilité du couple...

Étrange attelage qu'ils formèrent à partir de cette époque, sillonnant les routes de Gironde et d'Aquitaine pour leur commerce, le coffre de leur automobile chargé de meubles, de bronzes, de pendules, qui parfois pesaient sur l'essieu arrière. Lucien se chargeait des tractations commerciales, tandis que Simone avait un œil extrêmement sûr pour évaluer la qualité des objets. Aptitude renforcée pendant l'Occupation, grâce au mobilier assemblé par son mari. Chaque semaine ou presque, avaient afflué de nouveaux objets, meubles et tableaux. Simone avait fini par se constituer une bibliothèque consacrée au mobilier de différentes périodes, aux beaux-arts et aux arts décoratifs. À force d'étude, elle s'était fait sa petite culture artistique. Elle avait même aidé Lucien à composer la réserve à céder en cas de pressions, en sélectionnant les pièces les moins intéressantes. Plutôt douée, elle s'était peu trompée.

Mais c'était faire abstraction de la provenance de ces trésors, de la façon dont ils avaient été acquis et de la somme de malheurs qu'ils représentaient. Des œuvres d'art et autres joyaux de famille cédés en catastrophe pour payer un passage en Espagne, une place sur une embarcation ou de quoi manger. Et avec l'innocence d'une enfant jouant avec sa maison de poupée, elle disposait de ces objets dans sa demeure patricienne, changeant les accrochages et le mobilier à sa guise, se divertissant d'une coiffeuse du XVIIIe en ignorant sciemment ce qu'était devenue sa propriétaire, s'appropriant tout ça avec un aplomb dérangeant. Peut-être parce que c'était s'approprier ainsi les biens de ce mari qui la négligeait, peut-être parce qu'elle était malheureuse. Elle jouissait de ces enfantillages qui reposaient sur des larmes, des ruines et des cendres, et elle ne perdait pas de vue le profit qu'elle pourrait un jour en tirer.

En fait de commerce, Simone et Lucien n'avaient pas poussé l'investissement jusqu'à ouvrir une galerie : toujours cette nécessité de discrétion, l'obsession d'éviter une trop grande publicité qui pourrait leur valoir des réclamations gênantes. Officiellement, leur activité était celle de marchands travaillant à partir de leur carnet d'adresses et sur rendez-vous, maîtrisant leur clientèle, conservant le mystère sur la réalité de leurs réserves, achetant et revendant selon les affaires qui se présentaient. Pendant dix ans, ils vécurent ainsi tous les deux, repliés sur leur activité tout en menant une existence confortable, alors que le reste de la famille, comme l'essentiel du pays, subissait les rigueurs de l'immédiat après-guerre quand la reconstruction n'avait pas encore porté ses fruits.

Robert rencontrait les plus grandes difficultés dans la relance de sa fabrique. À l'euphorie de l'acquisition avait succédé un interminable tunnel d'incertitudes dont il ne voyait pas le bout. Ses produits haut de gamme ne représentaient pas une priorité dans une France où tout devait redémarrer, la concurrence était rude et les fonds dont il disposait trop justes pour faire face à toutes les dépenses. Ses relations avec les banques étaient compliquées, chaque mois il devait batailler pour maintenir un équilibre instable et assurer la subsistance de sa famille qui s'était agrandie. Le spectacle de cet oncle menant toujours grand train passait mal. Il avait beau avoir cédé L'Olympia, il continuait à prospérer en toute impunité. Et pas la moindre main tendue, pas la moindre proposition d'aide que, par orgueil, Robert aurait de toute façon refusée.

Lucien l'anguille, qui avait retrouvé son verbe haut et ses accents cassants. Les années de proximité avec les Allemands oubliées, il avait repris du poil de la bête et était de nouveau cet homme plein d'assurance qui s'autorisait parfois, face à Robert dont les faits d'armes étaient loin et les difficultés financières réelles, un ton de donneur de leçons des plus déplaisants. Lucien qui fonçait sur les routes au volant de ses bolides rutilants dans une éternelle fuite en avant. Il traversait l'existence au-dessus des contingences matérielles, faisant étape aux meilleures tables de la région dans ses voyages de marchand, alors que le pays s'échinait à reconstruire ce que la guerre avait détruit, vivant encore dans des conditions souvent précaires ou inconfortables. Sa seule activité consistait à jongler avec des objets qu'il semblait acheter avec le plus grand discernement et revendre à prix d'or. On lui trouvait même une certaine élégance, menant cette vie rapide et légère, dans ses costumes parfaitement coupés, flanqué de cette femme discrète qui elle aussi avait fini par gagner une allure indéniable. Joli tour de force, pour être passés en quelques années d'un ménage mal assorti et désuni, ayant frôlé la ruine et le déshonneur, à cette image d'un couple suscitant aussi bien la curiosité que la jalousie.

En réalité, ils ne faisaient que se délester de leur trésor de guerre afin d'assurer leur train de vie : une fois la paix revenue et avec elle des conditions normales de marché, contrairement à ce qu'il laissait croire, Lucien n'achetait plus mais se contentait de vendre, réalisant des plus-values iniques en se débarrassant d'éléments de mobilier qui exerçaient peut-être un poids sur sa conscience. Orgueil et vanité : surtout ne pas déchoir, toujours sauver les apparences.

Cette fuite en avant aurait pu durer longtemps encore, mais son goût pour les voitures et la vitesse finit par les perdre, Simone et lui. Sa Mercedes 300 SL, qui faisait sensation dès qu'il la sortait, fut retrouvée encastrée dans un arbre sur la route reliant Bordeaux à Cadillac dans la nuit du 4 au 5 octobre 1955. Le cadavre de Simone gisait à une vingtaine de mètres de l'automobile transformée en épave ; quant à Lucien, il s'était fracassé le crâne contre l'arbre qui avait enfoncé la calandre, le capot et le moteur six cylindres du bolide aux ailes papillon. Lucien l'anguille en effet, qui jusqu'à son dernier souffle aura mérité ce surnom, puisqu'à aucun moment il n'aura eu à rendre de comptes ni n'aura dû renoncer à ses habitudes de luxe et à sa liberté matérielle.

En l'absence de témoins, les gendarmes n'ont jamais pu déterminer les causes exactes de l'accident. Tout juste ont-ils été capables, étant donné les dégâts subis par la Mercedes entièrement déformée, d'évaluer la vitesse à au moins 120 km/h. Un obstacle à éviter ? Un camion roulant trop à gauche qui ne se sera pas arrêté après le choc ? Une perte soudaine de contrôle de la trajectoire du véhicule ? Aucune hypothèse n'a pu être privilégiée ou écartée, pas même celle du suicide auquel une absence de traces de freinage sur la chaussée avait pu faire penser.

Suicidaire, l'oncle Lucien? Au point d'entraîner avec lui dans son ultime voyage sa femme, histoire d'être accompagné jusqu'au bout? Aujourd'hui encore le doute demeure. Était-il possible de continuer à vivre ainsi, la conscience tranquille, en sachant sur quoi cet argent reposait? Peut-être qu'accablés par le remords et la culpabilité, ne voyant pas d'issue à cette course absurde, avaient-ils décidé ensemble d'en finir, à bord d'une de ces autos qui correspondaient tant à leur idée de la modernité, du luxe et de l'élégance. Peut-être ne dormaient-ils plus la nuit, visités dans leurs songes par les propriétaires de ce mobilier échoué pour les pires raisons entre leurs mains trop avides. Ou peut-être ont-ils simplement été victimes d'un flottement soudain dans la direction de la

300 SL comme Paul Morand, lui aussi possesseur d'un de ces modèles, l'a relaté dans son *Journal inutile*.

On aime à penser que la culpabilité représente au fil des ans une charge insupportable, que la nature humaine ne peut se satisfaire d'une impunité relative à la justice des hommes et à la morale, qu'elle se soumet d'elle-même à une justice dite divine ou supérieure. Mais peut-être est-ce là une vision trop idéaliste. Ce départ simultané pour l'au-delà semblait en tout cas confirmer le rapprochement opéré entre Simone et Lucien à la Libération. Fin aussi touchante qu'inattendue. Seul le tronc du platane, en empêchant qu'ils se retrouvent allongés l'un près de l'autre jusqu'à l'arrivée des premiers secours, aura contrecarré ce rapprochement tardif.

Quelle qu'en soit la cause, déveine, hasard ou détermination macabre, cet accident de la route eut pour la famille les conséquences les plus inattendues. Conséquences heureuses, serait-on tenté d'estimer au regard de considérations matérielles. Encore que ce dernier point ait toujours été contesté par ma mère.

Simone et Lucien étaient en effet mariés sous le régime de la communauté de biens. Or, lorsqu'il s'était agi de dresser le procès-verbal de l'accident, selon l'usage reposant sur une curieuse forme de galanterie (les femmes et les enfants d'abord), les gendarmes ont daté la mort de Lucien après celle de Simone. Ainsi, aux yeux de la loi s'était-il vu, même l'espace de quelques secondes ou d'une fraction d'entre elles, dernier propriétaire de leur patrimoine.

La surprise et le choc provoqués par cet accident doublement mortel ont été suivis par une autre surprise, d'ordre patrimonial. Très logiquement, c'est en effet Germaine, l'unique sœur de Lucien, qui se retrouva, par un juste retour des choses et un clin d'œil que lui adressait l'histoire, ainsi qu'elle le souligna elle-même par la suite, unique héritière de cette fortune sur laquelle les bruits les plus fous avaient couru.

Et comme c'est en ce même 5 octobre que je poussai mon premier vagissement, cette concordance d'événements fit dire à ma mère, qui me le répétera à l'envi, que j'étais né sous le signe de la chance ou d'une certaine opulence. Quelques années plus tard, je dois bien reconnaître que cette affirmation s'est vérifiée. Mais sur un plan plus personnel, ma naissance a coïncidé avec notre installation à la Louisiane que rien ne nous prédisposait à habiter, où j'allais faire mes premiers pas dans la vie, en compagnie de multiples fantômes que j'allais devoir apprivoiser, avec des conséquences difficiles à mesurer.

La grande maison de la route du Médoc pouvait intimider. Personne à l'époque ne l'avait surnommée la Louisiane, une telle ironie était très éloignée du genre de Simone, encore plus de celui de Lucien, mais pour l'heure, en déambulant dans le hall et les pièces de réception du rez-de-chaussée, son dernier rejeton dans les bras, Christiane fulminait.

Certes l'endroit était flatteur, on pouvait y organiser de grandes réceptions, recevoir le ban et l'arrière-ban, le précédent propriétaire ne s'en était pas privé, sauf qu'on était là aux antipodes de ce qu'ils avaient prévu et qu'elle n'avait aucune intention d'inviter le Tout-Bordeaux.

Avec la naissance de leur troisième enfant et la nécessité de s'agrandir, Robert et elle avaient jeté leur dévolu sur une maison évidemment plus modeste, mais surtout beaucoup plus humaine et plus centrale que ce palais surdimensionné, cette folie grotesque qui ne leur correspondait en rien. Ce n'était plus qu'une question de semaines avant qu'ils n'emménagent, dans cet intérieur qu'en esprit elle avait déjà décoré, où elle se voyait au milieu de ses enfants, à proximité des commerces, des écoles et de la plupart de ses amies.

L'accident de la route et la communication du notaire qui s'était ensuivie quelques jours plus tard avaient mis en pièces ce joli château en Espagne. Son projet de « home sweet home » avait volé en éclats à l'instant où la 300 SL s'écrasait contre un platane, tandis qu'elle-même en salle de travail à la maternité de la clinique Saint-Louis, s'efforçait, sous les exhortations de la sage-femme, de me mettre au monde.

Cette colossale surprise passée, Robert, lui, était déjà conquis par cette idée. Avant cette première visite avec Christiane, il avait eu le temps d'accompagner sa mère chez le notaire pour y découvrir qu'en l'absence de testament, elle était effectivement l'unique héritière de Lucien. Cependant, soit que la Libération lui avait coûté très cher, soit qu'au cours des dix dernières années sa femme et lui avaient vécu sur un train largement supérieur à leurs revenus, le patrimoine en question était moins important que celui fantasmé. Les réserves de meubles étaient une vue de l'esprit, ils avaient déjà vendu l'essentiel, mais le symbole était assez fort à ses yeux pour balayer toutes ses hésitations.

— Juste avant notre installation ! s'exclama Christiane qui considérait cet ensemble, les pièces de réception et leur mobilier pompeux, avec un regard consterné. Quelques semaines plus tard, il n'en aurait même pas été question. Mais non ! Il a fallu que cet accident ait lieu maintenant !

Robert avait tenu à emmener Christiane dans la maison de son oncle où, quelques jours après leur disparition, sa présence ainsi que celle de sa femme pouvaient encore se sentir.

— Christiane, chérie…

— Évidemment, ça t'arrange, toi !

— Je comprends tes réticences. Mais l'acquisition et l'installation dans l'autre maison nous coûteraient beaucoup plus cher, alors que celle-ci nous tend les bras. Conviens-en.

— Ce n'est pas du tout ce qu'on avait envisagé. C'est beaucoup trop grand et ça ne nous correspond en rien. Franchement, tu nous vois vivre ici ? Tiens, j'ai l'impression qu'on va le voir apparaître entre deux portes, ton oncle Lucien ! Tu ne le portais pourtant pas dans ton cœur. Et pour cause…

Bien sûr, il était possible de se séparer de cet héritage dont sa mère l'avait immédiatement fait bénéficier, de vendre cette maison et l'essentiel de son mobilier, dans tous les sens du terme encombrant. Déduction faite des droits de succession, l'argent ainsi dégagé leur permettrait d'acheter l'autre sans avoir recours au crédit. Mais pourquoi se débarrasser d'une bâtisse aussi exceptionnelle ? Ce serait dommage. Elle ne pouvait que prendre de la valeur. Étant donné son emplacement, sa superficie et la pression démographique à laquelle ne manquerait pas d'être soumise l'agglomération bordelaise, elle vaudrait un jour une fortune. Il serait alors toujours temps de la vendre, après le départ des enfants. Autant d'arguments d'ordre patrimonial défendus par un entrepreneur soumis aux difficultés des affaires.

En outre, et c'était sans doute là l'essentiel, Robert s'y voyait bien. Sa taille justement et son jardin planté de buis et agrémenté d'un bassin central, tout cet espace correspondait aux habitudes qu'il avait contractées en Afrique. Les enfants y auraient toute la place pour jouer, le nombre de pièces permettrait d'assurer à chacun sa tranquillité. Fait assez classique chez un enfant unique, il avait toujours rêvé d'une descendance nombreuse et d'une ambiance contrastant avec le calme qui avait régné chez ses parents dans son enfance. Quatre enfants, c'était un bon début, mais il en espérait davantage.

— En plus, acheva-t-il à bout d'arguments, je sais que ça peut paraître étrange, mais je trouve que par cet accident, le sort nous dédommage tout spécialement.

— Que veux-tu dire par là ? s'enquit Christiane, soudain suspicieuse.

— La déveine absolue de Papa, la chance insolente de Lucien, le collabo « bon teint », je ne vais pas te faire un dessin. Pour cette raison, la sortie de route de la Mercedes m'apparaît comme un extraordinaire clin d'œil que nous adresse le destin, une contrepartie servie de la façon la plus spectaculaire sur un plateau d'argent. Et de ce point de vue, ne pas occuper cette maison reviendrait à n'accepter qu'à moitié ce cadeau.

— Te voilà superstitieux maintenant ? Ose plutôt avouer que cet endroit correspond à tes rêves de grandeur !

— Et puis ça serait obliger Maman à déménager. Je n'ai pas le cœur à lui imposer ça après l'Afrique.

— Ta mère ? Mais bien sûr ! Où avais-je la tête ?

À son retour d'Afrique, Germaine s'était en effet installée chez son frère. Veuve de guerre, déracinée, elle avait besoin de compagnie. À trois dans l'hôtel particulier, ils ne se marchaient pas sur les pieds. Vivant sous le même toit que Simone et Lucien, elle avait été la première avertie de leur mort. Elle était alors loin de se douter des conséquences immédiates pour la famille.

La voix de Christiane résonnait dans le hall d'où partait le grand escalier desservant les chambres. Né quelques semaines plus tôt, le nourrisson serré dans ses bras sursauta. Sentant la tension soudaine, il se mit à glapir et ses vagissements emplirent tout l'espace. Avec moins de tendresse que d'habitude parce qu'en ces quelques minutes se jouait la prochaine phase de son existence, Christiane entreprit de le bercer pour le calmer. Robert ne se démonta pas. Ça faisait beaucoup d'un coup, il en avait conscience, mais il préférait ça plutôt qu'égrainer au compte-gouttes les nouvelles qui fâchent.

— Tu as vu la taille de la maison ? Reconnais que si elle restait dans l'aile, on serait chacun chez soi. On ne peut pas lui demander de déménager, alors qu'on a tellement de place. Et puis elle pourra t'aider avec les enfants.

— Et bien sûr, je ne peux rien dire parce que sinon j'apparaîtrais comme un monstre. J'espère au moins que ce n'est pas la vraie raison qui te pousse à vouloir habiter ici.

Dans ses bras, le nourrisson qui s'était tu redonna de la voix. Christiane prit sur elle pour se calmer afin de ne pas l'énerver davantage. Elle faisait les cent pas dans la galerie du premier d'où l'on dominait le hall au sol en damier.

— Mais qu'est-ce que tu vas chercher là ? répliqua Robert, profitant d'une accalmie dans les cris de son troisième fils. Je ne lui en ai même pas parlé. Je voulais qu'on voie ça ensemble avant. Pour qui me prends-tu ?

Elle eut un petit rire nerveux.

— Oh, mais pour un fils parfait qui ferait tout pour sa mère. Tu sais, Robert, parfois je me demande pendant combien d'années je vais devoir payer pour t'avoir fait renoncer à l'Afrique.

— Tu es un ange ! s'exclama-t-il en l'enlaçant sur le seuil de leur future chambre.

N'évoquer que l'Afrique, c'était oublier le mensonge qu'elle avait entretenu jusqu'au dernier moment sur sa véritable identité, cette trahison bien plus grave aux yeux de Robert que le fait de s'être opposée à son rêve de vie sous les tropiques. Mais il n'était pas du genre à remuer le couteau dans cette plaie qui resterait à vif pour Christiane tout au long de sa vie.

— Regarde, poursuivit-il en lui désignant la pièce aux portes-fenêtres donnant sur la terrasse, on ne sera pas bien ici ? Quant à Maman, rassure-toi, elle sera discrète.

— Ah, n'en rajoute pas, je t'en prie ! Tu nous laisseras nous arranger toutes les deux ! Surtout ne va pas t'en mêler. Et puisque tu tiens tant à t'installer ici, je ne toucherai à rien, pas un objet ! À partir d'aujourd'hui, je me considère chez toi et uniquement chez toi, alors ne compte pas sur moi pour m'occuper de la décoration !

— Tu feras exactement ce que tu voudras.

— Tu sais très bien ce que je pense de cet héritage. Si ça n'avait tenu qu'à moi, je l'aurais refusé. Ce n'est pas de l'argent honnêtement gagné, on se l'est suffisamment dit, et maintenant il faudrait l'accepter comme si c'était normal.

Robert souriait. Il adorait la voir s'emporter et savait quand il était inutile d'argumenter. Elle possédait une droiture bien à elle, et c'était une des raisons pour lesquelles il l'aimait. Mais lui voyait les choses différemment et n'avait aucun scrupule à accepter ce cadeau.

— Et si tu veux garder tout ce bazar, tous ces meubles sortis d'on ne sait où, alors ça restera comme ça ! À part ma chambre, je ne toucherai à rien ! Et d'ailleurs, si quelqu'un vient réclamer ces meubles, sache que je les donnerai sans même poser de questions.

— Eh bien, figure-toi que je ne t'en empêcherai pas, même si moi je poserai sans doute quelques questions.

Et c'est ainsi que la famille, toutes générations confondues, emménagea dans le vaste hôtel particulier.

D'une nature vive, Christiane avait une propension à monter rapidement dans les tours, mais derrière ces emportements, la plupart du temps elle se laissait finalement guider par sa bonté. Robert ne prenait pas de risque inconsidéré en lui proposant d'accueillir sa belle-mère. Elle pourrait lui en vouloir un certain temps, mais au fond elles s'entendraient.

Jusqu'à la fin de sa vie en revanche, puisqu'elle ne devait quitter cette maison qu'à sa mort (et elle était loin de se douter qu'elle allait y passer les soixante prochaines années), elle se tint à sa première déclaration et, à part sa chambre, elle ne toucha à aucun objet, aucun tableau. Elle n'eut pas en revanche à tenir sa promesse, puisque personne ne vint réclamer le moindre élément de ce mobilier trop clinquant. Les précédents propriétaires étaient morts ou exilés, ou bien il ne leur était pas venu à l'esprit l'idée de réclamer des meubles qu'ils avaient, même dans les pires conditions, vendus de leur proche chef.

Toutes les pièces de réception du rez-de-chaussée restèrent en l'état, figées après la disparition brutale des précédents occupants. Comme si la famille avait emménagé dans un sanctuaire dédié à la mémoire de Simone et Lucien Lamballe auquel il ne fallait surtout rien changer. En fait de sanctuaire, le mot ne vaut que parce qu'on ne toucha à rien. Mais cette concentration de meubles précieux ou anciens n'empêcha pas non plus une famille de cinq enfants d'y mener la vie nécessairement turbulente d'une telle fratrie.

Une demeure assez grande pour accueillir tout le monde, voilà ce que représentait aux yeux de Robert la Louisiane, où sa mère aurait son coin à elle, où elle pourrait écouter ses opéras sans importuner quiconque, où chacun pourrait être chez soi sans déranger les autres, où la table serait en permanence ouverte. Après la guerre, voilà le rêve que Robert avait entrevu en parcourant l'enfilade de pièces : un endroit propice à la vie où chacun pourrait librement s'épanouir. Il ne s'agissait pas de folie des grandeurs ou de vanité mal placée, encore moins de revanche, même si cette idée avait pu lui traverser l'esprit. Il s'agissait d'organiser autour de lui une sorte de havre pour sa famille et ses proches.

Et c'est aussi ce que Christiane dut comprendre lors de cette visite un peu précipitée qui lui fit renoncer à sa maison bourgeoise pour une bâtisse beaucoup plus lourde et accepter la cohabitation avec sa belle-mère qui risquait de ne pas être de tout repos. Robert avait besoin d'elle pour donner vie à ce rêve. Et si elle ignora ce mobilier que par superstition elle se refusait à éparpiller, elle s'acquitta pendant toute notre enfance à merveille de ce rôle d'âme de la maison. De cette étrange maison dont l'occupation n'avait rien d'anodin.

Ce n'est qu'à l'adolescence, après toute mon enfance passée à la Louisiane, que j'ai commencé à prêter attention aux voix des fantômes. Affaiblis, mais pas éteints, cela faisait des années que par des murmures indistincts ils tentaient de faire sentir leur présence, comme autant d'ultimes échos de ce qui fut et cherche encore à exister. Les fantômes matérialisés par tous ces meubles, auxquels pendant des années je n'ai accordé aucune importance, parce que j'étais né avec, que j'avais grandi parmi eux et que leur présence m'avait toujours paru aller de soi. En toute logique, je ne m'étais jamais posé aucune question concernant ce mobilier si familier, jusqu'au jour où je trouvai dans un secrétaire que je venais de m'approprier un document qui allait m'ouvrir les yeux sur leur provenance.

C'était l'année de mes quinze ans, à l'occasion desquels j'avais demandé que ce meuble intègre ma chambre, en remplacement de la planche qui me servait de bureau. Mes parents n'y voyant pas d'inconvénient, j'héritai donc de ce secrétaire dont l'élégance correspondait davantage à mon sens de l'esthétique en plein devenir. J'en ouvris tous les tiroirs et les compartiments afin de les vider de leur contenu, modeste écume de vies inconnues, et d'en prendre possession. Après quelques pièces d'anciens francs, des boutons dépareillés, une poignée de clous et deux ou trois clefs rouillées, je tombai sur une feuille de papier jaunie pliée en quatre. Je la dépliai pour découvrir quelques lignes rédigées à l'encre bleue, d'une écriture manifestement féminine, de toute évidence celle de la jeune fille représentée sur la photo que le pliage abritait. Depuis le temps, photo et papier ont disparu (alors que le secrétaire abrite toujours mes papiers dans la maison de Provence), mais je n'oublierai jamais ce qu'en substance il contenait : *À l'occasion de mon quinzième anniversaire, ce magnifique secrétaire en bois de noyer, cadeau de mes parents en guise de récompense pour mes résultats scolaires et d'encouragement pour mes futures études de médecine, sur les traces de papa comme de son propre père. En espérant être à la hauteur de ces deux modèles.*

Ce petit mot plein de naïveté était signé par une certaine Rebecca Rosenblum et daté du mois de janvier 1939 à Colmar. Rebecca au regard intense et au sourire franc sur la photo reflétant sa confiance en l'avenir… Quinze ans en 1939, ça lui en faisait quarante-six en 1970. Cette Rebecca avait trente et un ans de plus que moi. Une vieille, à mes yeux d'adolescent. À cette heure très vraisemblablement médecin, si elle avait pu aller au bout de son ambition.

Mais très vite après ces premières déductions m'apparut l'hypothèse qu'un meuble auquel avait été accordée une telle valeur sentimentale n'aurait pas dû se trouver entre des mains étrangères... Il y avait là quelque chose d'anormal. Je doutais fort que cette Rebecca ait consenti à se séparer de ce meuble sur lequel elle avait dû potasser tous ses cours de médecine et qui logiquement aurait dû l'accompagner jusque dans son cabinet de consultation. Et dans le cas – par ailleurs improbable – où ses parents l'auraient vendu, peut-être aurait-elle pensé à retirer ce papier... On oublie rarement ce genre de chose, quand on est assez sentimental pour le produire.

Je descendis donc avec ce mot vieux de trente et un ans au rez-de-chaussée, où je trouvai ma mère à la cuisine, affairée devant la nouvelle gazinière, dernier modèle tout droit sorti de la fabrique paternelle et parvenue chez nous la veille. Un piano noir comptant deux fourneaux, cinq brûleurs et une plaque à réchauffer, sa masse compacte rehaussée par de grosses molettes et une barre cuivrées. Une merveille de simplicité, de robustesse et de précision mécanique, qui à elle seule pouvait donner l'impression d'abriter l'âme de la maison. Cette cuisinière, d'où à ce moment émanait un délicieux fumet issu d'un fait-tout sur le feu, était en tout cas un lien supplémentaire entre nos parents qui, d'une certaine façon, leur permettait de communier à distance, dès que ma mère était aux manettes.

Toujours élégante, sa chevelure au blond éclatant accrochant la lumière de la pièce, Maman m'accueillit avec ce sourire qui me manque aujourd'hui, parce qu'il me faisait sentir chaque fois que j'étais la personne dont la présence à cet instant précis lui faisait le plus plaisir.

— J'ai trouvé ce mot dans le secrétaire. Tu veux bien le lire, Maman ?

Surprise, elle prit le papier déplié que je lui tendais et le parcourut, les sourcils froncés. Son expression se rembrunit à mesure que son regard courait le long des lignes. Puis elle redressa vers moi son visage devenu grave. Elle haussa les épaules avec un air réprobateur et résigné qui m'inquiéta. Je ne pouvais imaginer que ces quelques lignes provoqueraient une telle réaction.

— Je ne te ferai pas l'injure de te cacher la vérité. Et puis il est normal que tu sois au courant, puisque tu t'y intéresses… D'autant que c'est un peu à cause de toi qu'on habite ici, ajouta-t-elle, son visage éclairé par un sourire malicieux. Puisque la mort de l'oncle correspond à ta naissance. C'est un peu comme si les deux événements étaient liés, n'est-ce pas ?

J'allais de surprise en surprise et si elle m'avait habitué à cette boutade sur ma responsabilité dans notre installation à la Louisiane, je ne voyais toujours pas où elle voulait en venir.

— Tu sais d'où viennent tous les meubles de la maison, n'est-ce pas ?

Le ton sur lequel elle posait cette question suggérait une évidence qui pourtant m'avait été cachée pendant toutes ces années. Je secouai la tête en signe d'ignorance.

— Évidemment. Ce n'est pas le genre de chose dont on se vante, dit-elle avec un mépris affiché qui m'intrigua encore plus.

Elle baissa le feu sous un fait-tout dans lequel elle préparait une de ses spécialités pour le déjeuner du lendemain où étaient conviés le Radamès et l'Aïda de l'opéra éponyme.

— C'est donc à moi que revient l'honneur de te raconter ça, soupira-t-elle. J'aurais préféré que ce soit ton père, mais bon…

Et c'est à cette occasion que j'appris enfin l'histoire de la maison, de son acquisition et de celle du mobilier. Mais pourquoi me serais-je soucié de l'origine de ce secrétaire et de tout le reste avant cet épisode ? Il s'agissait de la maison de mes parents, dans laquelle j'avais fait mes premiers pas, dont chaque meuble, chaque objet m'était familier. On se pose rarement des questions sur un quotidien qu'on pense immuable.

— Alors je ne peux pas te dire qui était cette Rebecca, poursuivit ma mère avec plus de douceur, mais tu comprends maintenant pourquoi elle a dû se séparer de son secrétaire.

Je comprenais mieux pourquoi ma mère n'accordait aucune importance à la décoration de la maison : c'était pour elle une façon de se tenir à distance et de marquer sa désapprobation.

— Quant à ton père, c'est une autre histoire, dit-elle en devançant ma question. C'est lié aux relations de ton grand-père avec son beau-frère et à sa mort en déportation.

— Comme une revanche ? risquai-je naïvement.

— Ne lui dis pas que je t'ai dit ça, dit-elle en riant. Et puis il a fait une guerre héroïque. Ils n'étaient pas nombreux. Ensuite, il a pris ce que la vie lui donnait.

Je connaissais les circonstances de la mort de mon grand-père, et l'histoire de mon oncle. Mais je ne m'attendais pas à de telles révélations en montrant ce mot à ma mère. Et voilà que, tout à coup, ce simple secrétaire à peine installé dans ma chambre symbolisait à lui seul la guerre et ses horreurs : l'invasion, l'exode, la collaboration et la Solution finale. Sans négliger la façon peu glorieuse dont, avec tous les autres meubles nous entourant, il était entré en notre possession. Ça faisait beaucoup, pour un garçon de quinze ans tout juste sonnés qui cherchait simplement à réaménager sa chambre.

Il était assez peu question de l'extermination des Juifs d'Europe pendant la guerre, en 1970. Vingt-cinq ans après la chute du III^e^ Reich, le traumatisme était trop proche et la douleur trop intense. À part quelques voix isolées, les survivants et leurs familles gardaient le silence sur cette tragédie. Les langues n'étaient pas encore déliées, la littérature sur le sujet encore rare, idem pour les films – dans mon souvenir en tout cas. L'horreur était encore trop proche pour être abordée frontalement. Chacun devait panser ses blessures à l'écart, encore hébété par cet impensable qui pourtant avait eu lieu. Et, plus sûrement, n'avait-on pas mesuré l'ampleur de la tragédie, le nombre de victimes et les différentes responsabilités, y compris parmi les autorités, allemandes mais aussi françaises.

En outre, depuis les événements de Mai 68, c'était autre chose dont il était question en France. On était plus occupé à secouer les nombreux carcans de la vieille société qu'à se pencher sur un passé qu'on aurait voulu différent. À quinze ans j'étais trop jeune, mais la « révolution » avait pointé le bout de son nez à la maison, avec Jacques, Julien et même Marie-Alice, qui à leur façon avaient profité du joyeux bordel et du vent de libération ayant soufflé sur le pays. Je les entendais parler de grèves et de chahuts étudiants, de barricades et de libération sexuelle. Découvrant tout juste et de loin, de si loin, les plaisirs encore mystérieux de cet univers interdit aux mineurs, j'étais fasciné.

Mon père, qui en avait vu d'autres et qui bataillait toujours pour faire tourner sa fabrique, tempérait ces ardeurs de jeunesse avec son autorité naturelle.

Toujours est-il qu'à peu près ignorant de la question une heure plus tôt (il ne m'était même pas apparu que Rebecca Rosenblum pût être juive), par la seule grâce de ces quelques lignes que j'avais eu la curiosité de lire plutôt que de les jeter directement, je me suis soudain senti concerné par le sort des Juifs pendant la guerre. Parce qu'elle n'avait finalement pas poursuivi ses études sur ce secrétaire, ni peut-être même eu l'opportunité de poursuivre ses études tout court, Rebecca m'avait ouvert les yeux sur la tragédie de la Shoah. La mort de mon grand-père à Buchenwald avait évidemment exacerbé ma sensibilité sur le sujet. Soudain, la question de savoir ce qu'était devenue cette jeune fille me gênait. Alors qu'en découvrant ce mot j'avais calculé son âge en essayant d'imaginer quelle spécialité elle pouvait avoir choisie, j'en étais à présent réduit à me demander si elle était toujours en vie.

Je n'y étais pour rien, mais l'idée d'avoir récupéré le secrétaire de cette lycéenne qui n'avait peut-être pas survécu à la guerre m'était désagréable. Soudain, ce meuble banal, qui avait éveillé ma convoitise par son allure respectable et le nombre de ses tiroirs, se retrouvait paré d'une aura quasi surnaturelle. Voulant en avoir le cœur net, me sentant je ne sais quelle responsabilité vis-à-vis de sa précédente propriétaire, peut-être par superstition, je décidai de lui écrire. Mon projet suscita chez ma mère une expression de surprise, aussitôt adoucie par un regard bienveillant devant une telle naïveté.

— Mais comment veux-tu la retrouver ? C'est impossible, après toutes ces années.

— Laisse-moi au moins essayer. Je n'ai rien à perdre, n'est-ce pas ?

— Eh bien toi au moins, tu as plus de sensibilité que l'oncle Lucien. Je suis fière de toi, mon chéri.

Je n'ai pas oublié le regard qu'elle m'adressa en prononçant cette phrase, un regard teinté de curiosité, d'humour et peut-être aussi d'une pointe de reconnaissance.

Malgré le blanc-seing maternel, trouver Rebecca Rosenblum sans autres indications que sa ville d'origine et le fait qu'elle était issue d'une lignée de médecins n'était pas une mince affaire. Pas d'Internet à l'époque, pas même de Minitel – pour ceux qui s'en souviennent. Et puis l'enjeu n'était pas non plus vital. Ne la trouvant pas dans l'annuaire de Colmar que j'étais allé consulter au bureau des PTT du quartier (c'est à ce genre de détails que je m'aperçois qu'on parle vraiment d'une autre époque), à tout hasard j'écrivis au premier Rosenblum figurant sur la liste.

Avec une application quasi religieuse, j'exposai dans ma lettre la situation, tout en demandant à cette personne de transmettre mon courrier à cette Rebecca, pour le cas où elle la connaîtrait. Mes coordonnées inscrites au dos de l'enveloppe timbrée, avec une certaine anxiété je glissai cette dernière dans une boîte aux lettres, ignorant si j'en obtiendrais jamais un retour. J'avais bien conscience, partant d'un lien aussi ténu, d'avoir très peu de chances d'entamer une correspondance soutenue.

Pendant plusieurs semaines je guettai le courrier, espérant chaque jour une enveloppe envoyée depuis Colmar. Mais après deux mois d'attente, je dus me résigner à l'idée que je ne recevrais sans doute jamais de réponse. D'autres mois passèrent, j'oubliai ma démarche et les rares fois où il m'arrivait d'y songer, je savais qu'il n'y avait plus rien à attendre. Je m'étais entre-temps documenté sur la Solution finale. Et même si Rebecca ne faisait pas forcément partie des victimes – sa famille et elle avaient atteint Bordeaux avant la capitulation, par conséquent peut-être avaient-ils eu le temps de quitter la France –, quand je pensais à elle, ça n'était jamais sans émotion. Parfois, je me disais qu'elle n'avait laissé ce mot et cette photo dans son secrétaire que pour que le souvenir de son existence ne disparaisse pas tout à fait. Il se trouve que j'en ai été le destinataire.

Plusieurs décennies ont passé avant que je ne me soucie à nouveau du sort de Rebecca. Peu de temps après l'ouverture de ma page Facebook en 2013, je me suis souvenu de son existence et j'ai alors essayé d'utiliser le réseau social pour retrouver sa trace. Née en 1924, elle avait quatre-vingt-neuf ans, pour peu qu'elle ait survécu à la guerre et aux années. À mes heures perdues, je me suis mis à pister les Rosenblum inscrits sur Facebook, en France comme à l'étranger, espérant, tel un pêcheur ayant lancé plusieurs hameçons, au moins une touche. J'en obtins plusieurs, mais aucune, ni de près ni de loin, décisive. Aujourd'hui, j'attends toujours, conscient que plus le temps passe moins j'ai de chances de la retrouver elle, mais peut-être un de ses enfants ou petits-enfants qui me racontera que Rebecca a fait médecine aux États-Unis où elle a exercé toute sa vie tout en élevant ses enfants eux aussi devenus médecins. En souvenir de cette découverte faite à quinze ans, alors que je n'avais pas encore envisagé de faire médecine, une infime part de moi garde espoir.

C'est à partir de l'épisode Rebecca que j'ai considéré l'ensemble de nos meubles avec un regard neuf, un regard nimbé de ce respect – ou de cette appréhension – adressé à tout lieu ou objet que l'on sait « habité » ou « chargé ».

Je comprenais enfin qu'en emménageant à la Louisiane, nous nous étions installés dans une maison déjà pleine d'occupants. Des occupants silencieux et peu gênants, avec qui la cohabitation était facile, dont certains d'entre nous ne soupçonnèrent jamais l'existence, mais dont on pouvait sentir la pesanteur diffuse quand on se retrouvait seul dans une pièce après que tous les bruits habituels s'étaient éteints.

Autant de silhouettes invisibles assises dans les fauteuils quand tombait la nuit. Tous ces convives à table avec nous qui nous observaient manger dans leur vaisselle, sous l'éclairage dispensé par leurs lustres, leurs lampes et leurs appliques. Et ces pendules et ces cartels que mon père remontait pour mesurer un temps que nous ignorions à deux vitesses, celle des vivants et celle, beaucoup plus lente, des disparus.

Grandir à la Louisiane m'avait inculqué l'attention et le respect dus à ceux qui nous ont précédés, et ainsi prédisposé à revenir sur cette histoire. À ces fantômes inconnus de mon enfance, en tête desquels figurait Rebecca, la seule que j'eus l'opportunité de nommer, se sont depuis ajoutés de nouveaux, beaucoup plus proches.

— Ne le prends pas mal, mais tu ne seras jamais un bon médecin.

Désarçonné par une entrée en matière aussi abrupte, je déglutis puis pris sur moi pour n'en rien montrer, attendant la suite avec anxiété. Unanimement respecté, le chef du service d'urologie du CHU de Bordeaux où j'effectuais un stage n'était pas réputé pour sa proximité avec ses externes. Après cette affirmation, l'honneur qu'il me faisait en m'accordant ce tête-à-tête paraissait à double tranchant. Il m'avait convoqué le matin même, après m'avoir surpris en train de prendre le café avec une de mes patientes.

C'est sa voix qu'en premier j'avais perçue, à l'instant où dans mon dos s'ouvrait la porte. Suivi tel un monarque par tout son staff, il était apparu dans la chambre, écrasant d'autorité. Balbutiant je ne sais quelles justifications comme un enfant pris la main dans le pot de confiture, mon croissant dans une main et ma tasse dans l'autre, je m'étais redressé, mais son expression commandait le mutisme le plus servile. Je me souviens encore d'avoir perçu un étonnement réjoui chez mes camarades et m'être liquéfié sous le regard de froide curiosité du professeur.

Le sourire désolé de ma patiente ne pouvait m'être d'aucun réconfort, hélas. Une femme très chic, très cultivée, énorme parce qu'elle faisait de la rétention d'eau, avec qui j'avais sympathisé au point de passer une demi-heure en sa compagnie chaque matin. Vraisemblablement par relation de cause à effet, elle avait perdu plus de 20 kg en à peine plus d'un mois. Mais en dépit de ce résultat inespéré, le chef de service ne voyait pas mon comportement d'un œil favorable. Il avait fait refluer son équipe dans le couloir pour que ce qu'il avait à me dire reste entre nous :

— Nous reviendrons vous voir, madame. Quant à toi, à midi dans mon bureau. En attendant, tu finis ton croissant et tu nous rejoins pour le reste de la visite. On réglera ce problème.

Il était ressorti aussi sec, me laissant balancer entre gêne et mortification, appréhendant déjà cette entrevue et n'ayant plus du tout envie de terminer mon croissant. Évidemment, les dossiers de mes autres patients étaient mal tenus et j'avais tout à perdre… La visite passée, nous en étions donc là de part et d'autre de son bureau, lui me regardant avec une certaine curiosité, moi dans mes petits souliers, quand il reprit sur un ton pédagogique qui me rassura :

— Ça ne veut pas dire que tu ne pourras pas être un très bon médecin, mais un mauvais praticien certainement. Je vais t'expliquer pourquoi.

Je respirai, aussi soulagé que si je venais d'éviter le couperet de ce bon docteur Guillotin.

— Tu ne peux pas faire ce que tu fais. Pour cette femme, c'est fabuleux, je me suis renseigné. Mais le temps que tu passes avec elle, c'est au détriment des autres. Ça veut dire que sur vingt patients, il n'y en a qu'un seul auquel tu t'intéresses. En médecine, c'est impossible. Si tu t'orientes dans cette voie, tu seras malheureux et tes patients mal soignés. Donc, tu fais ce que tu veux, mais tu ne t'installes pas, tu ne mets pas ta plaque et tu ne consultes pas. Surtout pas de patientèle.

Catégorique, cette sortie m'impressionnait d'autant plus qu'elle était parfaitement justifiée. J'avais beau me forcer, même si je ne voulais pas me l'avouer, j'étais incapable de niveler mon temps et mon intérêt de la même façon pour tous. Et j'aurais beau essayer de me corriger, de contrer ma nature pour accorder le même intérêt à tous mes patients, lors des nombreux remplacements que j'effectuerais en médecine générale, je serais à nouveau obligé de constater que sur trente personnes, il y en aurait cinq à qui je consacrerais vingt minutes, tandis que j'expédierais les autres. Inutile de me mentir, j'étais incapable de la même empathie pour tout le monde et je ne savais pas faire semblant. Impossible dans ces conditions de prétendre se consacrer aux autres… Mais j'étais encore beaucoup trop jeune pour l'admettre.

Sous ses airs de grand ponte hermétique à ce qui ne concernait pas sa spécialité, ses patients, ses cas, ses recherches, le professeur faisait là preuve d'un formidable sens de l'observation doublé d'une psychologie très aiguisée. Derrière le spécialiste se cachait un fin analyste de la nature humaine, ce qui dans un monde idéal devrait être le cas de tout médecin.

Malgré la justesse du point de vue, ça n'était pas une vérité qu'un jeune externe rêve d'entendre. L'accepter nécessite une hauteur de vue indissociable de l'expérience. Je n'avais pas encore choisi ma spécialité, mais c'était secondaire dans mon esprit, m'étant jusqu'alors contenté de procéder par élimination : exposant à la souffrance et à la mort des enfants, la pédiatrie m'était apparue insupportable; m'imposant un transfert impossible à effectuer, la psychiatrie était à éviter; avec ma très grande maladresse, la chirurgie m'aurait valu une kyrielle de procès... Et voilà qu'un éminent professeur me déconseillait l'une des voies les plus naturelles, et sans doute la plus noble, celle de la relation avec le patient et du secours que tout médecin est censé lui apporter.

Cette analyse remettait en question les efforts que j'avais fournis pour parvenir à ce niveau, comme les perspectives qui s'offraient à moi. M'étais-je bien orienté, en choisissant médecine sans réelle vocation? Soudain, face à ce professeur qui n'avait pas de temps à perdre et ne me devait rien, tout s'embrouillait. Déjà je voyais vaciller l'édifice que je tentais de bâtir avec ces études. Même si ce n'était pas ce que je voulais entendre, je savais devoir l'écouter avec la plus grande attention. Mais où voulait-il en venir ?

— Il y a plein d'autres voies, poursuivit-il plus rassurant, la médecine d'investigation, l'imagerie médicale... Je suis sûr que tu vas trouver.

D'autres voies auxquelles je n'avais jamais songé et qui ne m'inspiraient rien... Malgré l'émotion, je m'efforçai de garder la tête froide. Je ne devais surtout pas réagir à chaud, ce qu'il ne me demandait d'ailleurs pas.

— Mais ne considère pas ça comme un drame. Et tu as encore le temps, acheva-t-il en se levant pour m'indiquer que l'entretien était terminé.

Malgré le sérieux de la situation, je ne pus retenir un sourire : en règle générale, l'individu aspire à la stabilité, au point de nourrir une profonde méfiance pour tout changement. Or je me trouvais manifestement au cœur d'une période de bouleversements, sur tous les plans.

Quelques mois plus tôt, en septembre, alors que je n'avais jamais éprouvé la moindre attirance pour un garçon, j'avais vécu mes premiers émois homosexuels, émois qui s'étaient entre-temps transformés en expérience. Avec un Allemand, décidément, rencontré à la Alt Pinakothek de Munich. Bernd aurait dû rejoindre les souvenirs de vacances, silhouette parmi d'autres s'estompant dans ma mémoire jusqu'à disparaître. Sauf qu'à peine l'avais-je quitté, pour rentrer à Bordeaux, j'étais bien forcé de le constater : contre toute attente, il me manquait terriblement. Et, sans y réfléchir davantage parce que la situation me paraissait étrangement naturelle, je maudissais ce train de nuit qui m'éloignait inexorablement de lui.

Train de nuit filant vers l'ouest, le plus loin possible de l'Allemagne, comme celui que mon grand-père Alphonse avait dû rêver d'emprunter, tandis qu'il voyait ses forces et sa vie lui échapper derrière les barbelés... Pierre dormant à côté de moi, exposé à l'air nocturne de cette fin d'été s'engouffrant dans le compartiment par la fenêtre ouverte, le paysage enténébré rehaussé par quelques lueurs inconnues, je songeais à ce parallèle étrange : moi regrettant déjà l'Allemagne à bord de ce train confortable, avec ses banquettes en simili cuir, alors qu'Alphonse en 1944 aurait tout donné pour quelques centimètres carrés dans un wagon à bestiaux l'arrachant à son enfer. Était-ce injuste ? Méritai-je d'être à cette place ? Pourquoi lui se mourant là-bas sans possibilité de fuite ? Pourquoi moi uniquement occupé par cette attirance nouvelle que la rentrée universitaire contrariait ? À quoi tout cela tenait-il ? Sa déveine absolue. Ma chance insolente d'enfant de la bourgeoisie triomphante. Chacun d'entre nous ballotté par les lames de fond de l'Histoire. Occupation et champ de ruines pour Alphonse le réduisant à la survie, Trente Glorieuses et révolution sexuelle pour moi qui n'avais que l'embarras du choix. La force du destin. Vaines questions sans réponses dont, je dois bien l'avouer, le sentiment de manque me détournait bien vite.

À peine de retour à Bordeaux, j'avais cherché à contacter Bernd, dont je me sentais si proche. Pas de portable, pas d'Internet, pas même encore de répondeur sur lequel laisser un message… C'était plus compliqué à l'époque de communiquer d'un pays à l'autre. Il fallait se donner des rendez-vous à heure fixe à laquelle on restait à proximité du téléphone en guettant sa sonnerie, le cœur anxieux. Mais chaque fois que nous parvenions à nous parler, le plaisir était d'autant plus intense. Et chacune de ces conversations toujours trop courtes nous confirmait l'évidence de notre complicité. Magie enfuie de ces communications que la rareté rendait si précieuses. Ce qu'on a gagné en immédiateté, on l'a perdu en plaisir de l'attente, intrinsèquement lié à l'incertitude.

Jusqu'au jour où Bernd m'avait annoncé que deux ou trois mois plus tard, il entamait un cursus d'un semestre à l'université de Bordeaux, suggérant par la même occasion de venir habiter chez moi. Cette joie qui m'avait alors envahi à la perspective de le retrouver. Évidemment que j'allais l'accueillir. Et cette année qui s'enlisait dans la routine d'études que je maîtrisais sans difficulté bénéficiait soudain d'un tout autre éclairage ! Le téléphone tout juste raccroché, je trouvais déjà infini le temps me séparant de son arrivée.

Au grand dam de Maman qui aurait voulu me garder à la Louisiane parce que Marie-Alice, Jacques et Julien y avaient déjà créé un vide en s'envolant, cela faisait des années que je m'étais installé ailleurs. Mais elle avait mis un veto à ma demande de lave-linge. Il ne fallait surtout pas s'opposer à elle dans ces cas-là. Mon départ avait provoqué un tel drame…

— Vous vous êtes arrangés dans mon dos avec ton cher père, mais je t'interdis d'avoir un lave-linge. Conception et Louise nous coûtent assez cher et elles auront tout le temps de repasser tes chemises. Je veux que tu m'apportes ton linge !

Elle avait tellement raison. Garder le lien, tous les liens possibles, le plus longtemps possible, parce que c'est inéluctable, un jour il sera trop tard. Et au-delà de cette banale histoire de linge sale, toujours ce besoin irrépressible de se rendre utile, indispensable même, quitte à en faire parfois vraiment beaucoup… J'ignorais alors quelle faille elle cherchait à combler.

Après un premier studio que j'avais occupé pendant deux ans, j'habitais un très joli rez-de-chaussée avec deux chambres donnant sur un jardin, dans un ancien couvent bâti au XVIIIe siècle, depuis peu converti et réaménagé en logements. Comme mon précédent appartement, j'en payais moi-même le loyer grâce au salaire que me rapportaient mes différents postes au centre de transfusion sanguine. Je n'avais donc de comptes à rendre à personne et, à part l'absence de machine à laver (qui permettait à Maman certaines intrusions dans ma vie), rien ne s'opposait à la venue de Bernd chez moi.

Le jour de cette leçon prodiguée par le professeur d'urologie, cela faisait donc plusieurs mois déjà que Bernd étudiait le français à Bordeaux et que lui et moi filions le parfait amour, précisément depuis cette fin d'après-midi de janvier où j'étais allé le chercher à la gare avec la R5 orange que, fidèle à sa parole, mon père m'avait offerte.

Au cours de la semaine précédant cette mise au point quelque peu émouvante, j'avais eu droit à une autre scène tout aussi… remuante, de la part de ma mère, jamais en reste quand il s'agissait de ses fils. D'où mon sourire face à cette répétition des situations qui semblait dessiner une période de remise en question. D'un naturel optimiste et arriviste (je m'étais parfaitement fondu dans le moule imposé des jésuites), j'étais ouvert à tout et prêt à tout.

Maman m'avait convié au restaurant. Comme ça n'était jamais arrivé, je m'étais rendu à son invitation – convocation serait plus juste – avec circonspection. Elle avait choisi un restaurant de poisson à Arcachon, si bien que j'avais dû la conduire en voiture depuis Bordeaux et, pendant les trois quarts d'heure que durait le trajet, j'avais pu profiter de sa conversation primesautière, sans savoir à quoi m'en tenir. Terrible intrigante qui jouissait de ma curiosité impatiente. Je la revois, vêtue d'un de ses tailleurs Chanel, la mise en plis impeccable (Maman a toujours fait un usage immodéré de la laque Elnett), les ongles faits, parfumée de son immuable Shalimar de Guerlain, d'une élégance que n'aurait pas reniée la reine d'Angleterre, mettant tous les jours de l'année un point d'honneur à être irréprochable, quel que fût son programme. L'arrivée au restaurant ne sonna pas la fin du suspens. Comme à son habitude, elle étudia la carte avec un œil gourmand, pour choisir une douzaine d'huîtres, une baudroie à l'armoricaine et la fameuse sole à la plancha, choix par lesquels je me laissai guider, ayant hérité de son appétit.

Le plateau de fines de claire fut pour elle l'occasion de parler de Marie-Alice, contre qui elle devait nourrir quelques menus griefs dont j'ai depuis oublié la teneur.

— À propos de Jacques… poursuivit-elle devant la baudroie.

Et de stigmatiser, avec sa lucidité sans concession, le côté rêveur de mon frère aîné, engagé dans le sillage difficile à suivre de Papa, Jacques le séducteur, amateur de cantatrices et de corrida, peu armé pour le monde matérialiste qui se profilait…

— En ce qui concerne Julien… enchaîna-t-elle en entamant sa sole.

Je me demandais où elle voulait en venir, quand viendrait mon tour et à quelle sauce j'allais être mangé, condamné à écouter sa sortie sur Julien hostile à tout esprit de système, anarchiste et réactionnaire, par conviction autant que par goût de la provocation, Julien qui ne voulait s'intégrer nulle part mais qui se débrouillerait toujours…

— À propos de Pierre… dit-elle, plus indulgente devant son saint-honoré, son dernier enfant, le seul à être encore auprès d'elle, sur qui elle ne s'était guère étendue en raison de son jeune âge et de sa tendresse pour lui…

Tout ça était très joli et illustrait parfaitement le regard critique de Maman qui ne nous en aimait que mieux, mais ça n'était que le hors-d'œuvre. C'était moi qu'elle avait convié, et à mesure qu'elle dégustait son dessert, terminant goulûment son assiette, je pouvais sentir l'étau se resserrer.

— Et puis il y a toi, avait-elle repris sur un ton dramatique une fois le café sur la table, après avoir entretenu le suspens à la manière d'une conteuse professionnelle.

Nous y étions enfin. Et à ce moment, je réalisai qu'en vraie passionnée de corrida, elle venait d'agir à la manière d'un torero qui, dès l'entrée du taureau dans l'arène, entame avec lui un jeu parfaitement réglé à l'avance, conduisant l'animal là où il l'entend, le distrayant, le fatiguant, lui montrant par ses passes l'étendue de sa science, avant de lui porter l'estocade finale, stade que nous venions d'atteindre. Une autre image m'était venue à l'esprit, celle des marches que progressivement, sans se presser, elle m'avait fait gravir, jusqu'à l'échafaud. Nous y étions.

— Ce n'est pas trop tôt, avais-je alors glissé pour ne pas demeurer en reste, amusé par le procédé tout en me demandant ce qu'elle m'avait réservé.

— Mais parfaitement. Toi. Si tu crois que je ne suis pas au courant !

— Au courant de quoi ?

— La semaine dernière, en te rapportant ton linge repassé par Conception, j'ai poussé les volets et là, j'ai vu… trois pieds dépasser du drap dans ton lit, acheva-t-elle, presque triomphale après un instant de silence pour ménager encore le suspens et faire durer le plaisir.

Dans ces « trois pieds », tout le caractère de Maman se trouvait résumé : à la fois précis et sans doute faux. À ce moment, tandis que ses yeux bleu acier me transperçaient, ne m'autorisant aucune esquive ou échappatoire, pris d'un vertige intérieur, je sentis à la fois mon sang se glacer et ma respiration se bloquer. C'était donc ça. Si je n'avais pas vécu jusqu'alors avec la paranoïa d'être démasqué, je n'avais pas non plus envisagé une seconde parler de mon histoire avec Bernd à mes parents. Je dormais en effet souvent la fenêtre ouverte. Et avec son habitude de passer à l'improviste, Maman avait très bien pu nous voir, Bernd et moi. Sur le coup, peut-être choquée, elle avait préféré faire marche arrière et ne pas se montrer. Ce dont, a posteriori, je lui étais vivement reconnaissant. Elle se rattrapait…

— Alors ne me raconte pas d'histoires, je sais tout. C'est un Allemand, et Dieu sait s'ils sont aussi barbares que propres.

Je réprimai le sourire que provoqua cette résurgence de ses origines alsaciennes.

— Il y a deux chambres chez toi et tu ne m'as jamais apporté les draps de l'autre lit. J'en ai donc tiré les conclusions qui s'imposent.

— Eh bien, je vois que je ne peux rien te cacher, avais-je alors risqué, enhardi par son ton qui ne dévoilait ni colère ni reproche.

— Laisse-moi finir, coupa-t-elle, impérieuse. Je te connais très bien, et tu le sais. Depuis ta naissance, je t'observe. Tout ça n'est qu'une passade, et rien d'autre. Tu fais ça uniquement pour choquer tout le monde et parce qu'étant le plus snob de la famille, tu ne veux rien faire comme les autres. Mais tu verras, ça te passera.

À cet instant, je n'étais pas loin de penser comme elle. Surtout, je n'allais pas commencer à argumenter avec elle sur ce sujet. Cette petite explication était pour elle une façon de me dire qu'elle n'était pas dupe, manière aussi de conserver le lien, de ne pas s'éloigner à cause de non-dits ou de secrets, ce dont elle-même avait trop souffert et souffrait encore. Me parler avec autant de liberté de cette histoire lui avait permis de dédramatiser et d'accorder à la chose une certaine normalité, voire de la faire passer pour une extravagance passagère. Quant à sa certitude que je reviendrais « à l'écurie », elle était liée à une permissivité assez répandue au cours des années 1970, dans une certaine bourgeoisie un peu décadente en tout cas, qui faisait que ce genre d'aventures homosexuelles étaient assez courantes et simplement considérées comme de la provocation, une manière d'être branché, de « toucher aux deux » ou encore de rompre l'ennui. Un moyen d'excitation comme un autre.

Comme une de nos cousines éloignées, mère de cinq enfants, ravissante violoniste à l'Opéra de Bordeaux, qui avait accordé tous les vendredis à son mari dentiste afin qu'il puisse passer la nuit avec son amant, lui-même père de deux enfants. Sur la plage du Cap Ferret, ces deux familles avaient pris l'habitude de prendre trois parasols : un pour les mères, un pour les pères et le troisième pour les enfants... Alors que je m'en étais étonné auprès d'elle au cours d'un dîner, me prenant le bras, le plus sérieusement du monde elle m'avait dit :

— Philippe chéri, mon mari est le meilleur mari du monde : il m'a fait cinq fois l'amour, nous avons cinq enfants. Que demander de plus ?

Surtout, que répondre à une telle provocation qui correspondait si bien à ce mépris des convenances et à ce goût pour le mélange des genres en vogue à l'époque ? Très certainement un des effets de Mai 68 et du *Summer of Love* américain, on ne se formalisait pas de grand-chose. Même si la cause homosexuelle a beaucoup progressé depuis, effet de la prospérité, la société était moins crispée qu'elle ne l'est.

Pour un temps, les faits donnèrent raison à Maman, puisque après le départ de Bernd pour l'Allemagne, je devais retourner à mes premières amours, entremêlées de petites échappées masculines avec des partenaires bien sûr hétéros comme moi, ce qui nous permettait de ne pas nous considérer comme homosexuels, puisque aucun d'entre nous ne l'était…

« Dans la vie, il y a les poires et ceux qui les mangent », comme nous l'avait affirmé un père jésuite lors d'une rentrée des classes en primaire à Bordeaux. L'un des principaux enseignements que j'ai retenu de cette scolarité que je n'avais pas attendu longtemps pour mettre en pratique.

Jacques par monts et par vaux pour le compte de son employeur, Julien installé à Paris où il avait amorcé son commerce de Militaria, moi happé par mes études et mes gardes de nuit, seul Pierre était encore à domicile. À cette époque déjà, les repas de famille se limitaient à Noël et aux anniversaires des deux parents, les années fastes.

Maman se réjouissait particulièrement de celui-ci, après la mort de sa mère quelques semaines plus tôt. Mamie Non dont la disparition représentait une perte immense pour elle… Une fois veuve, en 1958, soit près de vingt ans plus tôt, elle avait quitté Nantes pour venir s'installer à côté de sa fille et Maman l'avait entourée de façon quasi quotidienne, la soutenant moralement comme elle l'avait fait pendant l'Occupation, se rendant par mille attentions indispensable, seule position lui permettant d'oublier ses démons, et même de s'épanouir.

Après les funérailles, terrassée par le chagrin, elle n'avait pas su où donner de la tête entre toutes ces personnes qu'il avait fallu accueillir, et ce déjeuner devait dans son esprit être l'occasion des grandes retrouvailles. Oubliés les rivalités entre frères, les inévitables dissensions, l'incapacité de Jacques à se fixer sur le plan sentimental, les provocations de Julien, les interrogations concernant ma vie privée… Le temps d'un repas, elle allait se retrouver comme à l'époque bénie de notre enfance, entourée par ses fils sur qui elle régnait sans partage, si on excluait notre père nécessairement plus distant.

Comme toujours avec Maman, l'amour et l'affection qu'elle nous vouait passaient par la cuisine, son mode d'expression le plus pur que ne déformaient ni son humour souvent percutant ni son extrême sensibilité. Sans le filtre des mots qui peuvent être mal interprétés, Maman se révélait dans ses recettes préparées à notre intention. Il y avait notamment des ris de veau dont Jacques raffolait, une salade composée de crevettes, d'avocat, de pamplemousse, d'amandes et de baies pour me faire plaisir, un pot-au-feu pour Julien « qui ne devait pas se nourrir correctement à Paris », des fromages venus du meilleur fournisseur de la ville, ainsi qu'une forêt-noire pour Pierre…

S'asseoir à sa table, c'était l'assurance de manger comme chez un grand chef, une de ces cuisines bourgeoises à laquelle elle apportait sa touche. Les pénuries des années d'Occupation l'avaient tant marquée que chaque repas pouvait être envisagé comme une revanche sur cette période noire. Là aussi se retrouvait son obsession d'être aimée et, l'air de rien, elle guettait nos réactions après nos premières bouchées.

Sa gourmandise résumait et symbolisait si bien celle qu'elle avait pour la vie, qu'au dernier moment, souhaitant la laisser emporter une trace matérielle de son passage sur terre, j'ai glissé dans une poche du tailleur dont on l'avait revêtue le menu du dernier Noël, que nous passions traditionnellement ensemble, au restaurant La Tupina en compagnie de Jacques et Klavs.

Quant aux vins, elle avait exigé le meilleur de la cave paternelle. Docile, dans ces cas-là, notre père obtempérait, très heureux de partager ses trésors avec nous. Rien n'était assez bon pour ses chers fils.

Suite à la mort de sa mère, Maman devait se rendre dans la matinée précédant ce repas chez le notaire, afin de prendre connaissance du testament. Les deux rendez-vous s'étaient télescopés sans qu'elle y puisse rien changer et, tandis que nous attendions son retour dans le salon, nous l'avions vue débarquer complètement bouleversée.

Au premier regard, il était évident que quelque chose n'allait pas. En temps normal, elle se serait réjouie de nous retrouver tous ensemble et aurait serré chacun d'entre nous dans ses bras, avant de le contempler, les yeux embués. Au lieu de ça, elle fit à peine attention à nous, puis disparut dans la cuisine. Par réflexe, je notai l'expression contrariée de Papa. Il connaissait la sensibilité de sa femme et savait les secousses que pouvait provoquer la lecture d'un testament. C'était en l'occurrence compliqué à cause de l'histoire de Maman et le mystère qui planait sur ses origines. Dans son secret, mensonge et vérité avaient fini par se confondre et toute confrontation avec la réalité ne pouvait qu'être douloureuse. Conjectures auxquelles nous étions réduits…

Dans la cuisine, je la trouvai face à la gazinière, s'agitant sans méthode. Conception s'occupait d'autres préparatifs de dernière minute. Même si elle travaillait pour nous depuis vingt ans et faisait presque partie de la famille, Maman était trop pudique pour s'épancher devant elle. En tout cas sur un sujet aussi grave. Les confidences viendraient peut-être, dans un second temps. Mais ce qui d'habitude se faisait dans la joie donnait lieu à des gestes automatiques et saccadés, sans grâce. Ses épaules me parurent affaissées, ratatinées sous le poids d'un chagrin, d'une déception trop lourde dont j'ignorais à peu près tout.

Je m'avançai et, sans qu'elle m'ait entendu approcher, incertain de sa réaction, je posai ma main sur son épaule droite dont la tension et le tressaillement me tétanisèrent. Elle se retourna vers moi pour m'adresser un sourire de détresse.

— Qu'est-ce qui s'est passé? lui demandai-je discrètement.

J'eus à cet instant la vision d'elle dans cette même cuisine, face à moi lorsqu'elle avait refusé de m'expliquer, au moment de signer mon formulaire d'inscription au brevet, pourquoi son nom de jeune fille n'était pas celui de mon grand-père. « Des histoires d'adultes », m'avait-elle alors dit pour justifier son silence. Des années plus tard, le temps de l'explication était venu.

— Rien, chéri, rien.

— Maman! Arrête. On dirait que tu as perdu toute ta famille.

— C'est prêt. Tu peux leur dire de passer à table, me dit-elle d'une voix altérée.

C'est dans la salle à manger au mobilier « retour d'Égypte » avec les chaises et les dessertes aux pieds griffus, dès l'entrée de ce déjeuner qui aurait dû être une fête, que nous eûmes droit au récit de ce qui s'était passé chez le notaire. Parler la soulagea, s'épancher lui permit de se calmer. Même si ça revenait à se mettre à nu face à nous, à lever une partie du voile sur le mystère qu'elle avait toujours entretenu.

— Mes frères m'ont traitée comme une parfaite étrangère. Ils m'ont traitée comme une moins que rien ! Jamais personne ne m'a humiliée comme ça, explosa-t-elle avant d'entrer dans les détails.

À la mort de Georges Roland, c'est sa femme, notre grand-mère, qui avait récupéré tous ses biens. Par conséquent, ses enfants n'avaient pas encore hérité et la mort de Mamie Non devait être l'occasion pour eux de recevoir d'un coup l'héritage de leur mère et celui de leur père dont les patrimoines étaient distincts.

Dans son étude, face à Maman et ses demi-frères, le notaire avait commencé par la succession de leur mère, qui pour l'essentiel possédait une maison, dont logiquement Maman avait eu droit à un tiers. Mais une fois cette question réglée, au moment d'aborder la succession de leur père, l'officier ministériel s'était tourné vers Maman lui disant (son émotion au moment de nous le répéter était assez forte pour que je m'en souvienne) : « Madame, je vais maintenant vous demander de nous laisser, la suite ne vous concerne pas. »

Et, après un premier réflexe de stupeur puis un regard vers ses frères, elle ne reçut en retour qu'un regard somme toute heureux de demi-frères envers leur demi-sœur. Maman, sous le choc, avait consenti à se lever et quitter la pièce et l'étude.

Elle en était ressortie hors d'elle, mais surtout profondément meurtrie. La blessure n'était pas financière, mais sentimentale, intime, ce qui était bien pire. Lorsque quelques années plus tôt, M. Malmont, celui qui l'avait reconnue, lui avait écrit dans l'espoir de la revoir quarante-cinq ans plus tard, alors qu'il se savait condamné par la maladie, Maman avait catégoriquement refusé et coupé court à toute perspective d'un héritage qui lui serait revenu de droit.

Elle n'a jamais été quelqu'un d'intéressé, mais dans son esprit, Georges Roland était son vrai père, celui qui comptait, celui qui l'avait recueillie, qui s'était occupée d'elle et l'avait aimée. Par conséquent, même si légalement elle n'avait droit à rien, après tout ce qu'elle avait fait pour ses demi-frères pendant la guerre et après tout le soutien que Papa et elle avaient continué à leur apporter pendant des années, elle avait espéré un geste de leur part. Depuis son plus jeune âge, se considérant infiniment redevable à Georges, elle avait tout fait et plus encore pour se faire accepter, pour être un membre à part entière de cette famille que sa mère et lui avaient recréée. Et cette exclusion de la succession de Georges était une négation de ses efforts et de ce qu'elle avait tenté d'être à leurs yeux.

On avait fini par découvrir des bribes de son histoire au fil des années. Par-ci par-là, elle s'était confiée, à l'un ou l'autre d'entre nous, par petites touches, refusant toujours d'aller trop loin, de trop en dire, mais chaque fois elle nous laissait en pâture une nouvelle pièce du puzzle de ses origines, dont le dessin avait fini par apparaître, tronqué certes, mais intelligible. Tout ça en fin de compte pouvait être réduit à une banale histoire de convenances et de morale, qui pourrait paraître dérisoire, mais que le déni aura grossie hors de toute proportion, comme un monstre qu'elle aurait secrètement nourri en son sein et dont toute sa vie, malgré les apparences, elle aura été la chose.

L'histoire qu'elle s'était racontée, et que jusqu'à son dernier souffle elle nous aura servie, était la suivante : en rejetant sa femme (et par la même occasion sa fille), son père M. Malmont s'était comporté en véritable salaud, au point qu'après la mort de sa mère, elle avait déchiré toutes les photos le représentant, tous les documents liés à lui (que cette dernière avait donc conservés...). Et Georges Roland, en les recueillant, s'était à ses yeux élevé au rang de héros, voire de saint – on n'était pas à ça près quand il était question de lui. C'est la raison pour laquelle elle avait refusé de répondre à l'appel de M. Malmont (ce que des années plus tard elle aura fini par regretter) parce que ça aurait ébranlé tout l'édifice sur lequel elle s'était construite.

Alertés par ces contradictions, on lui avait déjà demandé pourquoi son beau-père ne l'avait pas adoptée, puisqu'il l'aimait tant ; d'autant plus que sa femme et lui devaient savoir qu'elle était l'enfant du péché, même si, encore une fois, nous n'en avions nulle certitude. À cette question de l'adoption, la réponse était brutale : sa mère, Éliane, avait interdit à Georges de la reconnaître. Très pieuse, elle refusait l'idée que son fils puisse être le père d'une enfant conçue dans l'adultère. « Si tu fais ça, tu me tues », lui aurait-elle dit. Même après la mort de sa mère, sans doute influencé par le père Meertens qui avait pris en main sa conscience en captivité, il ne l'aura pas reconnue, retournant ainsi le couteau dans la plaie de sa fille qui n'avait jamais cessé d'espérer. Et toute sa vie, Maman aura été victime de ce mensonge, de ce déni de paternité, d'une situation fausse pour complaire aux censeurs. Toute sa vie, elle se sera débrouillée avec cet héritage qu'on lui aura imposé dès sa naissance. Elle avait été marquée au fer rouge. D'où ses efforts pour se faire accepter et partout se rendre indispensable, en premier lieu avec ses demi-frères : être encore plus aimable avec eux était un moyen de normaliser la situation. Comme elle ne portait pas leur nom, elle a investi la fonction, qui souvent prime sur le titre. Elle a surjoué, seule aux prises avec ce non-dit d'autant plus envahissant qu'on n'évoquait jamais ce genre de sujets, ce qui la laissait forcément seule perdante, cet épisode chez le notaire en étant la confirmation la plus amère.

— Eh bien, voilà que j'ai gâché ce déjeuner, déplora-t-elle en séchant une larme.

Le concert de protestations qui s'ensuivit au moins la fit rire, mais nous nous regardions tous consternés par ce qu'elle venait de vivre.

— Ça ne m'étonne pas d'eux. Je les ai toujours considérés comme des minables, tes frères.

— Julien, je t'en prie, protesta-t-elle. Tu exagères.

— Tu trouves ?

— Julien n'a pas tort, intervint Papa. Le fait est que c'est assez minable.

— Des cafards, des ratés, insista Julien. Qu'est-ce que tu veux t'encombrer avec des gens pareils ?

— Bon débarras ! éclata Jacques.

— Les joies de la famille ! m'exclamai-je en riant.

Et malgré nos efforts pour détendre l'atmosphère et la dérider, chaque fois elle y revenait, passant de la colère à l'indignation, de la souffrance à la rage face à tant d'ingratitude, la gamme la plus sombre des émotions défilant sur son visage et dans sa voix. Et nous avions de la peine pour elle parce que son expression, sa diction, ses mots, tout en elle révélait cette immense détresse que toute sa vie elle avait combattue en vain puisqu'elle ressurgissait avec une telle violence.

Et j'avais davantage de peine encore parce que nous ses fils aurions pu, nous aurions dû lui être d'un plus grand secours, mais nous avions déjà nos vies, nous ne lui offrions pas le spectacle d'entente fraternelle qu'elle aurait espéré et nous portions sur notre enfance, sur les efforts qu'elle et Papa avaient fournis pour nous élever, des regards égoïstes et durs, des regards dénués de tendresse.

Au crépuscule de son existence, à l'occasion d'un de ces fameux déjeuners au restaurant, quand elle cuisinait moins parce qu'elle n'était plus aidée, tandis que nous étions tous les trois avec Klavs qu'elle connaissait depuis vingt-cinq ans, Maman avait fini par se confier. Depuis les « trois pieds », elle n'avait plus jamais abordé le sujet frontalement, mais uniquement par petites touches, pour l'essentiel des traits d'humour, comme la fois où mon père et elle m'avaient demandé de les héberger, tandis qu'ils devaient se rendre à Paris pour la première communion d'une de leurs petites-filles.

— Bien évidemment, tu vas nous inviter, m'avait-elle dit, trop heureuse d'avoir l'opportunité d'aller constater de visu ce qu'elle flairait depuis longtemps.

Ne pouvant refuser, j'avais accepté. Mais à ma grande honte, j'avais dû demander à Klavs qui partageait déjà ma vie de quitter l'appartement pour le week-end. J'en étais désolé, mais je me sentais totalement incapable de gérer une telle situation : mes parents et nous deux dans le même lieu. C'était plus de la lâcheté de ma part que le souci de les épargner. Klavs avait très bien compris et, non sans une pointe de son humour typiquement protestant, s'était éclipsé avec l'élégance et la légèreté qui le caractérisent.

Le jour arriva enfin où mes parents pénétrèrent chez moi pour la première fois. Je n'oublierai jamais l'air inquisiteur et le regard fureteur de ma mère, la porte palière à peine franchie.

— Quelle belle entrée ! dit-elle, déjà en terrain conquis en se glissant comme une couleuvre dans la première pièce attenante. Et quelle grande cuisine pour quelqu'un qui vit seul, s'exclama-t-elle, tandis que je posais ses bagages dont je l'avais auparavant délestée. Mais quel équipement ! Ton frigo est magnifique, poursuivit-elle en l'ouvrant sous le regard consterné de mon père qui peinait à la suivre. Mais Philippe ?... interrogea-t-elle en me regardant avec des yeux éberlués. Un artichaut ! ? Tu n'as jamais cuisiné un artichaut de ta vie. Ne me dis pas que tu t'es mis à la cuisine ?... Alors qui donc ? voulut-elle savoir avec une suspicion de confesseur.

— Mais enfin Christiane, arrête tes questions, c'est ridicule, intervint mon père, désolé de mon embarras.

Elle n'était pas du genre à laisser passer pareille occasion et je dois avouer que malgré la situation et cette espèce de tornade à laquelle j'étais confronté, sa joie n'était pas sans m'amuser. Après la cuisine, c'est la salle à manger qui eut droit à son inspection, à l'affût du moindre indice pouvant lui révéler quelque chose sur ma vie.

— Oh, mais tu nous en diras tant! On peut dîner à huit au moins autour de cette table. Mais comment? fit-elle en se tournant vers moi avec ce côté théâtral qu'elle savait si bien adopter. Tu peux gérer un dîner de huit personnes?

— Mais arrête avec tes questions, ça en devient grotesque, intervint une nouvelle fois mon père, toujours plus consterné.

— Bon bon, puisque je n'ai plus le droit de parler, admit-elle alors en feignant la résignation, ce dont ni mon père ni moi n'étions dupes. Tu nous montres le reste de l'appartement ?

J'avais laissé notre chambre à mes parents, pour m'installer dans celle réservée aux amis de passage, dans la penderie de laquelle, pour leur faire de la place, j'avais accroché cinq de mes costumes derrière lesquels dépassaient nettement ceux de Klavs, de plus large carrure. Et Maman, bien entendu, avait tenu à ouvrir tous les placards, y compris ceux de cette chambre qui ne leur était pourtant pas destinée.

— Encore un dressing? s'écria-t-elle en se retournant vers moi avec une stupéfaction marquée. Mais dis donc, il y a de quoi habiller un régiment, ici!

Pris de court par cette capacité d'inquisition dont j'avais oublié le degré, je me justifiai par le fait qu'il y avait un vestiaire pour les affaires d'hiver et un autre pour celles d'été. Après plusieurs secondes de silence, prenant mon père à partie :

— Robert, c'est intéressant, je ne savais pas qu'on n'avait pas la même taille l'été que l'hiver ! rétorqua-t-elle du tac au tac avec sa vivacité affûtée par son intuition de ce que mon piètre mensonge cachait…

C'était un jeu entre nous, une manière d'évocation discrète, à mots couverts, peut-être par égard pour Papa avec qui nous n'avions jamais abordé la question mais qui ne pouvait être dupe. Toujours cette façon de rire de ce sujet qui, pendant des années, aura pourtant été pour elle une très grosse source d'inquiétude, comme elle devait nous l'avouer deux ans avant sa mort, à Klavs et moi. Après quoi, elle avait tenu à exprimer à Klavs toute sa reconnaissance.

— Il y a une chose dont je ne vous remercierai jamais assez : vous m'avez pris mon fils, mais vous l'avez laissé s'épanouir professionnellement et votre relation avec lui n'a jamais nui à sa fidélité envers nous. Mieux encore, ajouta-t-elle les yeux embués, vous l'avez rendu heureux.

Poignant aveu de la part de ma mère qui à aucun moment, malgré son caractère intrusif, n'aura tenté d'interférer dans mon existence. Jusqu'au bout, elle et mon père seront restés en retrait, se gardant de m'influencer ou de m'exprimer leur peur, à la fin des années 1980 au moment du pic de l'épidémie de sida et à la mort dans des souffrances épouvantables de mon meilleur ami, Henri, qu'ils connaissaient très bien. Fléau qui allait se concentrer sur une population très ciblée et tellement stigmatisée.

Au début des années 1980, lors d'un séjour à New York avec Henri justement, nous avions passé une fin de soirée dans une boîte gay située dans le quartier des abattoirs du West Side. Le spectacle que j'y avais découvert m'avait stupéfié :

l'orgie organisée, l'abattage, justement, dans ce décor postindustriel, l'excès érigé en règle, l'agressivité revendicative…

En montant dans le taxi qui devait nous ramener à notre hôtel, je me souviens d'avoir dit à Henri, tandis que les beats de la musique retentissaient sur le trottoir, que la nature ne resterait pas sans réaction, que ces comportements qui m'apparaissaient terriblement risqués ne pouvaient demeurer sans conséquences. Aucun moralisme étriqué dans cette conviction, mais un simple bon sens lié à une connaissance des modes de transmission des maladies. Hypocondrie classique de l'étudiant en médecine portée à un degré tel, face à un mal redouté, qu'elle en modifia mon comportement sexuel. L'actualité devait hélas confirmer cette intuition quand apparut cette épidémie inconnue, chez des patients homosexuels, qui se manifesta par une explosion du nombre de cas de sarcomes de Kaposi, ces tumeurs cutanées qui éclosent sur les visages en les déformant affreusement.

Et il ne restait donc à Henri, qui comme moi n'avait pas trente ans, qu'une petite dizaine d'années à vivre. Merveilleux Henri, en pleine santé à l'époque de ce voyage à New York et d'autres que nous avons faits ensemble, comme en Thaïlande, en 1985, au cours duquel, par déduction chronologique, je le soupçonne d'avoir contracté le mal. Magnifique Henri fauché beaucoup trop tôt alors qu'un avenir en or l'attendait avec la fructueuse entreprise familiale dont il était destiné à prendre les rênes. Le souvenir de son corps décharné sur son lit d'hôpital, celui de mes nombreuses visites et de nos déchirants adieux me hantent encore.

Le sida, je devais aller à sa « rencontre » un an plus tard, tandis que j'étais en spécialisation « anapath » à Bordeaux. Dans le service, les autopsies faisaient partie du quotidien. Mon traumatisme face au corps de ce garçon à peine plus jeune que moi, beau surfeur de Biarritz, qui en l'espace de quelques semaines était devenu un fantôme déformé par les sarcomes de Kaposi et son amaigrissement vertigineux, traduction de la folie meurtrière de cette infection à l'agent encore inconnu, avec comme seuls remparts pour nous, praticiens, nos doubles paires de gants en latex recouverts d'une autre paire en cotte de mailles. On ne savait rien, on ne comprenait rien et nous étions dans l'impuissance la plus totale. Sentiment partagé dans toutes les capitales occidentales.

Procéder à la première incision destinée à lui ouvrir le thorax nous avait fait le même effet que si nous nous étions apprêtés à libérer un *alien* incontrôlable. Nous avions effectué d'innombrables prélèvements, sans savoir ce que nous allions suggérer comme diagnostic, au cours de cette autopsie qui fut l'une des premières d'une victime du sida au CHU de Bordeaux.

En quelques années, ce fut l'hécatombe. Avant qu'il n'ait été isolé et identifié, le virus avait eu le temps de se répandre à une vitesse foudroyante, propagé par des milliers de personnes insouciantes qui n'avaient rien changé à leurs pratiques.

Il fut un temps où il ne se passait pratiquement pas un mois sans que j'aie à barrer dans mon carnet d'adresses le nom d'un ou plusieurs de mes amis homos à Bordeaux et ailleurs. En tant que médecin pathologiste, j'étais considéré par mon entourage comme aux avant-postes dans la connaissance de la maladie et par conséquent régulièrement sollicité ou questionné. Sur l'avancée de la recherche, sur l'espérance de vie, sur l'existence d'une thérapeutique efficace, même en phase de test, voire d'un vaccin, sur la possibilité de se la procurer… Toutes ces questions posées fiévreusement par des amis, des amis d'amis, des camarades suppliant pour eux-mêmes ou pour un proche une réponse qui les aurait rassurés. Je n'avais hélas rien à apporter, rien de rien. Rarement dans ma vie de médecin je me suis senti aussi inutile.

Les réponses précises et les solutions réelles, on dut les attendre pendant des années. De longues années au cours desquelles la peur grandissait, dans un premier temps essentiellement dans la communauté homosexuelle, avant de finir par se propager à peu près partout dans la population.

Nous avions jusqu'alors vécu comme des enfants insouciants, mais la fête semblait bien terminée et cette fin, pour beaucoup, allait avoir un goût plus qu'amer.

À l'heure où j'écris ces lignes, je m'aperçois que plusieurs années ont passé depuis la séance d'ouverture de ce livre, que le mobilier a été dispersé depuis longtemps et que la Louisiane a bel et bien disparu, mise à bas par les coups de boutoir des tractopelles et autres engins de chantier, arasée sous les chenilles des bulldozers. Même si sa disparition n'est pas une perte, je n'ai aucune intention de voir ce qui a remplacé la maison de mon enfance : plusieurs étages et une façade de verre à la place des colonnes et du fronton. Pas le temps de se retourner qu'on a déjà perdu tout repère. Il aura fallu moins de temps aux démolisseurs et aux bâtisseurs passés après eux pour reconstruire un édifice plus fonctionnel, qu'il ne m'en aura fallu pour venir à bout de cet ouvrage de papier.

Question de pratique et de métier bien sûr, mais aussi d'objectif. On ne revient pas facilement sur plus d'un demi-siècle d'une histoire familiale aussi sujette aux soubresauts de la grande histoire. Délicate œuvre de reconstitution à laquelle je me suis attelé, sans en avoir pris toute la mesure, à partir de souvenirs épars, de photos, de lettres, de journaux, d'anecdotes cent fois racontées, cent fois entendues, avec cette mémoire fantasque et facétieuse qui s'ingénie à notre insu à tout déformer, à tout reconstruire.

Exit donc la véranda de l'hôtel d'inspiration coloniale, les terrasses, le jardin à la française, les rosiers, les buis taillés au cordeau et le bassin circulaire aux poissons rouges, où mes frères et moi avions plus d'une fois semé la pagaille. À la casse, le décor de notre jeunesse. Cette pièce ne se jouera plus, ou plus exactement cet opéra, davantage de circonstance étant donné mes années de figuration sur la scène du Grand Théâtre de Bordeaux. Définitivement supprimé du répertoire, on a jugé préférable d'en détruire les différents tableaux, trop kitchs, trop chargés, trop encombrants... Plus regrettable, cette *tabula rasa* a tari le filet d'eau de la fontaine qui avait bercé les soirs d'été de mon enfance. Mais je le retrouve dans mon jardin du Luberon, délicate et fragile mélodie qui parfois provoque l'apparition d'images fugaces qui me ramènent très loin en arrière, vers ce passé que nous, les héritiers, avons voulu dynamiter.

Des parties de cache-cache avec mes frères dans le dédale de cette maison pleine de mystères. La luge que nous pratiquions dans l'escalier en marbre rappelant celui d'*Autant en emporte le vent*, assis sur de grands plateaux glissant le long des marches jusqu'au froid dallage du vestibule où nous nous fracassions en riant. Les larmes de Pierre quand Julien voulait lui faire payer un droit d'entrée dans la chambre que lui et moi partagions jusqu'à mes treize ou quatorze ans.

Mamie Oui que nous allions embrasser dans sa chambre, avec ses masques tribaux, ses meubles en bois exotiques, son perroquet empaillé au plumage or et magenta et ses plantes grasses, souvenir du jardin tropical qui chaque année menaçait d'envahir sa maison de Bobo-Dioulasso. Elle nous accueillait à bras ouverts dans son sanctuaire africain où, à travers photos et objets, survivait l'âme des Comptoirs Matthieu. D'une indulgence à toute épreuve, nous passant tout, elle sapait souvent les efforts de Maman pour nous inculquer les rudiments de la discipline. Vivre sous le même toit qu'elle était un bonheur. À sa mort en 1968, nous avions été éloignés de la maison quelques jours, histoire de nous épargner la veillée funèbre, nos parents jugeant que ces mystères devaient demeurer hors de notre portée. À notre retour, elle n'était donc plus là et je ne pénétrais plus jamais dans sa chambre sans une pointe de nostalgie et de regret pour tout ce qu'elle ne nous transmettrait plus.

Les dimanches matin, au cours desquels Pierre et moi accompagnions notre père, soi-disant à la messe, en réalité à la bourse aux timbres où se retrouvaient aussi les numismates. Devant notre insistance, Papa avait fini par ne plus nous déposer à l'église pour nous former l'œil et le goût entre les étals de la place de la Bourse, à la condition expresse que nous ne vendions jamais la mèche à Maman. Pour nous faire pardonner ce mensonge dominical, nous rentrions à la maison avec des gâteaux de chez Darricau, le pâtissier dont elle raffolait. Un secret que j'ai réussi à garder jusqu'à la mort de mon père, après quoi je n'ai pas résisté au plaisir de le dévoiler à Maman, devinant l'effet de cette révélation sur elle.

— Tu te souviens de ces dimanches où Pierre et moi accompagnions Papa à la messe pendant que tu restais à la maison ? Eh bien, ça faisait des années qu'on n'y allait plus, à la messe. Ne me dis pas que tu ne t'en étais jamais doutée ?

— Comment ça ?

— À ton avis, pourquoi est-ce que Papa m'a offert ces 5 francs or Napoléon III à tranche lisse pour ma réussite au concours de médecine ?

Issue d'une famille protestante convertie depuis peu au catholicisme, Maman se montrait en ce domaine plus royaliste que le roi, c'est d'ailleurs elle qui avait insisté pour que nous soyons scolarisés chez les jésuites, mais son assiduité à l'église était discrète, à des heures où aucun d'entre nous ne pouvait l'accompagner. Mais personne ne se serait risqué à mettre en doute sa dévotion.

Les ténors, barytons et basses, que régulièrement mes parents recevaient le samedi, jour de relâche à l'Opéra. Les Gibin, Del Monaco, Kraus... qui pour faire honneur à la maîtresse de maison, à l'issue du repas, chantaient parfois dans le salon, pour le plus grand bonheur de mon père. Certains avaient un mouvement de surprise en me serrant la main. Tous les soirs de la semaine ayant précédé ce samedi, nous avions partagé les coulisses et la scène face à la salle comble du Grand Théâtre, eux dans la lumière, au centre de toutes les attentions, moi dans l'anonymat des figurants, pour ainsi dire invisibles, interchangeables, et pourtant nécessaires au bon déroulé de la représentation. Alors mon visage et ma silhouette longiligne leur disaient quelque chose. À la Louisiane, ils étaient détendus. Objets de l'admiration de leurs hôtes, ils se laissaient souvent aller à parader. Mais avant leur entrée en scène, il m'arrivait de les voir rongés par le trac en faisant leurs vocalises, mangeant des quartiers de pomme pour sécher leurs cordes vocales. Certains donnaient l'impression de s'apprêter à monter sur l'échafaud. Je partageais leur peur de la fausse note, du blocage lié à la panique, du naufrage en pleine représentation. Bordeaux à l'époque accueillait un public d'amateurs éclairés, extrêmement sévères, d'une exigence à toute épreuve, à l'inverse de Garnier où une grande partie du public se rend pour la galerie. Pour les artistes, Bordeaux c'était l'épreuve du feu, l'heure de vérité. Je me rappelle encore un *Rigoletto* dont le ténor en difficulté s'était fait huer par une salle hors d'elle. Après un, puis deux sifflets partis des derniers fauteuils, en quelques instants, un parterre policé changé en hydre impitoyable. Sur scène, nous, les figurants, en avions les larmes aux yeux pour lui. Et son effondrement, une fois hors de leur vue et de leur portée. La chute, pour ces artistes en permanence sur la corde raide, à poursuivre un rêve toujours sur le point de se dérober.

Époque magique au cours de laquelle j'ai appartenu à cette famille tellement particulière et attachante, avec les choristes, les chanteurs, les musiciens de l'orchestre, les costumières, les danseuses et les danseurs du ballet. Jacques m'en avait ouvert les portes. Et malgré nos neuf années d'écart, à plusieurs reprises nous nous sommes retrouvés sur scène, dans des costumes de pages, de soldats ou de courtisans. Avec sa générosité exempte de tout calcul, il m'avait pistonné pour que je le rejoigne dans son jardin secret, sa chasse gardée où s'exerçaient ses talents de séducteur. Entre les opéras et les opérettes, ça représentait une dizaine de spectacles par an. Avec les répétitions qui duraient une semaine avant la première, je passais la plupart de mes soirées au Grand Théâtre, sur scène, mais surtout dans les coulisses, dans ce monde fermé au public où se prépare dans l'ombre ce qui se joue au grand jour. Ce monde à la fois féerique et d'adultes où j'étais partie prenante. Seuls les devoirs que je devais faire sur place entre deux figurations me rattachaient à ma condition de lycéen. À l'issue de ma dernière prestation, en fin de terminale, je n'ai pas pu retenir mes larmes parce que je voyais, pour la dernière fois depuis la scène, le rideau se refermer. En choisissant médecine, je m'engageais dans la voie de la raison, alors que tous mes goûts me poussaient vers le théâtre : les cours que j'avais suivis, mon amour de la scène et de la comédie, l'adrénaline avant l'entrée sur les planches, le rideau qui se lève, l'attente du public, cet ogre prêt à tout dévorer mais aussi à vous porter en triomphe, la vie de troupe... Je renonçai à tout ça de façon radicale, parce que je savais que je ne pourrais pas mener les deux de front. Et peut-être aussi parce que je pressentais que je risquerais de m'y perdre.

Aujourd'hui, je ne me rends plus à l'Opéra qu'en spectateur et j'examine régulièrement mes dossiers avec Radio Classique en fond sonore. Simple amateur parmi tant d'autres, qui se distingue du mélomane moyen par une connaissance plus intime de la plupart des livrets. Mais on emporte toujours quelques éléments du passé, qui sont autant d'indices de nos identités successives.

La salle de bains de mes parents, à la porte de laquelle je frappai pour annoncer à mon père ma réussite au concours de médecine. Après treize ans de scolarité chez les jésuites, j'avais eu besoin de prendre l'air, ce qui m'avait valu un premier échec. D'accord pour que je tente le coup une deuxième fois, mon père m'avait averti que je n'aurais pas droit à une troisième chance. Je jouais donc gros cette année-là, mais j'étais sûr de moi, au point de lui proposer un pari. La discussion avait eu lieu sous la véranda un an plus tôt. Pris au jeu et réfléchissant aux modalités du pari, il m'avait alors soudain demandé :

— Tu es né un 5 octobre. Vous êtes combien à vous présenter ?

— Deux mille, répondis-je sans comprendre où il voulait en venir.

— Et combien sont reçus ?

— Deux cents.

— Très bien. Si tu finis 5ᵉ sur 2000, comme tu veux quitter la maison pour t'installer dans un studio, je te donne le droit de le faire et je t'offre ta première auto. C'est aussi simple que ça.

L'autorisation de mon père avait au moins autant de valeur à mes yeux que la voiture. On topa là, mais j'ai peu vu le jour pendant l'année qui a suivi. Déjà l'envie de prendre mes distances…

En réalité, après une scolarité hantée par des notes oscillant entre 10,5 et 11/20 et le déprimant « Peut mieux faire » estampillant invariablement mes bulletins de fin d'année, je venais enfin de prendre conscience de la valeur du travail et de ce que ça m'apporterait. Un an plus tard, surexcité par le résultat qui venait de tomber, je frappai à la porte de sa salle de bains, le sachant dans sa baignoire.

— Papa, tu as perdu un gros pari.

— Tu n'as fini que cinquième ? me rétorqua-t-il, plein de malice. J'en étais sûr.

Tellement sûr que le soir même, il m'offrait ce Napoléon déjà évoqué, qu'il avait acquis en mars en prévision du résultat. La scène devait se reproduire dix ans plus tard, après l'examen national de fin de cursus d'anapath, l'anatomie pathologique – qu'aujourd'hui on appelle pathologie – auquel j'avais été reçu. Mon père était encore dans son bain.

— Papa, j'ai une nouvelle à t'annoncer.

— Je la connais, tu es reçu. Tu vois, ce qui est embêtant avec toi, avait-il poursuivi comme je déplorais son manque de surprise, c'est qu'il n'y a pas de suspens.

Cette façon que toute sa vie il a eue de me faire confiance… sans jamais s'immiscer ni poser de questions. Sans doute parce qu'il me souhaitait cette liberté qu'il chérissait tant et dont trop souvent il avait dû se sentir privé.

Cette cuisine dans laquelle, un soir de novembre, j'ai pour la première fois vraiment fait l'amour, avec Ann, magnifique Walkyrie née sur les bords du Rhin, hôtesse de l'air à la Lufthansa. Mon dépucelage, c'est Maurice, mon parrain, qui s'en était chargé l'année de mon bac. Prétextant une course à faire, il m'avait enlevé un samedi après le déjeuner, au nez de mes parents, et à peine dans sa voiture, toujours très direct, il avait attaqué bille en tête :

— Il est temps que tu franchisses une étape importante. Aujourd'hui, tu vas enfin découvrir qu'il y a beaucoup mieux que la masturbation.

Pris de court par cette entrée en matière, je le regardais tandis qu'il conduisait son auto dans les rues familières de Bordeaux comme si de rien n'était.

— Une pratique à délaisser au plus vite pour des choses beaucoup plus altruistes, avait-il poursuivi, ravi de l'effet que ses paroles produisaient sur moi. Mais on ne va pas en parler à tes parents, n'est-ce pas ?

— Où est-ce que tu m'emmènes ? demandai-je, parcouru par un frisson d'excitation mêlée d'appréhension.

— Dans un endroit très bien, tu vas voir. Tu vas passer un moment dans une chambre avec une charmante dame qui va s'occuper de toi et quand ce sera passé, tu n'auras qu'une idée, c'est recommencer.

Il se gara rue du Pont-de-la-Mousque, dans le quartier historique situé entre la Garonne et le Grand Théâtre, et me fit entrer dans une maison dont la façade ne se distinguait en rien de ses voisines. En revanche, tout de rouge tendu, luxueux, le salon où on nous reçut dégageait une atmosphère qu'intuitivement, nourri de mes lectures, je qualifiai de stendhalienne. En réalité, ces souvenirs littéraires étaient un subterfuge pour tenter de tenir ma panique à distance. J'étais tellement terrorisé, qu'incapable de la moindre initiative je me laissai entraîner par une fille que je n'avais pas choisie et, une fois dans la chambre, je continuai de me laisser faire, l'observant avec une fascination que j'étais bien incapable de dissimuler. Sa chevauchée d'une lascivité propre à me rendre fou, ses seins vers lesquels je tendais des mains de mendiant et son rire désarmant après que j'avais joui trop vite à mon goût, incapable de me retenir plus longtemps... Je me rappelle aussi ma fierté en sortant, rempli de l'impression d'être enfin, en un petit quart d'heure, devenu un homme, et la joie de Maurice, ravi d'avoir été l'organisateur de cette initiation.

— Il va falloir que tu te débrouilles tout seul, maintenant, et sans payer, la prostitution n'étant évidemment pas la panacée, même si, comme me l'a enseigné un père jésuite lors de mes brèves études, tout plaisir pris avec goût est chaste.

— Chaste ? répliquai-je, intrigué par cette affirmation.

— Mais parfaitement, mon cher, retiens bien cette notion de goût, et je suis sûr que tu le comprendras bien vite.

Cette petite leçon à la sortie de la maison close qui introduisit la notion essentielle du « comment » et non pas seulement du « faire », comme je devais la percevoir bien plus tard. Cette notion de goût qui en toute chose inclut le respect de l'autre et de soi, ainsi que la noblesse.

Hasard de l'existence, quelques années plus tard, j'ai été amené à retourner dans cet établissement, qui malgré l'interdiction recevait toujours une partie de la bourgeoisie bordelaise. C'était dans le cadre des visites médicales de prostituées tandis que j'exerçais à SOS Médecins. Il s'agissait de leur faire un check-up, afin de s'assurer qu'elles étaient « aptes ». Quelques années seulement avaient passé, mais de jeune puceau échoué là pour être déniaisé, j'étais passé de l'autre côté, celui des officiels, des garants de l'ordre, sanitaire en l'occurrence. J'avais pris un terrible coup de vieux. Quant à la fille, je n'en trouvai pas la trace. Je lui souhaitais d'avoir échappé à cette condition.

Je me souviens évidemment de ce jour où, n'habitant plus à la Louisiane, je rentrai déjeuner chez mes parents. Ne trouvant personne au rez-de-chaussée, je montai à l'étage où je surpris Marie-Charlotte, que je devais épouser quelques mois plus tard. En compagnie de ma mère dans sa chambre, elle était penchée sur sa cassette à bijoux.

— Je choisis la bague, me dit-elle avec ce charmant sourire qui m'avait entraîné à échafauder de tels projets avec elle.

Je demeurai impassible, veillant à ce que mon expression ne trahisse rien, mais je venais de sentir le piège se refermer sur moi. Avec une évidence effrayante, je me vis quelques années plus tard, étouffer, enfermé dans une existence monotone, composée de devoirs et de responsabilités, qui ne me correspondait pas du tout. Je ne manifestai rien, je n'allais pas gâcher un tel moment, mais je me dis que je n'allais pas reproduire la même existence, son mode et sa routine que celle de mes parents et leurs amis, vivre cette vie qui se présentait pourtant sous des traits aussi séduisants. Je me donnai quelques semaines pour annoncer à Marie-Charlotte que je ne pouvais pas m'engager, que ce serait une erreur terrible pour elle comme pour moi, que nous finirions malheureux ou séparés, en d'autres termes qu'il fallait rompre.

Peu de temps après, je trouvai le courage, et, au risque de me décevoir, passé la surprise, elle accueillit ma décision avec cette légèreté qui m'avait séduit chez elle. Son sourire crispé au départ se mua même en un franc éclat de rire : aussi intuitive qu'intelligente, elle devait déjà avoir perçu quelques signaux avant-coureurs. Marie-Charlotte, qui dévorait la vie à pleines dents qu'elle avait éclatantes, n'était pas du genre à pleurer trop longtemps sur une histoire passée.

Autant de souvenirs et bien d'autres qui ne reposent désormais plus que sur la mémoire des intéressés, toujours moins nombreux avec le temps, la maison à laquelle j'associe cette époque et ces événements n'étant plus.

*Bordeaux, le 12 vovembre1997*

*Mon grand chéri,*

*Le 6 novembre 1933, je partais pour l'Afrique, cela fait soixante-quatre ans ! Tellement heureux de quitter la ville où je venais de passer une jeunesse morose et de rejoindre enfin un pays dont je rêvais depuis longtemps et où résidaient mes parents. Mon destin était de vivre en Afrique. Le sort en a voulu autrement à cause d'événements qui ont bouleversé nos destinées. Au moment de faire un choix en 1945, j'ai décidé de rester en France pour repartir à zéro, car je voulais fonder une famille et vivre avec mes enfants, moi qui n'avais pu le faire avec mes parents.*

*Je ne regrette rien, car malgré une existence non exempte de soucis et de déboires, j'ai eu la joie de vivre avec vous, de vous voir vous épanouir et, dans l'ensemble, de prendre une place dans la vie en fonction de vos aptitudes.*

*Tout cela pour te dire combien à toi tout seul je dois un immense bonheur pour tout ce que tu m'as apporté de joie et de fierté. Dans la période difficile que je viens de vivre, ton dévouement et ta compétence rare m'ont permis d'être courageux et d'avoir confiance.*

*Avant de te serrer dans mes bras pour t'exprimer ma reconnaissance et tout ce que je ressens, je te dis merci et t'embrasse bien fort.*

*Robert.*

J'étais parfaitement au courant de l'évolution du mal qui le rongeait, de ce qu'il lui restait à vivre, et parfaitement capable de mesurer son courage face à la douleur. Le voir décliner, d'abord lentement puis de plus en plus vite, a été l'un des spectacles les plus poignants auxquels il m'a été donné d'assister. J'avais alors plus de quarante ans et nos rôles étaient inversés. C'est lui, affaibli, fatigué, au sourire parfois déformé par une grimace, appréhendant ce qui l'attendait, le grand saut dans l'inconnu, qui cherchait, dans mon regard ou ma main qu'il serrait parfois, du réconfort. Et je devais me montrer apaisant, même si l'imminence de son départ me laissait complètement démuni et me ramenait au temps de mon enfance, quand je lui vouais une admiration sans limites et que je le considérais comme un modèle inaccessible.

Cette inversion de rôles avait eu ceci de positif qu'affaibli, Papa s'était laissé aller à des confidences qu'en temps normal il ne se serait pas autorisées. Cette époque où je filais à Bordeaux pour le retrouver dès que j'en avais l'opportunité… La durée de la maladie m'avait permis de me faire à l'idée de sa disparition, de m'y préparer, mais surtout de le voir, de passer du temps avec lui, d'essayer de lui dire ce que je ne lui avais jamais dit. La disparition brutale de Maman ne m'aura pas laissé cette chance.

— En fin de compte, tu as mené la vie que j'aurais souhaité, m'a-t-il ainsi dit un jour, sur son lit de douleur. Tu as tout choisi. Tu n'as rien subi.

Je me rappelle son visage qui n'avait rien perdu de sa beauté et son regard toujours pénétrant, malgré l'angoisse dissimulée.

— C'est parce que tu m'as toujours laissé une grande liberté, répliquai-je en dissimulant mon émotion, pour tenter de dissiper le regret qui pointait sous ce constat plein de satisfaction paternelle.

Ce regret, qu'avec une certaine culpabilité, il aura traîné toute sa vie : avoir subi la France, alors que son cœur était en Afrique, pour respecter sa parole donnée à ma mère ; avoir subi les charges dues à sa profession, alors qu'il aurait rêvé d'une existence plus aventureuse sous les cieux de Bobo-Dioulasso, de Ouagadougou et d'Abidjan.

Quant à la culpabilité, elle puisait paradoxalement son origine dans son engagement. D'après lui, son sens de l'honneur avait coûté cher à la famille, puisque s'il était resté, il aurait pu maintenir le comptoir à flot, au moins sauver les meubles, mais surtout interdire à son père cette fuite par les Pyrénées qui lui aura été fatale. L'héroïsme au détriment du pragmatisme. Ses regrets me désolaient, alors que toute sa vie il avait tout fait pour nous et nous avait laissé cette liberté qui lui avait tant manqué.

Les honneurs qui lui ont été rendus lors de son enterrement, avec son cercueil recouvert du drapeau tricolore et la haie des anciens camarades, nous ont rappelé son héroïsme, ce que sa simplicité et sa modestie auraient presque pu nous faire oublier. Il m'avait semblé à cet instant qu'avec lui on enterrait un des derniers représentants de cette génération d'hommes d'honneur.

Mon père parti trop tôt, laissant seule Maman dans la maison aux fantômes à laquelle elle avait fini par s'habituer, au point d'y passer ses dernières années, en compagnie de Jacques. Le cercueil à peine descendu dans le caveau, autour duquel ma sœur, mes frères, Klavs et moi, raidis dans nos costumes sombres, étions recueillis, je savais que c'était mon tour de vivre avec mes regrets. N'est-ce pas le lot de chacun ? Une fois que l'on se retrouve seul et qu'il y a des choses que l'on n'aura plus jamais l'occasion de dire ou de faire, ces regrets peuvent-ils jamais vraiment s'éteindre ? N'est-ce pas dans cette impossibilité de réparer, d'améliorer ce qui aurait pu l'être, que réside une partie de l'étendue du chagrin après la mort d'un être aimé ?

Ne pas subir. Ne pas subir un avenir, des convenances, des clans, des codes, sociaux, bourgeois ou moraux, comme ceux qui avaient empoisonné l'existence de ma mère. Ces deux précédents si proches m'avaient définitivement vacciné. Derrière la façade heureuse que mes parents présentaient, j'avais pressenti des souffrances ou des frustrations qui assombrissaient le tableau d'ensemble. Plus d'une fois, ce constat m'avait attristé pour eux. Je préférais éviter pareil écueil.

Par mes classements aux concours successifs que j'avais présentés, je m'étais octroyé une certaine latitude par rapport aux options susceptibles de s'offrir à moi. Je n'avais plus qu'à me lancer, et comme mon père, à entreprendre. Paris s'était imposé comme une évidence. L'éternelle histoire de l'ambition qui exige la « montée » à la capitale, le rouleau compresseur de la grande ville qui peut vous broyer mais ouvre toutes les portes.

« Les poires et ceux qui les mangent. » Inconsciemment et malgré moi, j'avais depuis longtemps choisi. Influence aussi, encore une fois, de l'éducation élitiste prodiguée par les jésuites au réalisme si cruel…

C'est aussi à Paris que j'ai rencontré Klavs. C'était aux Bains Douches à l'occasion d'une soirée organisée pendant la Fashion Week. La nuit était déjà bien avancée, la musique et l'ambiance à leur apogée quand je l'aperçus dansant au milieu d'un groupe, immédiatement aimanté par la régularité de ses traits, son expression ouverte et son rire, fasciné par sa silhouette, littéralement sous le charme de cette harmonie. Fatalement, nos regards ont fini par se croiser, une fois, puis deux et trois… Plus personne n'existait pour moi autour de lui. La chimie avait parlé. C'était il y a trente ans, nous ne nous sommes plus quittés depuis.

De façon plus inattendue, mon installation à Paris m'a aussi permis de lever le voile sur le mystère qui a assombri l'existence de ma mère.

Souffrant d'un problème de genou, j'étais allé consulter un spécialiste, par ailleurs un de mes correspondants qui m'envoyait régulièrement des prélèvements. C'était le docteur Malmont, mais curieusement je n'avais jamais fait le rapprochement avec Maman. Ce n'est qu'une fois dans son cabinet, face à lui dans le cadre plus intime d'une consultation médicale entre confrères, que la coïncidence m'a sauté aux yeux. Tandis que j'observais avec une certaine appréhension ses préparatifs, c'est précisément à l'instant où il se pencha sur mon genou en brandissant sa seringue, que l'homonymie entre son nom et celui de ma mère me vint à l'esprit :

— À propos, mon cher confrère, auriez-vous par hasard un lien de parenté avec le père de ma mère qui est née Malmont ? lui demandai-je en évitant de regarder l'aiguille s'enfoncer avec une lenteur effrayante.

Je lui avais posé cette question sans rien attendre de particulier de sa réponse, par simple curiosité, comme on peut évoquer n'importe quel sujet pour ne pas penser à la piqûre et à l'aiguille tellement impressionnante.

— Ce que vous dites est étrange parce que Malmont est un nom assez rare en France et que nous sommes donc assez peu nombreux.

Sans détourner son attention de l'injection à laquelle il procédait avec une maîtrise évidente, il reprit :

— Que faisait votre grand-père ?

— Je ne l'ai pas connu, mais je sais qu'il était président d'un syndicat de cadres, répondis-je, pas mécontent de cette diversion qui m'évitait de trop penser à l'aiguille toujours fichée dans mon genou.

Le docteur Malmont finit par la retirer précautionneusement et appliqua un coton à l'endroit de la piqûre en m'indiquant de l'y maintenir.

— C'est très étonnant, dit-il en posant sa seringue dans un haricot, car j'avais un oncle Malmont qui a été président de la confédération des cadres, mais je dois vous avouer que la maladie de Wilson l'avait rendu stérile. En outre, pardonnez-moi si je suis indiscret, mais il est mort nettement après votre naissance...

Soudain, dans ce banal cabinet médical, toute l'histoire s'éclairait. La clef tournait enfin dans la serrure, cette serrure que j'avais depuis longtemps renoncé à forcer. Le docteur Malmont pouvait échafauder toutes les hypothèses sur ma famille et nos relations familiales, ou leur absence, je venais de tomber par hasard sur la dernière pièce du puzzle, celle qui permettait de déchiffrer l'énigme entourant le passé de ma mère depuis ma naissance. Il n'était plus question de mon genou, et mon confrère, lui aussi intéressé par le tour que venait de prendre ce rendez-vous, s'assit derrière son bureau pour reprendre la conversation.

— Le sujet de sa stérilité est si délicat que nous évitions d'en parler en famille, vous comprenez...

On était entre médecins, le secret médical était donc respecté, et surtout, l'intéressé reposait au cimetière depuis des années. Mais, beaucoup plus important, cette révélation signifiait que jamais ce M. Malmont n'avait pu avoir d'enfant et que par conséquent, le vrai père biologique de Maman était bien Georges Roland, officiellement son beau-père.

Soudain, tout s'éclairait d'une lumière blanche et crue qui en une fraction de seconde chasserait toutes les zones d'ombre sur une scène peuplée de détails indistincts mais d'autant plus présents. Toute sa vie, Maman avait tenté de faire avec ce mensonge. Mais en réalité elle savait, ses soupçons étaient si forts qu'elle ne pouvait pas ne pas savoir. Et Georges aussi savait, cet homme qu'elle avait porté aux nues, qui l'adorait, elle, l'enfant de l'amour, mais qui ne l'avait pourtant jamais reconnue, sous prétexte qu'elle avait été conçue hors mariage, fruit d'un adultère. À cause de sa mère, puis à cause de ce père Meertens rencontré dans l'Oflag. À cause de sa propre faiblesse, surtout. Et la mère de Maman aussi savait, forcément, une femme sait de qui est son enfant. Mais elle non plus n'avait rien dit ni rien fait, entretenant jusqu'à son dernier souffle ce terrible non-dit. Même sur son lit de mort, il n'avait pas réparé ça, niant une dernière fois et définitivement leur lien de filiation.

Mon excitation dans le taxi me ramenant au labo où, à côté de mon microscope, devait m'attendre une série de prélèvements à examiner, qui à ce moment étaient ma dernière préoccupation… Tandis que le chauffeur manœuvrait dans la circulation nerveuse des heures de pointe, je brûlais d'impatience à l'idée d'appeler ma mère. Je lui réservais une révélation explosive qui allait confirmer l'intuition qu'elle avait toujours eue et ainsi éclairer toute son existence d'une lueur beaucoup plus heureuse parce qu'enfin conforme à son désir le plus cher. Maman enfin récompensée de tous ses efforts par un de ces clins d'œil du destin qui émaillaient l'histoire de la famille depuis plusieurs décennies.

Sa réaction au téléphone, quand je lui racontai enfin ma consultation chez ce docteur Malmont, fut aussi édifiante qu'extraordinaire. Comme je m'y attendais, elle fut folle de joie, parce que cette révélation confirmait ce qu'elle avait toujours pressenti, que la force de son lien avec son beau-père était due au fait qu'il était en réalité son vrai père. Mais très vite ensuite – et c'est là qu'elle parvint une nouvelle fois à me surprendre –, sa joie débordante fut assombrie par le fait que cette preuve réduisait à néant le mensonge sur lequel elle avait organisé toute sa vie : ce n'était plus M. Malmont le salaud de l'histoire, mais sa mère et Georges Roland, qui devenaient officiellement un couple adultérin. Et ça n'était pas acceptable à ses yeux. Alors, passé l'exultation, elle s'en tint à la version officielle, gardant pour elle la vérité sur sa véritable origine.

Toute sa vie, ce nom de Malmont sur tous les documents officiels aura été la tache, parce que chaque fois le mensonge était entériné au détriment de la vérité sur l'identité de son père. Le sujet était tellement douloureux pour elle, que dans son testament elle a précisé souhaiter que sur sa tombe soit gravé à côté de son nom d'état civil, Malmont, celui tant aimé de Roland. Qu'au moins cette paternité refusée tout au long de sa vie, et uniquement chérie dans le secret de sa conscience, lui soit rendue pour l'éternité. Mais même cette volonté lui aura été refusée, et comble de l'amertume, par ses propres frères…

Avec Maman, le dernier témoin de cette époque a disparu et ces histoires et ces réflexes me semblent déjà très éloignés de ce que notre monde est devenu, de ce que chaque jour nous devenons. Aujourd'hui, ces convenances absurdes n'ont plus cette importance et nous, les enfants, nous sommes libérés de ce mensonge et de ce non-dit qui a empoisonné deux générations et instillé le doute entre nos parents avant leur mariage. À cet égard, il me semble qu'un progrès a été fait, que notre génération a été libérée d'un poids, ce poids des secrets qui ravine les familles et influence les comportements sans qu'on en ait même conscience.

Mais, cet aspect mis à part, il m'est souvent arrivé de me demander si nous avons été à la hauteur, de leur amour, de leur foi en l'avenir, de leur sacrifice, de leurs concessions, de l'héritage qu'ils nous ont légué, cet héritage impalpable et essentiel qui conditionne notre façon de voir le monde, nos comportements, nos décisions et nos actes.

La fratrie a volé en éclats, tous nous avons voulu quitter Bordeaux. Seul Jacques, contraint par les aléas de sa vie, est revenu à la Louisiane entre les parents vieillissants jusqu'à ce que la mort de Maman finisse par l'en chasser à son tour.

Pauvre Jacques qui, une fois Maman partie, s'est mis à décliner à une vitesse fulgurante, jusqu'à ce qu'on lui diagnostique une maladie dégénérative face à laquelle la médecine, ma médecine, est encore une fois impuissante. Ne pouvant plus vivre seul, il occupe désormais une chambre dans une maison spécialisée qui résume à elle seule la rétraction de son univers : entre ces quatre murs, il a réuni des affiches de corrida, sa collection de disques d'opéra, quelques objets africains… son monde, sa vie, ses passions, mais rétrécies, annonçant un départ inéluctable… Comme s'il avait attendu la disparition de Maman pour tirer sa révérence à son tour…

Aucun d'entre nous n'a reproduit le modèle familial et il me semble parfois que l'individualisme l'a emporté. Peut-être parce que nous n'avons pas été confrontés aux mêmes épreuves qu'eux. Peut-être parce que la vie trop facile nous a aveuglés.

Je m'aperçois, au terme de ce livre, que je me suis peut-être employé à répondre à ce besoin terriblement humain de donner une explication et un sens à ce qui n'en a peut-être pas tant que ça, de trouver une logique et une cohérence à ces errements qui, au bout du compte, finissent par constituer une vie. Mais qu'en sais-je, au fond ?

La semaine dernière, j'ai croisé dans la rue une jeune femme blonde – elle ne devait pas avoir vingt ans – qui tenait un samoyède en laisse. Avançant d'un pas alerte, offrant au monde une expression de confiance et de bonheur, fière de son animal, elle m'a rendu mon sourire sans pouvoir imaginer tout ce que son apparition et celle de son chien venaient de déclencher en moi. Je me suis arrêté pour les regarder s'éloigner, elle sanglée dans un imperméable qui mettait en valeur la finesse de sa taille, la bête vive et musclée frappant gaiement le trottoir au rythme de ses pas, jusqu'à ce qu'ils disparaissent. Il n'y aurait pas de poisson au coin de la rue, pas de rencontre, pas de coup de foudre… Tout cela n'avait tenu à rien, à moins d'un fil, un miracle, sinon quoi ?

Alors, de tout ce que nous avons reçu, je préfère retenir l'amour, à l'origine de toute cette histoire. Cet amour dont nous avons été inondés, que j'espère, malgré nos faiblesses et nos insuffisances, nous sommes capables de donner à notre tour.

Précieux témoignage, ces pages que Robert avait pris le temps de rédiger, à bord du transport de troupes puis lors des heures creuses que réserve la vie militaire, même en temps de guerre. Tous ces documents que m'avait confiés ma mère un an avant sa mort… Comme si elle les avait conservés avec l'espoir que l'un d'entre nous en fasse bon usage, ou tout simplement en prenne connaissance, afin que le souvenir se perpétue. En en reproduisant certains, j'ai l'impression de les rappeler parmi nous, les vivants. Magie des mots qui nous survivent et ont ce pouvoir de réanimation, d'invocation des disparus.

Achevé d'imprimer par CPI Bussière,
en février 2022
N° d'imprimeur : 2063238

Dépôt légal : avril 2022

*Imprimé en France*